U0493736

我们眼中的王蒙

温奉桥 编

人民出版社

目　录

第一辑

作家、学者眼中的王蒙

第二辑

亲友眼中的王蒙

第三辑

“海大人”眼中的王蒙

我们眼中的王蒙

第一辑

作家、学者眼中的王蒙

揭发王蒙

刘心武

总有一些人以为我和王蒙过从甚密，在他们想象里，我大概会经常出现在他家的客厅里，一坐就是一两个小时，也许还会更多。现在我要告诉大家，从一九七八年我头一回见到王蒙起，到我写这篇小文止的二十一个年头里，我到他家去过的次数，绝对少于二十一次，甚至于是不是有十五次，也很难说，总而言之，大概有十余次吧，平均每年不足一次，而且每次去了，坐满一小时的情况，那就更少了，或许只有五次？我和王蒙见面，次数较多的是在别人出资的饭局上，但一年里也不过几次。我们从不互相拜年，甚至也并不经常性地互赠签名新作。我们的交流方式主要是注意阅读对方在报刊上发表的作品，往往是阅读完后，便挂个电话，在电话里交换一些看法，当然也会顺便聊一点闲天儿。

人们都说王蒙是个妙人。也有人说他实在聪明过人，因而难以把握。我倒觉得王蒙有些方面的情况，似不大为人注意，而给我印象颇深，故有揭而发之的必要。

有一回王蒙在电话里跟我谈完关于我一篇什么文章的意见，便大肆鼓动我去买电动磨豆浆机，说是他每天清晨用那机器磨鲜豆浆喝，豆浆的热度机器本身可以控制，喝起来感觉好极了，亚赛活神仙云云，并且热心到把那电动磨豆浆机的品牌、型号、售卖商场、价格向我一一报告；可是我乃天下第一大懒人，宁愿买速溶的豆浆粉来冲着喝，始终辜负着他的殷殷推荐，至今没有购置那玩意儿。

又有一回，王蒙在电话里跟我大谈补钙的必要，一口气说出好几种品牌的高钙奶粉，特别向我推荐其中的“安怡”，我就跟他说高钙奶粉我试过，口感实在比普通奶粉差多了，而且我们都早过了青春发育期，这时候再来“恶补”，恐怕也吸收不了什么钙质了……他竟在电话那边跟我认真地争鸣起来，并且声称，他虽获赠的报纸有数十种之多，却还自费订阅了《中国食品报》，他对我的劝谕，都是“有报为证”的！后来我逛商场，有一搭没一搭地买了一罐儿“安怡”，回来冲着喝，渐渐地也喜欢上了，究竟补了多少钙且不去管它，诚如王蒙在电话里所说：“你的生活里乐子不就多多了嘛!”

王蒙热爱生活，而且不放弃生活中那些平凡的，甚至可以说是琐屑的乐趣，这类的例子还很多。有一回的饭局，每人面前上了一碗鱼翅羹，因为是民间的饭局吧，服务上就比较马虎，顾客不强调，服务上能免就免了，一桌子的人，其余的人拿起羹匙便吃那鱼翅，唯独王蒙，他觉得那样好的羹，不能随便就那么囫囵吞了，他便很客气地，不带责备意味地，也没让大家都听见——我因在他旁边所以听见了——请服务小姐把循例应配备的，给鱼翅羹佐味的红醋拿来；服务小姐拿来了小碟红醋，他往羹碗里舀了适量的，细加搅拌，然后很开心地品尝起那鱼翅羹来，我觉得，他也算得那碗美味的知音了！有的人或许只会热衷于从鱼翅这类名贵的物品上去撷取生活乐趣，王蒙却也能从价格很低廉的平民物品上去汲取审美快感，有一回我去他家，他待我以香茗，并且竭力向我推荐茶几上精美瓷盘里的点心，我细一看，说："哎呀，我以为是什么不得了的东西呢，原来是小糖火烧呀！"那种深酱色的小烧饼在北京一般是不登大雅之堂，只在平民化的小吃店里发售的，可是王蒙极赞其香甜爽口，我吃了一个，也觉得有意外感受。

那天王蒙欣赏小糖火烧的意态，给了我一个永难忘怀的深刻印象。

多年来，王蒙住在北京一条小街的一所小院里，门外与小街交叉的胡同里是个常设性的自由市场，常有人看见王蒙穿着家常休闲装，手里托个北京人叫作"浅子"其实就是植物茎梗编的托盘，里头是他给家里买妥的切面，快快活活地穿行在人丛里。哪位画家有兴致画一幅《王蒙买面图》呢？

（原载《中华读书报》2000 年 4 月 26 日）

经得住研讨的人

张贤亮

我是真心诚意地来参加这样一个活动，我真正是来向王蒙这五十年表示我一个衷心的钦佩和祝贺。

我来得不容易呀，同志们！银川到这个地方的飞机是小飞机，这个“小”不是波音七〇七的那种小，是只坐三十二个人的那种小。而且九月二十三号，是我们宁夏解放的纪念日，一九四九年九月二十三号解放，又是我们自治区成立的那一天，一九五八年成立的，那天中央“心连心”艺术团到宁夏去，大家可以在今年的十月一号晚上看中央电视台转播的这场晚会的现场演出，我大大小小还是一个文联主席，这一天我还得有很多应酬，二十三号非常累。二十四号，我自己开了一个小时的车到飞机场，坐上这么一个小飞机，脚也没处伸，座位还特别窄，这个飞机就相当于飞机中的拖拉机，也就是说我一直坐着拖拉机到了太原。恐怕驾驶员有点问题，本来至少飞机应该有两个轮子落地，他结果是一个轮子先落地，这样的话，飞机就弹了一下，然后又冲了一下，又弹起来，这是非常惊险的。

而我心里一直想的是王蒙，我就想为了王蒙，死也得去。然后又在太原呆了四十分钟，从太原又同一架飞机到了青岛。当然我回去不能再坐这个飞机。我回去就从北京绕一下。当然你们看来，“哎呀张贤亮，你这还是飞机来、飞机去嘛，有什么辛苦”。但是你们想一想，我也年近古稀之年了，拉着一个旅行包，因为不管怎样，那个长长的飞机走道，你是不能坐车的，你得拉了一个大包，在那儿跑，还要这个地方去换票，那个地方去安检，然后才能上去。而且，如果遇到飞机晚点，经常是晚点，我就得在这里苦坐着。但我一心想着，说，王蒙这个事值，我一定得去，不能够说“哎呀，王蒙，我心到了，我人不来，我心到了”。咱们全身心地投入王蒙这五十年！这次来我就是为了向王蒙表示我一片友情，虽然王蒙丝毫没有帮助过我，他就是当了文化部长也没有帮助过我，当了作协副主席也没有帮助过我，他写的什么小说评论也从来不提到我。我下海，他还给我泼冷水，所以我是中国文坛最够哥们儿的一个。

但是想想王蒙呢，大家在这儿讨论五十年，这五十年背后另有一个人的五十年。我听说张锲昨天说王蒙是文坛最没有绯闻的一个名人。王蒙已经把最优秀的女人，能够涵盖一切的女人都得到了，他不必要有绯闻嘛。我知道，中国文坛上，有三个名人没有绯闻，当然王蒙是一个，还有一个李国文，还有一个鲁彦周，恰恰是这三个人，他们的太太都和他们相濡以沫，一起那么艰苦过来，这三个都没绯闻。恰恰这三个人把最优秀的女人，能够涵盖一切的女人都得到了，他不必要有绯闻。因而如果没有得到最优秀的女人，没有得到涵盖一切的女人，或者被这女人拒绝或抛弃，他当然就到处去找绯闻嘛，这是可以理解的。

对于这次研讨，我觉得王蒙是经得住研讨的。这个“经得住研讨”是很重要的。有人说，哎，张贤亮，你的五十年也来个研讨会。我说我经不起研讨啊！王蒙越研讨越有深度，越研讨越有意思，越研越有趣，大家都觉得研讨不尽。一般的人刚刚研讨一下就漏底了，露馅了，就完了，表面的一层，闹不成。所以王蒙是经得住这一次的研讨，以后有研讨不完的节目，随着时间推移，他就会和历史上的大家一样，每一代对他有每一代的评价，每一个时代研讨他有每一个时代的成果，他就是这么一个人。同时我也佩服五十年来，他始终把文学创作作为一种生存状态，非常执着，这也是我很羡慕、不可企及的。而且就像大家所研讨的那样，他的文学创作几乎涉及了各个领域。不管是他在草泽之中，或者是在庙堂之上，始终对文学是那么一个执着劲。

而且我对王蒙好像有一种心心相印，当然我的心境他未必应我，咱可能跟他剃头挑子一头热。我总觉得他有些事情我能够知道，我只要反问自己我就懂得他，我们这一代人活得不易，过得不易。我觉得我们这一代是理想主义者，当然我不是一个理想主义者，是多少还有点理想的一个人。但是我们能够迁就现实，也能够适应现实。有的时候我们必须这样逼自己，而有的时候我们又必须拔高自己来适应这样的一个现实，以适应来求生存、求发展。王蒙在这一点上是我们的表率，而且王蒙能从任何阴暗的地方看出光明来，能从任何看起来非常悲观的地方看出一个积极的、乐观的因素来。这也是他的一个特点。

王蒙现在已经达到绝对自由的状态。绝对自由就是说他很清楚自己的局限性，他很清楚现在的热闹只是现在的场面，而他并不想突破这种局限性，这是不可逃避的局限性。这就是一个智者，一个高人。在这儿我向王蒙表示祝贺，向大嫂崔瑞芳表示祝贺。

（本文是张贤亮在2003年9月中国海洋大学王蒙文学创作国际学术研讨会上的发言）

“我就是打工的”

——我看到的王蒙

陈祖芬

我近期一个人流落江南，偏偏梦溪几次来电要我去青岛。我真是不知“驴”（如）何是好。梦溪说那是王蒙六十年的创作研讨会啊！我说王蒙写了六十年啦？王蒙今年是六十九岁呀。梦溪在电话线那头掰着脚趾头算减六十等于多少，嘴里还念念叨叨的，终于算出是创作生涯五十年。

我认识王蒙是二十多年前，八十年代初，那时候是北京作协的极盛时期，每次开会三十来个作家济济一堂。有次会议休息时王蒙笑指我：祖芬一开会就没精神，我一讲话她就来神了。

一点不错。开会时我总坐在后边，只要王蒙一发言，我就伸长脖子越过三十来个脑袋去对准那个最机智的脑袋。好像光用耳朵接收还怕接收不全，还要用眼睛同步接收——双管齐下，确保接收最大化。

一晃二十多年。

今年和王蒙又同在一个小组里开政协会，第一天小组会几位委员纷纷讲及老委员如何有名等等。王蒙颠覆地说：对不起，老的不去，新的不来。我觉得很惭愧，我比政协委员平均年龄大。我随时准备下届不当委员。二十年前就有人宣布我过时了，而且每年宣布一次。（笑）我过时，也用不着每年宣布一次呀。（又笑）王蒙讲到这儿，有委员插话讲王蒙这一生如何不易。王蒙淡淡一挥手：“俱往矣，不足一提，而且还都是化险为夷，遇难成祥。”

看王蒙这神情，我不知怎地想起了徐志摩的诗句：挥挥手，告别云彩。

王蒙这“不值一提”，至少包括了新疆的十六年。

没有人不知道王蒙聪明。但在这聪明之上的，是宽容，是对他脚下这方土地的深爱。他曾经很得意地讲起他在新疆时，在麦子地边的广播喇叭里，用维语朗读《纪念白求恩》。

几次听到王蒙讲及新疆都是快乐的，学到了这学到了那的，倒好像那年头送他去新疆公费留学似的。

假如，在任何境遇下，都可以把学习的触角伸向任何方面；假如，在任何年龄段都孜孜不倦，假如，五六十岁的人又嫌拼音输入太慢改学五笔字型，假如，六十几岁的人还要天天六点多钟起床强化英语听力；那么这个人必定会成为——王蒙。

假如一个人，先给他戴右派帽子，再把他放到新疆，再当摘帽儿右派，再当作家兼部长，再当前部长，再当文学先生，那么这个人只有——王蒙。

和王蒙在一起，他负责讲，我负责笑。我笑，不仅是因为他的幽默，还因为他的天真。今年他那本人生哲学一直高居畅销书的排行榜，那么多人喜欢领悟他的人生感受，我却更喜欢感受他的天真。雪村刚刚出头的时候，有一次席间不知谁讲起了东北人。我说“东北人都是活雷锋”。王蒙眼睛一亮好像知道了小孩子才知道的好玩事情。他考我：Who is 雪村？

我说雪村写的那本自述上有个档案，上写“本名：不详”。

“雪村是谁谁谁的孩子。”王蒙讲了一个我当然知道的作家的名字。这个名字是很多人都知道的，仅是二〇〇一年，他的儿子的名字一下子被更多的人知道了。

王蒙唱起了《东北人都是活雷锋》：“老张开车去东北，撞了。肇事司机耍流氓，跑了。来了一个东北人，送到医院缝五针，好了。俺们那嘎都是东北人……翠花，上酸菜！”

听前文化部长像街头混混那样地学唱流行，够颠覆。

王蒙在生活里随处发现可笑的、可爱的、有趣的、好玩的事，再用他的嘴一加工，你就等着哈哈吧。今年全国政协会上选副主席，不知怎么张贤亮改邪归正荣获副主席的一票提名。会后王蒙对张贤亮说：你那一票是我投的。张贤亮说：肯定不是你！王蒙一下子把他套牢：你怎么能肯定知道不是我？那只能说明那一票是你自己投的。

与王蒙斗嘴，大都凶多吉少。

“9·11”刚过不久，王蒙便勇敢地飞赴美国。美国机场戒备森严，从乘客队伍里扣下两人再作重点盘问。其中一人是我们的王蒙。

我说为什么会是你呢？王蒙，一个只会把智慧诉诸文字的人，一个播撒文明的人，怎么会有恐怖分子的嫌疑呢？

王蒙笑又略带严肃，说他很高兴被认为不老，还能给人带来恐惧。

同样的事情发生在别人身上，或许会抱怨，会生气。但王蒙笑对人生，难得的极其健康的心态。我不知道健康的心态和健康的体态有没有相应的联系。不过王蒙年复一年不论冬夏地游泳，或许确是成就大事业的要素？“非典”刚过我去看一个青年画展。有一幅油画，画着毛泽东、邓小平、江泽民三代领导在游泳。我才明白原来要成为大人物之前，先得学游泳。

王蒙还住在四合院时，有一次我对他说你家进门的院子这么大，其实可以砌一个游泳池。他说那么客人一进门先换游泳裤？

我不知道王蒙除了非游泳不可之外，对物质世界还有什么欲望？前几年他搬进楼房，他和瑞芳非常满意。新居的房间是不少，不过他们考虑到孩子们和孩子们的孩子们节假日要来，总之王蒙如何地是大而又大的作家，他的写作间实在是小而又小。一圈书柜中间，塞着两台电脑和一个王蒙。我觉得王蒙实在把自己缩得太小了。王蒙说：“我就是打工的”。

这么说的时候，他一派真诚。这世界上，想到某些人的时候，总有一份感动。

王蒙经常出访各国，就是不愿在外边太久。虽然那里也有很多朋友，也有不少收获。他说那可能是五十丝三十缕，或者八十丝四十缕。而中国对于他，是一千统和一万缕。

他总惦着回来“打工”。

现在流行简约主义，简单生活，而王蒙的写作间，不是简约，不是简单，是几近简陋。也许，人在某一方面特别强大了，总有另一方面特别弱项。

我不记得我为什么问王蒙他属什么。王蒙说：“狗。”他清晰而准确地发了这个单音后，惭愧地笑笑说：很抱歉，本来想属得雅一点的。

（本文是陈祖芬在2003年9月中国海洋大学王蒙文学创作国际学术研讨会上的发言）

王蒙一瞥

童庆炳

在牡丹江市，主人把我们带到大家都神往的镜泊湖。镜泊湖的风光着实迷人。扫兴的是那里刚下过大雨，湖水浑浊，且天气阴晦，不便于游泳。我们在湖边的饭店住了一夜。第二天早起，明艳的太阳出来了，湖水在晨光中似金子般闪耀，人的精神为之一振。中午我们情不自禁地跳进还有些浑浊的湖水里游起泳来。下湖的记得有谢永旺、王蒙和我，是不是还有别的人我就不记得了。我清楚记得的是，老谢的泳姿好、速度快，就像经过专业训练的一样棒。可给我印象最深的是王蒙的泳姿。他的仰泳姿势并不规范，完全是他自己“创造”的，本来仰泳双手的动作要一先一后扬起并在入水后划水，腿则要像自由泳那样伸直并上下打动，可他却同时张开两只手掌向身下划水，同时提起两只脚向后蹬水，有点像翻过来的“狗刨式”，但又不全是。你们就想象他独特的泳姿吧。我因游速不快，总是跟在他的后面，所以一抬头就看到他的手和脚，我觉得他的手和脚特别大，大得像小船扬起的船桨，而且由于他的每一个手脚的动作都特别有力的缘故，我用自由式也赶不上他。有趣的是因他的头永远露出水面，所以能不断地说着笑话——他不喜欢与别人雷同，连游泳也别具一格。

我自己游得不太好，却喜欢游。中午与王蒙、谢永旺游了一回之后，觉得意犹未尽，下午又约老谢游了一次，这次游得比较远，游回来时不禁筋疲力尽，身上有些发紧。晚上回牡丹江市时，竟然发起烧来了。我躺在床上直哼哼。王蒙来看我，用一种“过来人”的口气说：“太过了！凡事都不可太过。”这两句话，前一句是说我游泳太过了。后一句就是“人情练达”之语了。在人们的印象中王蒙是一个“先锋”派（对了，他还和我的学生一起编《今日先锋》杂志，他出任主编），文学上的“新潮”代表，似乎有点走极端。在其后我们的多次接触中，我觉得他的思想不是咄咄逼人的先锋，也不是唯唯诺诺的守旧，他更多时候是“中庸”，一种独特思考者的“中庸”。

王蒙的人生神往的是大海。大海的特点是它的变化无穷，它的宽广无际。变化无穷则多姿多彩，永不重复，让人百看百听而不厌；宽广无际则可容纳百川，让人心胸开阔开朗而不窄。王蒙为社会的种种问题而焦虑，但在这焦虑中他也游戏。王蒙景仰崇高，但也同情凡俗；王蒙喜欢单纯，但又知道事物的错综复杂；王蒙不主张“过”，但也认为“不及”是缺陷；他强调文学的社会性，但又认为文学的审美性是不可或缺的；他认可美声唱法的优美，但也认为流行唱法也不错，那如诉如说似歌似话自有韵味……在王蒙那里一切都不是绝对的，诚如他自己所言：“戴上桂冠的也可能是狗屎，扣上屎盆子的也可能冤枉”，“任何人试图以真理裁判者、道德裁判者自居，以救世者自居，众人皆浊我独清，众人皆醉我独醒，不要随便相信他”。跟王蒙在一起是愉快的、轻松的、有趣的、长见识的。有一次，大概是苏联解体不久之后，他站在我的书房里，对着他的朋友王燎和我说，哎，现在怎么没人再唱二十世纪五十年代在中国流行的那些让人心醉的苏联歌曲呢？随后他就哼起了《喀秋莎》。在过去与现在之间，被他的歌声填满了。

他的妙论会使一个严肃的会议变得轻松，在钟敬文先生的九十五岁的祝寿会上，前面的人过多的介绍和客套话给人以沉闷之感。这时候王蒙说话了，他说钟老是“仁者”，为仁者寿。他说钟老能长寿，且生活质量如此高，是因为他是一个厚道的人、淡泊的人，不想整天整人的人。他说有的人整天想整人，就经常发怒，发怒会使人身上分泌出一种毒液，老发怒，老分泌毒液：毒液积累多了，肯定损害身体。钟老长寿是因为他的和气、厚道而导致身上毒液少……他的奇谈怪论引起了热烈的掌声。碰巧的是过了几天，《参考消息》登了一条与王蒙的“长寿理论”相似的医学消息。他的记忆是超人的，有一次几个人一起吃饭，不知怎么谈到我的老师启功先生，他竟然能把启功先生一九七八年六十六岁时所作的《自撰墓志铭》背出来：“中学生，副教授。博不精，专不透。名虽扬，实不够。高不成，低不就。瘫趋左，派曾右……”那滔滔不绝的样子，嬉皮笑脸的样子，笑容可掬的样子，像一个调皮的小学生。突然他的笑戛然而止，正经地议论说：一个能自嘲和幽默的人，是他有力量和有活力的表现，是不容易的。然后他又开始另一个新鲜有趣的话题，这时可能是一条令人焦虑的消息，或是一个令人捧腹的故事。

“如莲的喜悦”

贾平凹

今天，我仅仅是以一个读者的身份来说一下自己阅读《庄子的享受》的感受，下面所说的内容也是阅读时随手写下来、记下来的东西，虽然这是一些读后感，但却是非常真诚的。

王蒙先生阅读《庄子的享受》时是一种享受，我在读这本书时则是一种喜悦，用佛教的话来讲就是“如莲的喜悦”。王蒙先生是一位伟大的中国作家，在一九七八年新时期文学全国优秀短篇小说颁奖时我见到了他，几十年来，我一直在仰视着他，一直高看王蒙先生，我认为他是一个能“贯通”的人，这样的人是少数。读他的大量文学作品时，我就觉得他的才华不仅仅是表现在文学方面，他的能量很大，气场很大，能做很多的事情（能当部长）。现在，在高龄之时他相继写出了《老子的帮助》《庄子的享受》等有关传统文化和哲学方面的书，这是一种必然。这种修养不是在他停止创作转入文化研究时形成的，而是一直存在于其创作背后。这让我想起了当年读古人的散文时候的情景，觉得他们写得好，但找不到根源是什么，我基本都读过从先秦两汉时期到明清时期的那些散文大家的全集，发现诗和散文只占他们作品的极少部分，而大量的都是谈天说地的文章，因为他们贯通天地，以奇笔写出的诗和散文就显得非常出彩了，散文仅是冰山一角，王蒙先生就和他们一样。二十多年前，他提出作家学者化，这种思想当然不是要求作家都去当学者，而是强调作家丰富的学养，只有学养丰富的人才能说出那样的话。以上就是我要说的第一点。

第二，老子和庄子是最难读的人，难的不是文章之如何难读，而是其思想是一时难以领略的，它是随着读者的年龄和阅历的增长而逐渐领悟的。我的体会是读老子和庄子是一件长走长行的事，并且年轻的时候读和五十岁再读的感受是不一样的，去年读和今年读的感受也是不一样的。就好比说，人站在第一个台阶上能看见第二个和第三个台阶，但却不能看见第八个、第十个台阶；一个人当科长时想着当处长，当了处长就想着当厅长，没有说一个科长一开始就想着当国务院总理的事情。王蒙以他近八十岁的高龄和传奇的人生经历写出了《老子的帮助》《庄子的享受》两部书，他是能领略老庄的真传的。这两本书是建立在他人生、生命智慧经验基础之上的，所以说这两本书是靠得住的。

第三，人与人不同。如庄稼，麦子就是麦子，玉米就是玉米。人的区别在于能量，王蒙是大能量的人，大能量的人常常不可思议。我认为这些人都是上天派下来的，他的责任就是来指导芸芸众生。所谓栋梁之材，一座房子也就是那么几根柱子和一个梁子，当中国有了老子和庄子的时候，也就有了中国。严格地讲，王蒙先生不是在注经，而是在讲经。讲经者大都是国学的高僧，王羲之写出了《兰亭序》，后人都在模仿他、练习他，并且都成了大家，但各家有各家的风格。我读过南怀瑾关于说佛的一些书，也听过净空法师说佛，他们都是围绕《佛经》的大意而抒发自己生命的智慧，王蒙先生正是如此。他从自己传奇的人生经历出发，以一个伟大作家的角度讲老庄，讲得准确且生动。

第四，王蒙的小说和散文中的想象力特别丰富，激情充沛、潇洒自如，到了高龄谈老庄依然思维开阔、元气淋漓，如水银泻地、泉水喷涌，令我惊叹不已。

第五，江山代有才人出。王蒙在高龄时期谈老子和庄子，这是必然的，也是他的使命，因为这个时代需要有人出来以另一种口吻说老庄，也可以说这个时代需要老庄以另一种面目出现。

第六，我读过一些印度哲人的书，印度这个民族为世人贡献出了许多智慧，王蒙就是这样的人。他基于老子和庄子来讲自己的智慧，所以我在读这两本书时产生了这样的一个想法：王蒙先生可以不停地演讲，完全可以脱开经书讲自己的人生智慧，然后集成一书，或者平时由他的学生记录他的言论，像《佛经》一样开头都是“如是说”，能出这样一本书是多好啊！

最后，虽然王蒙先生的才能和能量是天生的，是不可效仿的，但却使我们作家同行汗颜或受启发。以我自己来讲，我的知识面太窄，阅读量太小，思考太浅。古人有一句话：“读奇书，游名山，见伟人，以养浩然之气”，读《老子》《庄子》原著，读王蒙这两本书，王蒙先生以及各位专家先生的到来都是养我气息的因子。

（本文是2010年6月26日贾平凹在王蒙与中国古典文学暨《庄子的享受》学术研讨会上的发言。题目为编者所加）

一部畅通的电话

舒　婷

我有点紧张，让我喝口水吧。我想我们大家来这里，首先当然出于对王蒙作品的敬佩和无限的景仰，当然对于我们来说，还有很多可能被他个人魅力所吸引，或者所倾倒。王蒙的作品有七百多万字，而我的文化程度很低，我认识的只有一两百个字，刚够写诗。所以我觉得我要是对他的作品说三道四的，有点太对不起王蒙的智力了。所以我就不敢谈作品，我就谈谈我认识王蒙老师的几件小事吧。

一九八五年的时候去柏林，王蒙是我们的团长。我们经常忘记叫他团长，总是叫他王蒙，他有时候会很不高兴，说：你看他们总是叫"王蒙王蒙"的，只有在外国人面前才叫"王团长"。王团长有一点非常让我们女士特别感动的是，无论我们的车子出去迟到了多久，他总是要让车子停在酒店门口，说："让女士下去换一件衣服吧。"然后我们就争取时间换一件裙子之类，去参加宴会。后来代表团到什么地方我都跟他们说，你看人家王团长都给我们时间换衣服，使得我们女士能比较体面地去参加宴会。可是之后我碰到的团长还没有像王蒙团长这样的体贴、细心。有这样一个开端，好像就自以为我认识了一个很好的很年长的朋友。然后就到了一九八六年。那年我要去美国的时候，到作协外联部去拿护照。王蒙知道后就到外联部来看我。当时外联部很多人都在祝贺他。我是连我们厦门市长是谁都不知道的人，我看他们都在祝贺他，就问："你今天有什么喜事吗？"他们就说他要去当文化部长了。我问："是副的吧？"因为我想，副的已经很大了。然后他们就说："正的啊！"然后我们就一起走出来，在作协门口握别。我看着王蒙沿着高高的台阶往文化部去报到，我心里头无限地难过，我觉得我要失去一个朋友了，所以我拿出我的电话本，把他的电话号码划掉了，我想我永远不可能给一个文化部长打电话了。

可是这一年的春节和第二年的春节、第三年的春节，我都收到王蒙老师给我打电话拜年。后来我就赶快抢先给他拜年，我说我再不抢先，让部长给我拜年那就不好啦。我们闽南话说会"被天雷打死"啦。

在他当部长的期间，他到厦门的时候就到鼓浪屿家里头来看我。他来的时候前呼后拥，十几个人，具有王者的风范。我这个鼓浪屿土著呢，诚惶诚恐，手忙脚乱。现在这么多年我们地方的文化官员还记得当年他们陪王蒙来看我的情景。我想在那时候，这是对我这样一个没有什么政治眼光、头脑很简单的一个边缘地方一个作家的一种支持和关心，使得我的日子会好过了很多。所以我想这个电话号码其实并没有丢失。

其实，对于我们一批老作家们(因为有鲁彦周和张贤亮老师在这里，我也不敢说我是老作家，其实我们已经这么老了)，那我想对老作家像鲁彦周老师他们，还有这些中年老作家，还有对像徐坤、陈染这样的年轻作家，包括不论是意识流啊、现代派啊、后现代主义什么的，各种各样的形形色色的评论家或者年轻的作家，王蒙老师的这部电话机，他都会永远保持线路的畅通。

（本文是舒婷在2003年9月中国海洋大学王蒙文学创作国际学术研讨会上的发言）

关于王蒙的弯弯绕

张 宇

应该写一篇王蒙印象记。怎奈我对印象这种文章有偏见，总觉得印一个人就像印一面镜子，怎么印也印不进去。更别想接近本质。印来印去最后印的还是你自己。不如干脆说自己的话，只拿对象做载体，倒老实些。

后来我想把题目叫《侃王蒙》。王蒙太能侃，老侃别人，他也该有人侃一侃。平常我们两个见面曾对着侃，我也自信能侃出别味来。又想到如今卖弄幽默的文章太多，大都成了卖笑。实在不想与他人为伍。我虽不富，还不到卖笑挣钱的地步。还是有啥说啥，绕着王蒙说些闲话。这么一想，我感到了轻松。

一

王蒙最大的毛病，就是他当文化部长以后，没有把笔停下来，专门儿当官儿。中国的文化人，写文章做艺术，没有纯粹的传统和习惯。一般来说，都把它作为跳板跳进仕途。俗话叫敲门砖，这句话有失优雅。从古到今，大多数人都认为，只有当官才能为民族为国家为百姓更好地服务，当然也包括更好地为自己服务。如果王蒙不再写文章，只传达上级精神，把智慧和精力用在落实政策上，把剩余的精力闲着，别人就不会知道他想什么和怎么想。想什么不重要，共产党人还能想什么，想来想去还是为人民服务。重要的是怎么想，怎么想是一种思维形式，形式的改变自然会产生思想。或者说形式本身就是思维的内容的反映。一个人老有新思想，就会让别人不舒服。如果不写文章，就容易保护自己。再加上他从小参加革命的经历和资本，满可以把官再做大些。

纵观王蒙所有的作品，从来没有出现过什么思想问题。无论他在艺术上如何探索，在形式上走多远，在叙述上再陡峭，语流再湿润和节奏感和音乐感，语码再严密和难解，在这些文字下边永远跳动着一颗共产党人的心脏。由于他从小参加革命，是共产主义事业的童子军，练过革命的童子功一样，作品中无处不闪射着对社会对人民命运对国家前途的责任感的光芒。这使他虽然跳脱出老一代作家的审美模式和表现习惯，文字所传达的情感都不免有点热。说有点燥气不准确，也不好听。他是我的师长，我不能这么说他。他似乎对文学赋予了太宏大又功利的功能，急于让文学迅速为人民创造精神财富一样，这使他进入艺术化境之后，在这个高境界里行进得很苦涩。已经造成世界影响的作家，却只能够独立风格无力于耸起高峰。而从阅历和天才，索性说人格精神，他是应该在世界文学之林中，给我们中华民族挣来自豪的。我常常对他寄予无边无际的仰望。我们中华民族有过古老的辉煌文化，也应该有现代的崭新的辉煌燃烧出来。从这一点来说，党和政府让他辞去部长当作家，真是有远见卓识。我甚至觉得有点高瞻远瞩的味道。

退回来，仅仅拿他当部长来说，他边当部长边做艺术，实在是一种毛病。消耗他的精力和心智影响身体健康不说，他这么做该伤害了多少人的自尊，甚至给过多少人无穷无尽的一种屈辱。

我不知外国作家和外国的作家群是什么结构是怎样一种生存状态，由于坚持社会主义道路防止西方资产阶级思想的侵蚀，我一直没出过国也没要求出过国，于是只知道中国情况。从我当作家以后的体会来体会，我片面地认为，我们文坛上正处于艺术创造旺盛期的作家们是群众，是中国文学的基础。既然是基础，就处于文学楼房的最底层。这种情况好像永远也不可改变一样，也从来没看到过改变的迹象。这些人是文学的生产力，也是文学的希望和未来。

再往上数，在这个基础之上，是一批写着写着写不太顺当的作家。干脆说才华泄尽也没有什么关系，谁都有才华泄尽的时候。这些人由于在艺术上失去了信心，便开始在艺术之外的官场和钱场下功夫。拐回头对基础们超越和潇洒一般，表现出一种过来人的世故和成熟。自然就觉得比基础们高人一等。于是，他们开始教导文学青年如何写作，给人家指出一条条作家之路。对上边开始无比尊敬，向上边广告自己的作家荣誉，又拐回头对作家们广告自己在上边拣来的好处。到处可见他们的聪明智慧，就像飘在空中的灰尘。他们把成就和才华一件件做成衣服，穿在身上给人家看，大有要和阳光比灿烂的派头。

如果写着写着什么也写不出来了，就当作家的领导人。大会小会以著名作家加领导的双料厚重身份作报告，坐主席台上坚持着长时间不跑厕所。对上边，以专家学者自居，对下边又以领导和权威自居，来回着自居，很忙也很幸福。这些人掌握着安排作家们生活环境的权力，叫你住房你才能有房住，给你评什么职称你都要接着没话说没理讲。不听他们的话，就是不听组织的话，也就是不听党的话。因为他们什么也不会写了，就成了专家的专家。作家发表作品，他们到处发表名字和形象。听他们谈话，几乎都一样，用作家的口气来重复政策的精神，他不说别人也知道。他们在传达上级精神时结合本单位实际，从来不发明创造。由于不发明创造，就不犯错误。他们深知只要你开展工作就会有犯错误的机会和可能，只有不工作才不犯错误。由于不犯错误，他们就永远正确，就可以把官再做大。一般来说，具体指导作家们怎么写作，什么是无产阶级艺术什么是资产阶级艺术，都先由他们发现并给予否定和肯定。因为不生产的人，才能批评生产力，这是一个无形的规律。你生产作品，他生产批评。就这么回事。不知别人信不信，反正我信。

再往上数，就到了文学楼房的高层，一些早年间曾发表过作品的人，如今连汉字也摆弄不顺当了，甚至丧失了说话能力，只会讲别人的话，不会讲自己的话。这些人就来掌握作家们的命运。参加活动和讲话，都要产生象征和意义，像刮风下雨。这些人左右着作家们的生存环境。左的刮左风，右的刮右风。反正不能叫文坛安安生生生产作品。现在可好了，左的左不动了，右的也右不动了。急得他们左右对着闹。所以我说，文学失去和排除了左右干扰以后，可能会出现好时光了。

我说的这种体会和看法，当然是个别现象，没有普遍性，顶多叫个别的普遍现象。虽然语句不通顺，意思就是这个意思。

我这绕出去说说，再弯回来说王蒙，就明白了他的毛病的影响。当部长已经是头头，还写那么多作品，就揭穿了别人的西洋镜。这就使许多只会当头头不再会写作品的人蒙受打击，无比难堪和屈辱。这整整伤害了一帮人啊！这些被伤害和污辱的人，也不会闲着。不会发表作品，他会发表情绪。发表情绪又不用写又不用说，容易得很。这就使不少人拐回头拿王蒙来练身手，由于这个靶子好，怎么练都不失去什么只能得到什么，练的人就多也越练越有劲头。王蒙要么当作家，要么当部长，你什么都当，还叫别人活不活了？这么一说，王蒙辞去部长专门当作家，是必然的结局。

我自己认为，这也没有什么不好。这几种人并存，文坛才显得多结构多元化的丰富。作家的使命是写作，你就全身心投入创作，这是艺术创造，也是人生的一种形式。你要当官你就放笔去钻营，也没有人挡你。官总是要有人来当的，你不要当，就要别人来当。不要自己不当，别人当着，又看不顺。那就太多事。人家什么也不会干，你不叫他去当官，你叫他去干啥，你叫他去自杀？他如果有自杀那样的大手笔，他也就不去当官了。怎么活都是活，怎么都为人民服务，都要互相理解，互相团结。

二

无论从年龄结构，或者是从艺术修养说，王蒙实在要算我的师长。

他总称我为朋友，甚至写信时叫我老弟长短。我知道一为自谦，二为亲切。这就放纵了我的无知和狂妄，自己写不好作品，评论师长的作品出言却狠，毫不留情面，不论准确是否。我这人喜欢真实。也知道真实不容易。但对王蒙，我只有真实。

说实话，王蒙的作品确实写得好。有些佳作名篇使我从心眼儿里叹服。但也不是篇篇都是名作，有些作品在艺术上也不无随意和粗糙。如短篇小说《坚硬的稀粥》，要说也算不错的作品，但放在王蒙的作品中，实在算不上上乘之作。再说难听些，不说比他自己的佳作相比而不如，就比我的偶尔写顺当的作品，也不好到哪里去。我自信我的上品比他这些随意之作，实在要好。但是奇怪，咱们写得很好，也没有什么影响，而王蒙的这些即兴随意之作，却能产生这么大的轰动效应。从这篇作品问世到现在，评论文章一直不断，好像无穷无尽取之不竭用之不完一样。

据我知道，这一个区区小短篇，在国内转载得奖入选集，已经得到太多的稿酬。又让外国人翻译介绍，挣到了美元、法郎、日元等。这真是不公平，又是现实的存在。我有时就想，咱都是写小说的，王蒙怎么这么幸运呢？难道这里有什么秘密，有作品之外的功夫？

后来我终于明白，大量的评论文章和文坛信息源源不断涌过来，我把这些综合分析以后，发现了一个秘密，王蒙的文章不仅写得好，而且人家有托儿，这个“托儿”是北京流行的口语形象传神精练地凝练出吹鼓手和捧场的人的个性和功能。我怀疑这个新词语源自老北京京剧场的票友。我这才发现，在文坛混，不仅要写，还要由托儿来托出来。你写出作品，只能像编剧那样先写出了剧本，还要经过导演和演员一般的托儿们来二度创作，才能丰富和不断丰富你的作品，才能使你的作品托成佳作名篇。原来是否佳作名篇的标准并不掌握在作家和读者心里，而是掌握在托儿们手里。

时代不同了，什么都有发展和创作发明，旧时代京戏的票友，无论唱得好坏，只管拍手叫好。如今的托儿们，否定了旧传统习惯，如果想把一部作品托出来，不再像过去的票友们那样去叫好，而是独出心裁，开始拼命地批评批判和否定。阅读有逆反心理，被托儿们研究透了，他们知道想捧王蒙，只有打击和批判王蒙，才能把他托出来。于是，从一开始就批判，一批判就引起了轰动。并且托儿一家伙还不够，看看浪潮要落，就再次掀起风浪。就这么一再地批判一再地托儿，不仅把这篇小说托到了全国各地，上中央下地方，又托儿到了外国，真是把一篇文章反复做，做到了家。托儿到后来，连一向以说真实见长而权威的老作家，由于受到托儿们的影响，竟然也说王蒙的《坚硬的稀粥》是世界名著。

试想，如果不是这些才华横溢又追求执着的托儿们的艰苦不懈地努力，王蒙这篇《坚硬的稀粥》会有些成就和影响吗？

由托儿这个词，我想到了流行在生意场上的一个新词叫“做大”。本来嘛，你大就大，小就小，怎么可以把小做成大呢？而如今生意场上为了竞争市场，就专门来做大。好像大不是原来的大，是经过做才大了起来。当我亲眼看见做大的过程和效果，我才真从心里叫服。这使我联想到，文坛的托儿和做大是一样的意思。

发现了这个秘密之后，我从心里嫉妒王蒙甚至发展到一种仇恨，文坛怎么这般不公平，咱就怎么也弄不来找不着托儿呢？后来又想到这是可遇不可求的事情，有人就有拥托儿的命，咱就没有拥托儿的福，也就不嫉妒了，把这解释成一种缘分。也就是说，人家王蒙天生命里有托儿的，托儿是找不着的，是早就注定的。

据我知道，王蒙的这些托儿，和旧京戏的票友还有一点区别，那就是这些托儿从不计较什么好处，完全是一种自觉自愿的义务。不能不使人想到，到底是新时代不能和旧时代比，给人做好事，不要名不要利，这不是雷锋精神是什么！

出于这种感慨，不久前见到王蒙时，我就说他太小气。他的作品挣那么多美元日元人民币，并不是他一个人的劳动，应该给托儿们分一点儿。不分多，也应该少分一点意思意思。如今干什么事都讲究提留和手续费，起码他应该付广告费。说句再小气的话，现在的托儿不为名利，也要请人家吃顿饭喝杯酒，略表心意。挣那么多钱，自己一个人用着，心里不是滋味。怎奈王蒙说，找不到人呢？就是要感谢，也不知道人家同意不同意，肯不肯赏脸。再一个，人家托你，没有功利目的，完全是大公无私，你一表示，不就染脏了人家了吗？说到底不能以小人之心度君子之腹。

后来我想了许多，终于我把这个问题想翻了。我先想那曹雪芹的《红楼梦》，自从《红楼梦》问世以来，有多少代多少人托它？国内外这么多托儿，别说曹雪芹死了，就是他活着，他的生活还没着落，拿什么来表达心意报答这些托儿呢？接着我又反回来想。我这个人喜欢胡思乱想，常常管不牢自己思维的疯狗。这么多人托《红楼梦》，通过托《红楼梦》而先找到饭吃又找到酒喝，挣了无数的钱，得到了无数的好处，倒是曹雪芹的《红楼梦》养活了一代又一代的吃客。这么一想，托儿们不是现在才明白了艺术的真谛原来是找托儿。怎么办？自己没有，只能先借人家的用。我准备下次进北京，第一件事就是找王蒙借托儿。见面多叫几句老师，不妨脱出真实，索性虚伪做作一些，不再吃王蒙的饭喝王老师的酒，干脆去时背一袋河南红薯去送礼，叫我敬爱的无比敬爱的王老师给我借几个托儿。那样，我就当大作家了。这么一说，我是否也成了王蒙的王蒙也成了我的托儿？

三

王蒙最大的好处，就是他当文化部长以后，没有把笔停下来。不仅没有停下来，而且越写得多，越写得好。这种双重表演赤裸给人们的是一种王蒙全部风景的接近和展览。

我曾在悠闲时做过一个游戏，把自己的意识和思维分成理性和感觉两组，又把这两组细分，我吃惊地发现一个人可以分化成许多个人一般。一天夜里，我分别沿着分化出来的思维形式写同一题目的小文章，写完六篇后，我发现这六篇文章从语流到结构独立成风格，活活是六个人一般。从那以后，我对艺术家有了新的理解。

一般来说，一个作家只突出表现一种主要思维形式，也就是我们常说的形成自己的风格之类。一种风格就像一种乐器演奏出来的音乐，大家放在一起，形成了文学的混合交响乐。中国的现当代文学有一个习惯，容易一种风格涌出一拨一拨的作家群体。我不知这是好事还是坏事，起码简化了文学的丰富性。如果这个荒唐的看法和认识还有一点意思的话，顺着我自己的思路，我早就觉得王蒙的文学现象是一个特别的，他是一个人一部交响乐。

他的浪漫和诗情，使他写出了比年轻作家更早更现代的作品系列。这系列作品中，语码的密度，节奏的跳跃，音韵的丰富，使时间和空间打碎，搅和在他生命意识体验的溪水里，翻卷着奇异的浪花，鸣响着新奇的声响。无疑这是王蒙对新时期文学最突出的贡献。

他的幽默和机敏，使他写出了风格别致的幽默系列作品。这些作品的语流光滑而苦涩，使汉字变成一颗颗滑溜溜的药丸一样，吞读容易，品味却淡淡的苦。如果读出悟性，越过文字的山山水水，能一直苦到心灵深处。

他的生活经历的形而下体验，又实实在在地组成了一系列比传统现实主义更传统更现实的系列作品。只读这些作品，你会体会到他的比任何人的平常和朴实。叙述的缓缓道来，章法的老实传统，传达的实在，你会永远感到一颗跳动的平常心脏。

他的理性和严密的逻辑，又使他写出了那么多理论文字。他的理论文字，常常越过对象文字表现的表层，把文字和对象一块端出来审美或者审丑。竟发展到后来写出了一本研究《红楼梦》的专著，令世人瞠目结舌。但无论他如何理论，无论他理论古今哪一位作家，完全是一种现代意识的观照，无处不咏叹着现代进行时的感慨和叹息。这使他的理论文字，甚至他的杂文和随笔之类，时时越过文体界线，给人一种新鲜的强烈的读物感。

我最喜欢的是他的书法。有幸看他给人家写条幅和招牌，那运笔的认真，那神态的潇洒，那笔锋的笨拙，那书法的童趣，那整个书法作品的低下不成体统，活脱脱赤裸出王蒙内心深处无边无际的善良和质朴。

写完后自己又嘲笑自己，早知道如今要给人题字，从小应该练练毛笔字才好。这话语的幽默和调侃，连对自己也不放过。

但是，这几种文字表现形式只形成了他文字世界，还不是交响乐的全部。王蒙最令我吃惊的是他的生活传达，尤其令人叹服的是他的部长之行。好像有一个极限，任何作家的作品，比起他自己的实在生活来，都越不过那种本质的丰富和生命的质量。我有时就想，王蒙当文化部长时，很像进入审美，叙述一种文体。开篇的脱俗，内容的丰厚，结尾处的大处落笔。简直是一部名著。两相比较，他的文字比起他本人的生命过程，实在是没有超越。

艺术家走到极限，好像是这样一种状态，他生活在文字中，文字本身就是他的生命本身。他的审美又进行在生活中，生活本身就是他的艺术世界。两相融汇，到后来竟分不出他是在生活，他还是在艺术创造。整个的审美活动和创造性劳动耗干了生命的灯油，把肉体蛀空成个报废的壳子，把肉身还给大地，使精神进入永恒。我不知这混说八道有无道理，仅仅是对艺术和艺术家的一种认识和感悟。

如果这么说，王蒙还没有走到极限。作为一个青年作家，也作为一个他的学生，也作为一个小老弟，我多么希望看到王蒙的极限风景的灿烂啊！

1992 年 12 月 28 日于郑州

旗手王蒙

赵　玫

王蒙是旗手。

王蒙在新时期文学初期的创作，不单单表现了王蒙个人的一种先锋的姿态，而是代表了整个新时期文学的前进。王蒙的作品是开拓性的，里程碑式的。

王蒙是说不尽的。

他的理想主义。他的对信仰的执着与追求。他的对过往岁月深情的缅怀。他的无所不在的智慧与幽默。他的绚丽而且深邃的思想。他的“暗含杀机”的讽刺和批判。他的对创造精神的倡导和鼓励。他的对文学新锐的激励和讴歌。他的学者化的文化姿态。他的难能可贵的自知之明。他的潇洒自如的为官之道……

他何以能够天赋如此之多的人生的品质？他又何以能够身兼如此众多的社会角色，且将它们胜任愉快地扮演得淋漓尽致？

王蒙是难以超越的。

不管出于什么目的，也不管站在什么样的角度，只要一提到文学，就不能不提到王蒙。无论你欣赏，无论你怀疑，无论你不以为然，甚或你故意无视，都将无济于事。王蒙就是那个永远也无法避开的存在，一个常人难以逾越的高峰。

《组织部新来的年轻人》，这篇让年轻的王蒙享誉中国文坛的小说，今天读起来依然振聋发聩。王蒙的这部小说在当时就是那个时代的一声尖利的不和谐音。这源自于青年王蒙对正义的真诚追求，和他的匡正时弊的社会责任感，以及由之而来的那种英勇进击的批判精神。王蒙的批判今天看来依然尖锐犀利。因为时至今日，王蒙批判的那些现象依然残留在不同的公务机构中。可以想见当时的王蒙是怎样的无畏。而他在那个封闭时代所表现出来的“反骨”，自然也就带来了他日后生活的苦难。

王蒙的幸运首先在于王蒙终于等来了这个时代。于是他便获得了那个相对自由的创作空间。但是许多获得同样机会的作家，却很快被新时期文学的滚滚浪潮所淹没，那是因为他们被旧时代那种唯一的创作方法捆绑得太紧，以至于慢慢地丧失了创造的能力。他们拘泥于传统，不可能再去创新，甚至不再能享受创作的自由。但王蒙不同。王蒙的不同就在于，尽管他已经对传统的创作方式运用自如，驾轻就熟，但是他就是不甘心止步于此。一定是他的天性中就有着不肯安分，不肯被束缚的成分。一定是他深谙没有创造力的作品也就失去了生命力。而刚好，新时期文学的环境契合了他。

这个时期的王蒙一定如鱼得水。他终于可以想之所想，言之所言，为之所为了。而且是，以他被荒废了那么久的智慧和渴望探索的精神。

于是便有了《夜的眼》《春之声》《风筝飘带》《海的梦》《蝴蝶》等等，而这些反叛传统的现代作品，也就成为了王蒙超越无数同道而献给新时期文学的独具品质的礼物。

这些小说在今天看来也许已经不够前卫，甚至过时，但是你一定不要忘记王蒙这些小说是写于一九七九至一九八〇年之间。这个时期的王蒙一定是有着强烈的想要冲决什么的愿望，而这时他又刚好从生活了整整十六年的新疆回到北京，成为了北京作家协会的专业作家。可想而知，当时的王蒙是怎样地满怀了对新文学的理想。他一定是兴奋的，激动的，跃跃欲试的，而且几十年来郁结了无数企望表现的思想，和那种渴望文学描述的愿望。于是他热衷于找到一种最好的、最先进的，也是最与众不同的表现方法。找到一种饱和了冲击力和创造力的思想的载体。

这是王蒙开始了真正先锋意义上的探讨。他开始试验各种各样的表现方式。他那个时期的作品中，充满了形式感。诸如意绪的任意流淌、时空的倒置、凝固或是运动着的文字的画面、反理性的感觉等等。王蒙在那样的尝试中也许并不在乎作品的成败，但有一点是肯定的，那就是尝试本身的那种挑战的意义。

所以王蒙在那个时代的作品变化多端。差不多每篇小说的方式都是新异的，色彩斑斓的。王蒙所崇尚的永远是一种新的东西。推陈才能出新，而求“新”，唯有求“变”。而“变”又是什么呢？那就是革命。

古今中外的文学史中，没有一位杰出的作家不是因为“革命”而留名青史的。无论是普鲁斯特、乔伊斯、伍尔芙，还是福克纳，他们都是以背叛和颠覆原先的文学传统而著名的。他们不愿意总是生活在前辈大师的阴影下，而他们摆脱阴影的唯一的方式就是改变，就是创造出一种先人没有的思维轨迹和描述方式。

王蒙所参与的新时期小说的八十年代，是一个繁花似锦的年代。所有活跃在那个年代的作家，很少不执着于对新的表现形式的探索。

王蒙新时期初期的那些作品，事实上开启了一扇通向多元的窗户。我们在阅读的时候不仅耳目一新，而且精神也为之一振。仿佛发现了新大陆。那个时代的王蒙令整个文学界着迷。于是文坛阅读王蒙，谈论王蒙，研究王蒙，甚至效仿王蒙，都成为一种时尚。无论王蒙所描述的是一种怎样的生活，他在作品中所给予文坛的启示都是明确的。那就是他要让文坛知道，在那个时代从事创作，唯有探索是第一性的，有时候哪怕有点偏激。

王蒙八十年代的特殊存在，使文坛拥有了一种创造的能力、探索的能力。慢慢文坛便有了更多的创作方式的选择，并且能够自由地甚至随心所欲地操纵种种新的形式了。这时候王蒙对文坛的影响就已经不再是表象的了，而是已经深入到了文坛的观念之中，潜移默化在了人们的思维之中。

文学的八十年代充满刺激。这是一个更新的年代、探索的年代、文学飞速向前发展的年代，让人难以忘怀的年代。中国文学从借鉴到创新、又逐渐回归自我的蜕变过程，就是在八十年代完成的。在这个自我完成的过程中，王蒙功不可没。

新时期试验文体的得以蔚然成风，长足发展，显然和王蒙的倡导相关。

八十年代以来，王蒙曾先后担任《人民文学》主编、中国作协书记处书记和文化部部长等重要职务。而八十年代许多著名的充满了探索精神的小说，大多是经他审定或干预才得以发表的。王蒙担任领导职务期间，始终坚持倡导文艺的百花齐放，推陈出新。而王蒙大权在握后所体现出来的这种风格，应当也是他做人品质的一种外延。他就是喜欢那些创新的东西，探索的东西，年轻的生机勃勃的东西。他做作家欣赏这些，他做官仍然还是要提倡这些。

王蒙始终不渝地为那个时期各种流派的作品摇旗呐喊，鼓掌助威。他不仅认真阅读那些充满了探索意味的作品，还写过很多饱含着激情的评介文章。他将欣赏的目光和激励的言辞毫不吝惜地给予那些正在孜孜以求的年轻人。他的肯定无疑极大地调动了他们探索的积极性。能做到王蒙这样由衷地奖掖后进、对新锐探索充满了欣赏的作家抑或文坛领导实不多见。

在那个时代，有时候一部作品的发表，并不是简单的发表，而是标志着某种导向，或者某种宣言。

刘索拉的小说《你别无选择》就是在王蒙担任《人民文学》主编期间发表的。这是一篇令人耳目一新的并且有着“黑色幽默”味道的小说，显然将现代小说的写作尝试推向了一个更新的层面。尽管当时对文学的现代性的探索已经开始，但是在《人民文学》上发表如此极端另类的作品，应当说是史无前例的。还记得当时一些朋友得知王蒙决定在《人民文学》上刊发《你别无选择》的消息后，他们是怎样的兴奋。毕竟那时的《人民文学》不是一般的阵地，而是国家级的主流刊物。通常是《人民文学》倡导什么，便自然会在全国文坛形成风气。果然有了《人民文学》的先例，刘索拉的《蓝天绿海》《寻找歌王》等作品便陆续在国内各家新锐刊物上发表。而同类的探索小说，也随之如雨后春笋般争相涌现。文学的八十年代更加异彩纷呈。

王蒙的积极倡导对试验小说的发展意义重大。因为在那个时期，先锋小说毕竟不能成为文学的主流，甚至在文坛中的声音还十分微弱。如果没有王蒙这种权威人士的大力倡导，这种微弱的声音很可能就会自生自灭，甚至销声匿迹。但是有了王蒙的弘扬，便给一代探索的中国作家们开辟和创造了一个更为广阔的写作的空间。

王蒙是旗手，所以王蒙的倡导才更加至关重要。特别是在那个新文学成长的初始时刻。

文学的八十年代之所以不可磨灭，就是因为有了以王蒙为标志的文学的进步。

文学要前进，就永远离不开旗手。

王蒙是旗手。这是在准备写作关于王蒙的这篇文章时，立刻在头脑中闪出的一个关于王蒙的概念。旗手，应当也是王蒙的形象，也是王蒙之于新时期整个文坛的意义。

当旗手这两个字在计算机上显示出来，在那个奇异的词条中，立刻旗手、棋手、骑手相继出现。后来想想便发现，其实无论用哪一个词来形容王蒙都是很贴切的。

旗手意味着王蒙领军的意义，而王蒙在文坛中的位置，也刚好证明了他就是那个里程碑一样的标志。

那么棋手呢？王蒙当然是一位睿智的棋手，而且是那种段位很高的棋手。他会玩儿，而且能玩得聪明智慧。他能把他自己的人生玩得灿烂多姿，也能把中国文坛玩得波澜起伏。

而马背上的骑手的象征意义就更加意味深长了。至少在新疆的生活中，王蒙对马是非常熟悉的。他的《杂色》就是例证。在结尾的时候，王蒙写道：歌声振奋了老马，老马奔跑起来了。它的四蹄腾空，如风，如电。王蒙还说，他永远记得这一匹马，这一片草地，这一天路程。他记得在奔跑的时候所见的那绚丽多彩的一片光辉……

那是王蒙的浪漫主义。

如此，骑手王蒙。棋手王蒙。旗手王蒙！

（原载《文学自由谈》2003 年第 5 期，有删节）

奔跑吧，王蒙

王 干

所有的日子，所有的日子都来吧

让我编织你们，用青春的金线

和幸福的璎珞，编织你们

这是王蒙在《青春万岁》里的序诗，时间已经过去了六十六年，当年二十二岁的王蒙如今已经八十八岁，对王蒙来说所有的日子虽然没有全部来了，但王蒙已经用文字精心编织了多年，生命的年轮已经蔚为壮观，青春的金线和幸福的璎珞也已经有了包浆，王蒙的头发也明显比以前更加灰白了，如果说之前还是奶奶灰的吧，现在则明显地呈现出“大爷白”了。

这一次和王蒙先生见面可以说最为“官方”的一次，我发微信说，《新民晚报》的封面人物让我写您，疫情期间，我们见面少了，您的近况所知不多，我想还是采访你您一次吧。王蒙很快回信，周四下午我们到便宜坊烤鸭店，一边吃一边聊如何？我说好。

王蒙先生预定好餐厅，十个人的包间，就我们四人：我们夫妇俩和他们夫妇俩。餐厅的张经理和王蒙先生是熟人，王蒙说，还是上海的钱文忠教授请客时认识的，当时张经理看到钱文忠脸熟，赶紧恭维，钱文忠教授说，这才是真正的明星，我都是他的粉丝。王蒙和张经理的交往由此开始，持续多年。这家餐厅的神仙鸡做得确实不错，味道有点类似叫花鸡，但用的猪爪“打底”，所以没有叫花鸡寒碜的泥土味，而有神仙的味道。

坐下来不久，我说我把视频开了吧，留些影像资料吧。他说，你写我，还是要采访啥啊，我们好久不在一起吃饭了，一起聊聊呗。

自从我们全家到北京之后，每年春节都要去看望王蒙先生一次，王蒙夫妇也是照例要留饭，他们家保姆是北方人，王蒙每次都问，你们南方人喜欢“糯”的食品，北京的口味你们习惯吗？足见老爷子的细心。近几年来，我开始称王蒙谓之“老爷子”，记得第一次他有点不习惯，一愣，后来想了想，说，是的，我也到了当老爷子的份上。当然，聊开心了，我们也戏称他“姐夫”，因为他现在的夫人单三娅年龄比我们大几岁，属于姐姐辈的。

王蒙原来的夫人崔瑞芳没有去世之前，我们习惯称她崔老师和崔阿姨，崔老师贤惠端庄，为人善良恭谦，有文学才华，她写的小说曾经以芳蕊的笔名发表，有时直接用王蒙的名字发表过，她曾经得意地告诉我，她的小说以王蒙的名义发表之后，没有人怀疑：这不是王蒙写的？

二〇一二年三月，崔瑞芳老师因病去世之后，我们都非常想念她，我多次梦见她。二〇一六年八月我在敦煌夜里三点醒来，梦见崔老师，就给她儿子王山发了个微信，“阿弥陀佛”，第二天上午，王山回了微信，“神经病”。王山的“骂”是有道理，我也没有解释。等我后来和王山见了面，说到梦见的情形时，王山很感动。

王蒙和单三娅的婚姻自然而然，年近八旬的老作家娶花甲之年的退休女编辑，是人世间最平常不过的事情。记得有一年国庆节，王蒙和单三娅请我们几家吃他们的“婚宴”，尽管只有一桌人，我们还是恶作剧地要王蒙“交代”“恋爱经过”，王蒙笑嘻嘻地说，“我是秒杀”。老爷子用这么时尚的网络语言，让我们大吃一惊。他说，我个人的经验，小事情深思熟虑，反复斟酌，大事往往要秒杀，比如你去菜场买菜，到商场买件衣服，可以挑挑拣拣，每个细节都要研究到位，但买房子就不能像买菜那样，一家一家地选过来，肯定谈不成。婚姻更是如此，更多的是凭直觉，秒杀！他说，当年他决定从北京迁到新疆工作生活，是件非常重大的事情，是人生的转折点，一般人不知道要反复掂量、前后思考多少天，而王蒙也是“秒杀”处置。他在公用电话亭和崔瑞芳阿姨交流了十分钟之后，就向组织申请，不久打起行囊，奔赴新疆，之后，全家也迁到新疆，迁到伊犁。这么大的人生转折点，在短短的时间确定，十分钟，在特别的空间确定，公用电话亭。如今公用电话亭已经很少见到了，谁想到那些不经意间“秒杀”的决定，影响了人生乃至社会的变化。

王蒙是当代文学的传奇，也是共和国文学的传奇。二〇〇九年我在《旗子和镜子的变奏》一文中，说王蒙的文学是共和国文学的一面旗帜，也是共和国历史的一面镜子。王蒙十四岁参加中国共产党，成为“少共”，新中国成立以后成为北京市的团委干部，后来写作《组织部来了年轻人》引起轩然大波，甚至毛泽东主席都出来为他讲话，毛泽东讲完以后还说“我和王蒙又不是儿女亲家”，这话有些“后现代”，表示他的客观公正。尽管如此，王蒙还是落入社会基层。他主动申请去新疆十六年，直至一九七八年重返北京，重返文坛。一九八五年担任共和国的文化部长，也是史上最年轻的文化部长，也是继茅盾之后的又一位作家部长。二〇一九年，共和国七十年大庆，八十五岁的王蒙获得“人民艺术家”国家荣誉称号。王蒙说，“人民艺术家”是美好而崇高的荣誉，是党对各行各业奋斗者的肯定和鼓励。“非常庄严，也非常提气。和那些国之重器的发明者、维护者、发展者相比，和解放军的战斗英雄相比，我所做的事情是很微薄的。这份荣誉对于我是荣幸，也是鼓励。”他的作品也真实记录共和国的历史进程，共和国的每一阶段的事件在他的笔下都有生动的记载和呈现。

王蒙在文学艺术上的创作成就为众人所知，王蒙对文学的钟情和热爱也是持续不断，这三十多年来，每一次见到他，他总是说自己正在写什么，或者准备写什么，那股热情像刚出道的文学青年一样。我在文坛多年，很多作家初出道时，一腔热血，但功成名就之后，就很少谈文学了。王蒙不仅始终保持着“文青”的激情与忠诚，对文学青年的关注也是文坛佳话。余华的《十八岁出门远行》刚在《北京文学》发表，我们就在《文艺报》撰文夸赞评点，喜爱之情溢于言表。张承志、刘索拉、张辛欣等当时作为青年作家的新作也得到王蒙及时的热情推荐。他还为陈染等女作家写过序，推荐过一些青年作家加入中国作协。二〇〇一年，王蒙获得《当代》的小说年度大奖，奖金十万元，在当时是一个很大数字，王蒙当场表示，将全部奖金捐献出来，设立一个青年文学奖。这也属于“秒杀”，是王蒙临时决定的，至于主办方有些意外。

这就是人民文学出版社“春天文学奖”的设立，当时全国尚无青年文学奖项，奖项规定得奖作家在三十岁以下。先后评了四届，每届一名得奖，两名提名。一等奖一万元奖金，提名三千。春天文学奖先后评选了四届，戴来、李修文、徐则臣、张悦然、了一容、叶子等先后获得此项殊荣，成为他们文学道路的第一块奠基石。徐则臣后来获得鲁迅文学奖、茅盾文学奖，李修文也获得鲁迅文学奖，张悦然也频频斩获国内外的大奖。四届评奖，花完了王蒙先生捐的十万元奖金。二〇一九年，《长江文艺》笔会期间，已经担任湖北作协主席的李修文说到春天文学奖，特别有感情，他说这个奖停了太可惜了。修文表示，他希望能够重新启动春天文学奖，希望得到王蒙老师的支持。我转告王蒙先生之后，王蒙欣然地笑了，恢复当然好，现在这样也很好。

王蒙这些年来，似乎焕发了“第三春”，他的第一春是上个世纪的五十年代，他写下来《组织部来了个年轻人》《青春万岁》等作品，至今还在流传。到上个世纪八十年代复出文坛之后，留下了《春之声》《海的梦》《活动变人形》等力作，引领了当代文学潮流。王蒙的第三春则是新世纪之后，在《这边风景》获得茅盾文学奖之后，近一两年再度呈井喷之势，一两年就有一部长篇小说问世，二〇〇三年的《笑的风》，二〇二一年的《猴儿与少年》，今年又有很长的中篇《从前的初恋》在《人民文学》杂志发表，前不久还有中篇《霞满天》在《北京文学》第九期发表。一般说来，中国文人是“青春作赋，皓首穷经”，王蒙在皓首作赋的同时，也读解中国古典经典。在写小说的同时，他还写了一系列解读诸子百家传统文化经典研究的文章，《老子的帮助》《庄子的奔腾》《庄子的享受》等等，洋洋洒洒，恢宏自如。王蒙有些自豪而风趣地说，“我有一个自己觉着很牛的说法，那就是——我还是劳动力！仍是文学创作的一线劳动力。”这次见面，我对他说，我要写篇《夏天的王蒙》，很多作家到了晚年之后，往往写的数量减少，文字也言简意赅，惜墨如金，微言大义，您还保持那股磅礴、蓬勃、澎湃、一泻千里，呈现出欣欣向荣的夏天生长之势，成为奇迹了。至少，文坛马拉松冠军当之无愧。

我比王蒙先生年轻二十六岁，时不时感到生命之秋的危机感，看着王蒙依然年轻依然青春依然保持旺盛创作生命力的状态，实在有些惭愧。二〇二〇年在青岛海洋大学举办的王蒙新作《笑的风》的研讨会上，我曾经感慨地说，这些年，作为王蒙先生的追随者和研究者，我一直在跟随王蒙先生的脚步，他写到那里，我读到那里，基本做到“同频共振”。现在则有些跟不上了，四十年来，我从一个青年慢慢变成了中年，现在变成青年人调侃的“干老”了，而前面那个奔跑的王蒙还在以少年的速度奔跑，我发现自己的步履在减缓，有些喘气了。王蒙不服老，他通过他的小说题目向世人宣布：明年我将衰老。身体的衰老也许不可抗拒，精神永远年轻，心和文字永远在驰骋。这就是夏天的王蒙。

奔跑吧，王蒙老师，奔跑吧，我的兄弟！

2022 年 9 月 1 日于润民居

王蒙的“普鲁斯特问卷”

刘西鸿

在一个老师家里，看到他桌子上层叠层好几部厚书，王蒙前辈的《闷与狂》叠在其中。得到赠予，我一夜看完这部“新小说”。王蒙半个多世纪书写的文字，让我们习惯了一逢“王蒙”两个字，就怀揣一种对春树的期待：开放、收获、歇息、入睡、休整调养、重新开放。动植物的这个代谢过程，广义上看作家创作，只有一次代谢，但王蒙是一个异数，奇也。作家王蒙是一棵树，栽哪儿，那儿就不会有失望的春天。花，逢春必开。

《闷与狂》不是传统意义上的小说，它是一部由寓言家、预言家书写的癫狂诗作，时而澎湃如少年，时而哀伤如智者。大家不是必须从第一页读起。不过第一章第一页很好看，温柔细腻的“女人”王蒙向你诉说心事。

章目都很“琼瑶”，有稍嫌忽悠的“我的宠物是贫穷”；略感仓促的“你的呼唤使我低下头”；过于哀艳的“明年我将衰老”，不要紧，不要紧了，王蒙都不着细节，他连一个细节眼也不会告诉你。狗仔队去吧你。

历史的“必然”和“偶然”，我们花口水争个不休，其实是同一回事；死亡，绝对不是一个意外，没有必要花时间学习“避免”；生命中一连串必须的礼仪，王蒙睁着一双平凡人的眼睛，穿过了一道道繁花累赘绸缎子门槛，淡定、大步地跨了过去，不平凡哦。是的，王蒙是一个“布尔什维克”，不过不是被我们贴了标签的那个“历史的”布尔什维克，或者说，已经不是。

他可以随心所欲了，他已经随心所欲了。真是幸福，真是好运气您呐，前辈王蒙。

《闷与狂》和普鲁斯特《追忆似水年华》没大关系，普鲁斯特这本连法国人也要读几十次，每次快进几十页，记忆都只停留在前三页。《闷与狂》是春树花开，我很自然想到普罗斯特，不过想到的是他那个著名的问卷。

王蒙前辈，您一定听说过那个叫“普鲁斯特问卷”的提问卷。其实并不由普鲁斯特发明，只因为十九世纪法国作家普鲁斯特在他十三岁和十九岁之间玩过这个游戏，游戏来源于当时的“上流”英国，最早可追溯到一八六〇年，原问卷是英文，翻译成法文叫“自白书”，当时少年的普鲁斯特有个女哥们叫安东文奈特（Antoinette），她的父亲菲力·福尔（Félix Faure）后来成为法兰西第三共和国总统（1895—1899），福尔总统的两个女儿都是普鲁斯特年轻时代的好友。这个游戏被收集在安东文奈特英文版的《思想和感情结集》（*An Album to Record Thoughts*,

Feelings，*&c*）里。那个时代时髦的玩儿都来自英国，时髦人都认为这些英式问题可以揭示人的趣味、思想和精神愿望。

普鲁斯特在他未成年时就做过几次这道英国式的自白书，据说每次都认真投入。一八九〇年他又做了一次这份问卷，当时他十九岁，在奥尔良服兵役。这份问卷手稿在一九二四年被心理医生安德烈·贝杰（Andre Berge）发现，上书“马塞尔·普鲁斯特自测”，二〇〇三年五月二十七日，这份普鲁斯特手稿以十万零二千欧元拍卖售出。

主张“语言不单是工具，还是文化沉淀”的法兰西当代文化名流、二〇一四年起担任龚古尔文学院领导的贝尔纳·皮沃（Bernard Pivot，一九三五年五月五日生），长期在高等学校和专业媒体上主持高难度法国语言考试和文学节目，上世纪九十年代初他开辟了电视黄金时间节目“文化浓汤”（Bouillon de culture），邀请文化名流特别是各国重要作家做嘉宾，提问和回答足够严肃活泼，深入浅出，最后均以“普鲁斯特问卷”为节目收尾，颇具搞笑戏剧效果。

完全由于皮沃的影响力，“普鲁斯特问卷”在二十多年前又重新时髦起来，即使在我们中国也可找到各种各样的普鲁斯特问卷，现在所有中文版的“普鲁斯特问卷”已经八仙过海、百花齐放、无奇不有、古灵精怪，和皮沃“普鲁斯特手稿问卷”原汁大有差别。

“普鲁斯特问卷”提问二十七条，贸然敬请前辈王蒙，他回答了皮沃版的普鲁斯特手稿问卷：

一、您最欣赏的德行是什么？

王：与人为善。

二、您认为男人最应具备的优点是什么？

王：说话算话，尤其是对女人说话算话。

三、您认为女人最应具备的优点是什么？

王：快乐光明。

四、您认为您朋友中什么最值得您欣赏？

王：有兴趣于所有的事情。

五、您最大的缺点是什么？

王：丢东西，例如我丢掉自己的身份证达三次了。

六、您最喜欢忙什么？

王：写作。

七、您对幸福的梦想是什么？

王：挽留住受欢迎的客人。

八、您最大的不幸是什么？

王：喜欢音乐但是不会任何乐器。

九、您想成为谁？

王：我自己。

十、您向往在哪个地方生活？

王：地球上就好。

十一、您最喜欢哪一种颜色？

王：您最喜欢哪一种花？多几种颜色和花朵吧。

十二、您最喜欢哪一种鸟？

王：燕子。

十三、您最喜爱的散文家？

王：还没找着。

十四、您最喜爱的诗人？

王：苏东坡、普希金。

十五、小说中您认为的男英雄？

王：不确定。

十六、小说中您认为的女英雄？

王：不确定。

十七、您最喜爱的画家和作曲家？

王：列维坦与柴可夫斯基。

十八、您现实生活中的英雄人物？

王：各个体育竞赛冠军。

十九、您最喜欢的名字？

王：无。

二十、您最讨厌的是什么？

王：装腔作势，大言欺世。

二十一、哪一个历史人物您最鄙视？

王：李世民。

二十二、哪一部分的改革您最看重？

王：一些事，没有人说太多的话，自然而然地就改过来了。

二十三、您最想得到的大自然恩赐是什么？

王：该记住的都记得住，该忘记的都忘记。

二十四、您希望以什么方式离世？

王：暂未设计。

二十五、您目前的心境？

王：很好。

二十六、让您更激发灵感的过失是什么？

王：为生活与经验而过分感动。

二十七、您的座右铭？

王：肯学习就学得会。

2016 年 3 月 4 日

那年，我们一起走进北戴河

王 海

我认识王蒙先生是在北戴河。

那一年，我去北戴河疗养，正在餐厅用餐，走过来一对老夫妻，待他们走过，有人说：刚才走过的是文化部老部长王蒙先生和夫人，我很是惊异，王蒙不仅当过文化部部长，还是我国当代最具有影响力的作家。吃罢饭，我没有离开餐桌，我一直等待王蒙和夫人再次走过餐厅。

北戴河早晚很凉爽，潮湿的早晨一把能捏出水来。“中国作协北戴河创作之家”坐落在安一路的小巷里，“创作之家”里两座小楼，从小楼走廊的镜框里，我看到中国当代的大作家大都在这里疗养过，陕西的陈忠实，贾平凹在这里留文有影。对面是一座别墅小院，一些老作家到北戴河疗养大都住在那里。王蒙的作品我大都读过，并深受其影响，若能与他交流，得到他的指点，一定会收到意想不到的效果。

小巷里处处可见黑皮肤蓝眼睛的外国人，他们穿着泳装带着儿女，像蝴蝶飞来飞去，海风在巷子里一阵阵地掠过，使人浑身清爽。创作之家对面的小院中，有一棵古老的大树，树枝伸展得很长很长，几乎盖过了半边院子，树下的台阶上放着一个小方桌，两位长者正在读报，我定眼一看，那是王蒙和他的老伴！我轻声敲门：王蒙老师，我可以进来吗？话一出口我却后悔了，他曾担任文化部部长，又是文豪大家，这样称呼合适吗？

王蒙和老伴看见我说：可以，请进来吧。我推门走进院里，他让我坐在他俩中间，他们得知我是陕西人，特别高兴。王蒙对陕西方言很感兴趣，他说陕西方言很有内涵，又有韵味，读起来很来劲。他说，你的小说《天堂》改编话剧很好，陈忠实的《白鹿原》也改编了话剧，在北京演出很成功。近两年，陕西两部小说被改编话剧，并进京展演，很不错……他是那样的和蔼可亲，平易近人。我觉得像是在老家的老槐树下，和一位长者在聊天。

他曾去过陕西，看过西安的兵马俑，我问他去过咸阳五陵原吗？我给他介绍咸阳五陵原上的汉阳陵和汉武帝茂陵博物馆，介绍秦遗址和周陵，谈五陵原上中国金字塔群恢宏、博大精深的文化，并送我的小说《天堂》给他，我说《天堂》里写的就是咸阳五陵原上的事。说话间，时间流水般走过，不知不觉地过了四十多分钟。

北戴河中午的阳光像炉膛里的火，不！比火更灼人，只要你在太阳下烘烤个把时辰，你的皮肤一定会烤伤，白人会变成黑人。然而，那天，王蒙和我再次见面，就在这午饭后的太阳下，我们交谈，走走停停，百米长的院子我们走了二十多分钟。那是疗养的第六天，安徽的一位文联领导告诉我：王部长找你呢！我吃过午饭，站在餐厅门前等候他。王蒙一见我就说：你的《天堂》我看完了，写得很好。他说：不要刻意追求一种大背景，写生活，写普通人的生活也一定会感人……他说：《天堂》中老书记、关武干，特别瓜婆、茹玉那几个女人都写得很棒。其实，关武干写到被人打断腿，在舞厅门前售票那一段已很到位了。关武干最后被父亲蛮二所杀有些多余……

在太阳下，他忘记了太阳灼热的烘烤，我劝他站在树荫下，树荫离我们只有几米之遥，他没有动，他说：我在农村呆过，关武干这样的人，很有典型意义，还可以写得更好些。《天堂》的结尾很有美感，令人深思……不知不觉我们走出了“创作之家”的小院，我知道他有午休的习惯，不敢再和他谈了，临别时，他高兴地答应回京前给我写一幅字。回到房间，我抚摸着黑红灼热的胳膊，心情久久不能平静。听创作之家负责人讲：王蒙每天上午写作，下午必有四十分游泳锻炼，那么，三十八万字的小说《天堂》，他是如何挤时间读完的呢？

我爱人得知王蒙老师对《天堂》给予肯定，又要送一幅墨宝给我，异常兴奋，她在餐后碰见崔老师（王蒙老师老伴），邀请他们到咸阳去玩，竟激动地说：你来咸阳，王海有一辆车，带你们在咸阳五陵原上好好看看……我听后惊异失笑，咱那辆破车，没有空调不说，三天两头地耍麻达，敢让王蒙老师坐吗！

下了一场大雨，凉爽透了。上午出外旅游，下午休息，一起到海边游泳，有时我们也在阅览室读书看报。晚上有名著改编的经典电影，时而，我和几个作家坐在二楼凉台听雨声，有人问我和王蒙很早认识吗？我知道王蒙找我谈作品的事他们知道了。下午听说海里起浪了，有些人不敢再去游泳，作家冷梦吆喝大家一定要去，我第一响应跟她去了，海里突然“大浪涛天”，我带几个女作家组成人墙，迎着扑面而来的巨浪一起大喊，一起冲浪。狂闹中，唯有我爱人了解我轻狂的心态。

疗养期间，很少见王蒙散步，只是在饭前饭后能碰见他。疗养就要结束了，我想再和王蒙老师谈谈，请他解读我创作中的一些困惑、畅谈中国文学的走向。这天我碰见他，有好多分别的问候和祝福话要给他叙说，他说：王海，我给你写了一幅字，在阅览室，你饭后找人去取。我感到很惊愕，却转身急忙去找“创作之家”的负责人。在阅览室放着署名送我的两幅字，一幅是“妙语通神”，一幅是“妙语”。我觉得这两幅字不管是对我，还是小说《天堂》，都是前辈对晚辈的偏爱，老师对学生的鼓励和点教。面对这两幅字，我恭敬折起“妙语”悄然离去。我想《天堂》里没有妙语，妙语是一个境界，是前辈对晚辈的期望，就像高考前老师给学生树立的一个标尺。

中国海洋大学温奉桥老师让我谈谈我眼中的王蒙。这几天，我常常想起认识王蒙先生的日子，在海大，我们和莫言、贾平凹、谢有顺一起讲课，共进午餐，在校园一起散步。他到咸阳参加《城市门》研讨会、在西咸新区文化大讲堂讲课、参观唐顺陵、在空港文学馆和作家座谈交流……

夜里，我常会梦见北戴河“创作之家”，对面别墅小院那棵遮阴避雨的大树，还有院中台阶上的小方桌，那两位老人，他们像尊雕像竖立在我面前。

王蒙、莫言、诺贝尔

黄维樑

二〇一二年十一月七日澳门大学首位驻校文学艺术家王蒙先生，在其就任讲座上以《从莫言获奖说起》为题，谈莫言，更大谈诺贝尔文学奖。王蒙讲毕，满堂掌声雷动中，讲座主持人朱寿桐教授用“博大深刻睿智幽默”概括其讲演。这八字真言似乎还可以加上二字：温馨。这位驻澳大的作家在演讲中提到澳门近十次，澳门大学、澳门基金会以至澳门的博彩业，都在听众的耳边响起；听众怎能不感到亲切，怎能不“冧到痺”（粤语）呢？作为部长、教授、小说家、名誉博士，王蒙有高超的演讲艺术；不过，他的演讲艺术这里点到即止，本文旨在介绍他对莫言、对诺贝尔文学奖的看法，在夹叙夹议中，补充介绍他对这二者的观点，并评论之。

王蒙认为“莫言得奖是一件好事”，他是“优秀的作家”。“莫言写得非常好，他好的特点一个是他特别善于写感觉”；在中篇小说《爆炸》

中，农村的一个儿子被他的老爸扇了一个耳光，他这一个耳光，他把他的感觉、听觉、嗅觉、触觉……他的各种印象写得那么淋漓尽致，使人历久难忘。还有，“莫言的想象力很开放”，“受世界各国的影响，他受加西亚马尔科斯的影响”。“莫言还有一个好处：他写作踏实，热情洋溢，他像井喷一样。”

说莫言“善于写感觉”，很多读者包括我有同感。善于写感觉的古今中外作家何其多，李贺李商隐王实甫曹雪芹以至王蒙，和王蒙认为研究太多好评太多的张爱玲，和严家炎称为新感觉派的作家等等，都“感觉良好”。说莫言“热情洋溢，他像井喷一样”，则有同样表现的两岸三地中华文学（或谓汉语新文学）作家，包括王蒙本人，不胜枚举。王蒙认为莫言是“优秀的作家”，而我们知道文学史的排名榜上，大概有好作家、优秀作家、杰出作家、大作家、文学大师、伟大作家的等级。事实上，在演讲中，王蒙列举的优秀作家，包括了韩少功、张炜、王安忆、铁凝、余华、刘震云、迟子建、毕飞宇、闫连科等等；他还介绍了刘震云的说法：成就“类似莫言的至少我还可以说出十个来”。

关于莫言的“开放”、他所受的影响，王蒙说：“那个《红高粱》一上来我爷爷、我奶奶，我奶奶是在高粱地里面野合而生出来他的父亲，这个他其实是受德国作家君特·格拉斯的《铁皮鼓》的影响，因为那个《铁皮鼓》一上来吸引人的就是德国的一个矮个子的士兵，为了躲避追捕，躲到一个妇女的裙子里面。然后在裙子里面跟掩护他的这个女人发生了性的关系，然后就产生了他的爸爸。”说莫言怎样具体受《锡皮鼓》（演讲中的《铁皮鼓》应作《锡皮鼓》）的影响，不算是什么褒言。王蒙还认为莫言“写作有些地方写得粗糙”，“有时候自我有重复”。

至于莫言作品的题材与技巧有无开拓创新、人物塑造的典型性鲜明性、内容中时代性现实性的强弱、主题的深刻与否，王蒙都没有齿及；也许王蒙认为不必析论，也许王蒙所读莫言作品不多，不能具体深入评说。顺便道一下感想：王蒙虽然以学习以读书为他的骨头、他的硬道理，他因写作和从事其他文学活动耗费了大量时间，又可以阅读当代多少作品，尤其是长篇小说呢？王蒙承认："譬如说我在伦敦见过尼日利亚的索因卡，索因卡一个黑人作家，又年轻又可爱又帅——靓仔！但是我没有读过他的作品。"他对大江健三郎的作品也"没有认真地读过"。

王蒙与莫言相关的，根据我的阅读，还有一二可说。一九九四年，负责诺贝尔文学奖评审的瑞典皇家科学院（王蒙在演讲中称为"瑞典科学院"）成员之一马悦然，请王蒙提供中国本土作家名单，作为诺贝尔文学奖的候选人。王蒙"认真做了准备，并写下了推荐材料"，推荐了韩少功、铁凝、王安忆、张炜四人。推荐的名单中没有莫言。我们知道，至一九九三年底为止，莫言已在两岸三地先后出版了《红高粱家族》《透明的红萝卜》《天堂蒜薹之歌》《爆炸》《十三步》《酒国》《怀抱鲜花的女人》等书；其中《红高粱家族》里的《红高粱》，因为有了张艺谋巩俐的红艳浓丽电影，使莫言也大红了。二〇〇七年，小王蒙二十二岁的莫言，撰作并用毛笔写了一首诗赞美王蒙：

漫道当今无大师，请看矍铄王南皮。跳出官场鱼入海，笔扫千军如卷席。

王蒙称这是"莫言老弟"的"打油说法"，并牛气地说："有老莫夸着谁贬损得了？"不过，据龚刚转述，莫言在一次新时期文学回顾中，没有提及王蒙的贡献（龚氏并为此而鸣不平）。二〇〇九年莫言文学馆落成，王蒙则题写了馆名。大师和诺贝尔奖得主之间的文学因缘（迄今似乎没有恩怨），应有余话。

对于诺贝尔文学奖评委马悦然，王蒙则有一段小恩怨。它因误会而起，根据王蒙的自传所述，后来误会冰释，恩怨应是一笑而泯了。对于诺贝尔文学奖这个建制，他的感觉是抑扬爱恨交织，相当复杂。先听听他在演讲中说了些什么。

王蒙指出，诺贝尔文学奖如果颁给“写得不是很理想”的作家，他得了奖，就沾了奖的光，一登龙门身价百倍。

如果“一个很了不起的作家，他始终没有得奖，那么这样的话受损失的是这个奖，而不是这个作家”“我们要为诺贝尔奖遗憾”，托尔斯泰是个佳例。

如果“这个作家啊，他写得也很好，他又得了奖了，这二者如鱼得水，得奖的作家是锦上添花，发奖的是咸与有荣”。

如果“暂时还没有被公众所承认的，具有潜在的优势的这样的作家和作品，给他发一个奖”，“这样的话这个奖的威信就更高，他等于文学界的一个伯乐”。

王蒙又说，诺贝尔文学奖最重要，影响最大，奖金最高，其他如法国的龚古尔奖，英国的布克奖，日本的芥川龙之介奖，美国的普利策奖，意义和规格都比不上。然而，王蒙又说：“诺贝尔文学奖好，不如文学好。”

王蒙进一步举出多个国家的事例，说明诺贝尔文学奖的政治性：“有过一种看法认为诺贝尔文学奖就是专门奖励社会主义国家的异议分子，意思它是不怀好意的，是敌视社会主义的体制的，连西方国家都有这种说法，说他们的目的就是要奖给社会主义国家的叛徒的。”王蒙认为“这个说法也不是特别的全面”，然而，瑞典科学院的诺奖评委，实在“有一定的政治倾向”。

有一个问题，王蒙说得可用痛心疾首来形容，就是有人“把北欧的这一个奖看得比天还高，然后把中国的文学看得比地沟油还臭，这个有点变态，有点下贱，这就太不实事求是了”。不知道这句话的主词是谁，似乎既是某些中国人，也是某些外国人。某些中国人贵“古”贱今、崇洋抑华使王蒙推论出这样的话：“中国作家有两项原罪：一个是没有得诺贝尔文学奖；一个是没有当代的鲁迅。”（当然现在有人得诺贝尔文学奖了。）

演讲中上面这些话，除了四种得奖者类型和“比天还高”“比地沟油还臭”之说外，都不是王蒙的新说法。“还高”“还臭”是狠话，王蒙从前谈论诺奖及其相关人事的态度，基本上是温柔敦厚的。

瑞典科学院究竟有何神通，天下的文章由他们评说了算？我查考过该院评审诺奖十八个委员的履历，发现他们绝不具备评审中国文学（遑论整个世界文学）的十八般文艺。至于十八个委员中唯一懂中文的马悦然，其文学批评的造诣，其对当代中华文学的博观（《文心雕龙》说“圆照之象，务先博观”），其与诺奖相关的行事为人，我绝不能给予高度的评价，虽然马先生总是仪表温文儒雅。王蒙曾任文化部长，他当官与否都要显示中国知识分子的丰采和气度，他对获得诺奖并非没有企图心，所以不曾对诺奖和马先生撂过狠话，但我相信他不会反对我这里的观点。

十八个委员中，谁有能力和时间对“黄”河沙数、丰富多姿、精彩纷呈的当代中华文学作有广度和深度的阅读和评析？就以马悦然而言，他何曾有发表过文章具体细致地评析当代中华文学，哪怕是一篇两篇？十八个委员能从历史、时代等多方面充分理解当代中华文学战争革命、生死爱情、“顺美匡恶”（刘勰语）、“再使风俗淳”（杜甫语）的内容思想吗？他们能深刻地（不要说直接地）欣赏“仓颉所造许慎所解李白所舒放杜甫所旋紧义山所织锦雪芹所刺绣”的美丽中文（余光中语）吗？

不纯就文学论奖，评委在甄审时，做的是“文学+政治”的综合考虑。文学成就之外，作家所属的国族、作家的政治立场、作家的性别以及评奖时的国际政治气候等，就是我所说的（广义的）政治因素。本届把诺奖颁给莫言，我认为与中国国力强大有关。而在把荣誉给予中国文学之际，我“小人之心”地猜想，这事不无评奖委员的不正之心存在：各国读者因莫言得奖而读其小说，其小说《红高粱》《檀香刑》等里面，中国人是如此野蛮恐怖残忍，读后得到的中国人形象，难道不是负面的吗？而中国人就是这样的了。莫言得的是把双刃剑，有利于中国，也有害于中国。马悦然口口声声说诺奖不是颁给最好的作家，只是颁给好的作家。此语应能代表诸评委的意见。当今中国好的作家太多了，为什么本届把诺奖颁给中国作家中的莫言，而不是王蒙或其他？王蒙的作品并没有这些恐怖与残忍。莫言得奖此事，评委祭出了一把双刃剑。

王蒙的作品呈现长江大河的内涵、韩潮苏海的语言，他自是大师，影响广远。这里就近举证。在《汉语新文学通史》中著者对王蒙的诸多贡献之一有这样的论述：《布礼》《蝴蝶》《夜的眼》等作品“在小说的叙述方式等方面的创新，给文坛带来了强烈的震撼”。王蒙是河北人，河北就在黄河之北；如要立一名目，他可称为“大河作家”（大河一词源于法文 roman-fleuve），他的文学成就比起莫言怎会不及？莫言称美为大师的王蒙，没获得最大的文学奖，而莫言获得，他的感受如何？他常道的一句名言是“凡把复杂的问题说得像小葱拌豆腐一清二白……概不可信”对于诺贝尔文学奖、对于莫言之获诺奖，他的感觉不可能一清二白。

二〇一二年十月、十一月和十二月，应然且必然的是中国文化界的莫言季、诺奖季，王蒙所到之处必定被问及对莫言、对诺奖的看法。十一月上旬他发表驻校演讲，干脆自订讲题为《从莫言获奖说起》。王蒙有书名为《尴尬风流》。老弟莫言夺标而非大师王蒙折桂，这诺奖又是多么令人扬之抑之爱之恨之。他大谈二者，难道没有一脸尴尬的可能？王蒙却博大深刻睿智幽默且温馨地、文采风流地说了。以宽容见称的王蒙，在他的其他文章、在他的自传中，并不多谈诺贝尔奖。在自传第三部《九命七羊》中，他谈诺贝尔奖的篇幅颇为有限；他谈夏衍巴金张光年，谈俄罗斯的《纺织姑娘》等等歌曲，谈他喜爱游泳，他是一条鱼，谈他的雕窝村居，谈他用英语日语波斯语土耳其语维吾尔语演讲的事，谈他的爱睡觉，谈他的中国海洋大学，谈他的作品《十字架上》《失态的季节》。

“诺贝尔文学奖好，不如文学好”。十一月三十日在澳大中文系以“中国当代文学”为题的“名人论坛”中，王蒙话不对题地滔滔娓娓大谈数学与文学。王蒙莫言诺贝尔。

写于 2012 年秋天

（本文是黄维樑 2012 年 12 月 3 日澳门大学中文系举办的王蒙文学专题研究会议上宣读的论文）

在紫禁城东南巽方阅读王蒙

黄继苏

岁末到国家博物馆参观《丝绸之路展览》，真是美不胜收。出来看见还有个“王蒙”的什么“书法作品”展，觉得纳闷：王蒙的手迹多年前见过，书法再怎么定义，他那个好像都不能算吧，什么时候成书法家了？中国是片神奇的土地，这片土地上的平民所能享受到的最大乐趣，就是饱览各种奇迹了。所以我看时间还早，就三拐两拐找了去。找到地方才发现是自己没看仔细，展览大厅里悬挂的并非王蒙的墨宝，而是近五十位“最具实力的书法家”从他著作中摘写的“吉光片羽”。

这样的语录和这样的书法、这样地方，要是没有某个大人物一声令下，很难想象彼此能有见面的一天。我这回仔细读了展览前言，其中交代得明白：

二〇一三年九月，“青春万岁——王蒙文学生涯六十年展”在中国国家博物馆举办，前来参观的观众很多，其中一位领导同志参观后说，应该请些书法家把王蒙著作中充满智慧和幽默的句子写下来办个展览。我们感到这个想法很好，于是国家博物馆和中国书法家协会密切配合……

王蒙这位“组织部来的年轻人”，当年质疑了无形的紫禁城，被“组织”发配到了达坂城一带。改革开放后凯旋而归、扶摇而上，从《人民文学》主编到文化部部长，从启动意识流写作到宣布“文学失去轰动效应”再到“告别崇高”，亦官亦文、官文相长地成为呼风唤雨的文坛领袖。到如今，容我改句唐诗：有客西北来，衣上南斋雨——“南斋”就是“南书房”。

一个人活在人堆儿里，少不了一身而兼多种矛盾的身份、对立的心境、冲突的价值。如何从中求得心安理得，是每个社会成员必修的人生功课，也是值得窥探的个人心理和社会心理过程。挑战紫禁城的“改革派”“开明派”胸牌，王蒙好像没摘，而紫禁城的高大上派头，王蒙看来也没拒。把俩冤家对头譬如情敌安排在一张床上休息，这对任何人都是挑战，更不用说敏感的读书人了。王蒙化解矛盾的办法就是他登高一呼的“躲避崇高”。这个口号，正中当年读书人的下怀，马上成了时代最强音。他们于是化内心阻力为动力，在讨伐“伪君子”的大旗下组织起“真小人”的正义之师，向着外币本币裸奔，朝着处级局级猛扑。将“躲避崇高”崇高化，这只是王蒙和广大读书人使用的一种心理保护机制，他们还使用了其他种，例如透着潇洒自如的幽默及自嘲。像范跑跑那样一边跑一边高声背诵洛克、霍布斯，虽然比干跑强，但显得傻乎乎的。如果他跑完了立定冲观众一笑，指着墙上或地上的身影说，“我看挺像悲鸿先生的奔马”，也许就达到领导同志称赞王蒙的“充满智慧和幽默”了。这次王蒙语录展上诸如“不妨有一点自嘲”“耐心高于智慧，耐心高于道德”之类的劝世良言，其实都可以从心理保护机制的角度给予“同情之理解”（主办方前言里说他们“感到”领导的想法很好，也是突出自己的主观能动性，否则显着跟落实上级交办任务不过夜似的，就没意思了）。我真的没有挖苦王蒙先生的意思，平心说，因人格矛盾、内心冲突而哄哄自己蒙蒙别人，这在今天实属难能可贵，可以折合为从前“仁人”的反躬自省了。今天众多知识精英早已练成科幻小说里才有的绝技：他们刚津津乐道完彼此的升官提级，脖子都不转一下就接茬痛批中国“两千年官文化”。在不减速的情况下从一套价值/身份向另一套作直角甚至锐角切换，搁汽车早飞进路边的公厕或火锅店了。

王蒙的这批语录我就不推荐大家去看了——推荐也不会有人听我的。但我还是建议读者没事儿的时候读读王蒙别的作品。自嘲因能知己，知己方能知世。圆滑归圆滑，他对世道人心的见识高出锐角知识分子不是一星半点。立在紫禁城附近，会赋予吉祥如鹤的王蒙一种既保守也现实的理性视角，即他语录里所说的“清醒度”。天下的事就这样有弊有利。

（本文转自黄继苏的博客）

第二辑

亲友眼中的王蒙

王蒙之坚持

单三娅

王蒙是一个坚持的人！从写《青春万岁》开始，王蒙已经写了整整七十年！每天在写，日复一日，两千万字以上！进入耄耋之年，每年还有两三本书面市。

见到"坚持"二字，许多人都觉得痛苦。人们大多以为，"坚持"就是咬牙、忍受、牺牲的同义语。毫无疑问，坚持有它残酷的一面：战场上每分钟的坚持都意味着牺牲，患者的坚持每天都是忍耐，危机袭来每次都得咬紧牙关坚持下去！

王蒙之坚持，却是一种享受。他不是那种一时的坚挺，不是咬牙跺脚捱过去就能见到曙光的坚持。王蒙的坚持是漫长的，是用一生的光阴来支撑的，是长期不间断的、每日每时每分每秒的，是自觉自愿、有规有律、不找借口、不受其他诱惑的。所以他必须张弛有度。

每天早上我一起床，走向厨房，左转头，迎着书房窗外的光线，准能看到王蒙写作的剪影。厨房里有他准备好的咖啡或奶茶。我的一天开始时，他可能已经写了上千字。

日复一日，基本没有例外。每当有人问，王蒙的时间是从哪里来的？很简单，你能说没时间吃饭吗？他的写作，与吃饭一样，是生活的组成部分。

有一位领导同志，到文化部上任后第一次来家探望，进门还没落座，就问王蒙，你这么多年也有许多不顺，怎么都让你变成了有利形势？这位领导太可爱了是不？显然他已经不止一次地思考这个问题了。这就得说王蒙有一种能力，他能在不顺利的时候自己为自己打气鼓劲！一九五七年尾，他的《组织部来了个年轻人》等作品受到批评，在开了半天批评帮助会后，他在午餐时间跑到附近的欧美同学会自己慰劳自己吃了顿西餐，心情立马不一样了。划为右派的第二天，他在小绒线胡同家门口照了一张照片，一手拎着搭在肩膀上的外套的领子，潇潇洒洒，不无得意，他自称是看到书上普希金的一张照片受到了启示，要做光明快乐的诗人。他还在领到《人民文学》杂志工作人员骑着摩托送来的稿费以后，到西单商场做了一身西装，须知那年头穿西装的人可是很少哟。王蒙爱说，逆境中也有顺茬，顺境中也有逆茬。至今，他从来不认为自己倒过大霉，吃过大亏。说起去新疆十六年，他说是幸运，他有了新的见识，吸收了新的灵感，他认识了一片辽阔神奇的土地和那里可爱的人民，他的生活经验语言能力、幽默感容忍度、智力体力都大大增强了。如果只在北京的那几条胡同里转悠，一直在机关里当干部，也许他的写作早就枯竭了。书稿迟发，他认为也是幸运，这使得他个人经受住了时间的考验，作品得到了历史的编辑。一部作品，几十年后发表或者出版，有机会让成熟后的王蒙重温青春，也动动几十年前的文稿，让青春的稚嫩在孕育和难产中得到养护与调理，这比轰动一时之后无人问津要开心得多。光说《青春万岁》他这第一部作品，至今还在不断售出，每过几个月，他就能收到出版社寄来的几千元版税。

王蒙之坚持，有一个坚强的支点，就是他骨子里有一股不服输的劲儿！当年《青春万岁》初稿一到编辑部就被否定了，后来出版社领导找来了恩师萧殷，他从那“乱成一团、不成样子”（王蒙语）的文字中，看到一个青年写作者的“艺术感觉”，拯救下来。修改后被报纸转载了几章，可是此时，王蒙又因写作《组织部来了个年轻人》等原因被打成“右派”，致使《青春万岁》二十五年以后才第一次全部刊印。王蒙曾跑到编辑部门口，想求求那些戴眼镜有文化的编辑们抽空看看他的稿子，可以想见他当时的处境和心情。还有《这边风景》，三十九年后发表，《从前的初恋》六十六年后付印。编辑部的拖延周转，政治运动的影响，种种延宕和一次次否定，都足以使一个文学新人煎熬得失去自信！在多年看不到希望的情况下，我想不知多少人都只能放弃了之。也许，他们能做的，就是在多年后告诉朋友，我年轻时努力过，我也许能成为大作家，但是被扼杀了！但是对于王蒙来说，他坚信自己，他不给自己任何放弃的理由。他一次次稳住自己的情绪，一次次开始新的写作。最终，他一并收获了所有的成果！

有一个词叫“胜任愉快”，用它来形容王蒙的写作再合适不过了。胜任就是有富余，就能带来愉快，就可持续，就终归会有成就感幸福感。因为写小说的缘故，王蒙在现实世界之外多了一个作品中的世界，于是他具有了一种回旋能力，可以在两个世界之间穿梭腾挪。一旦他在现实世界中遇到苦恼和不顺的时候，便可以一头钻进文学世界中构思和遐想，在那里，他是齐天大圣，是翻筋斗腾云驾雾七十二变的孙悟空，他驰骋于可以自己驾驭挥洒的世界。我常常看到，他写作时一副沉浸其中、愉悦享受的样子，我知道，他此时正在那个世界中自由驰骋、上天入地，与故人交谈，与往事干杯。写作对他来说，不是负担，不构成强迫，没有现代人常说的压力，他乐在其中。

王蒙有一个朋友，早年有志于写作，是个能写能说有故事的人，王蒙问他为什么不写出来？他说，现在这种大环境，这这这我能写吗？还有一个也十分想当作家的女同志，已经准备了多年，总是却步不前，当王蒙建议她写下自己有趣的经历时，她却问，可我怎么立意呢？与他们不同的是，王蒙是说写就写，什么大环境什么立意，写起来再说。王蒙的立意永远是从生活中得来，他认为只要有对生活的眷恋和经历，立意无处不在。而在有些人那里，还没动手就给自己设置了种种障碍，外界还没构成压力，自己就先把自己吓退了。

怠惰是人的大敌，又是大多数人的常态。我自认为不是一个怠惰的人，但是在王蒙面前，我无法心安理得。我有时跟他抱怨几句，说家里活儿怎么那么多，老没时间做点自己想做的事。听我这么说，王蒙脸上现出歉疚的神情，我看了有些于心不忍。后来我悟出，即便我家有一个全职保姆，我也不会把时间利用得分分秒秒，也做不成王蒙做的那么多事，当然更做不了他那么好；如果让我和他换一个角色，那就更乱套了，肯定是家务乱七八糟，而我也一事无成！

王蒙的作息时间大致不变，写作、吃饭、散步、阅读、休息，每天都迈着不变的步伐，看似千篇一律，实则充实有序。王蒙爱说，早起三光，晚起三慌。我一般八点左右起床，偶尔有一天起早了，发现上午能多干好多事。于是我怀疑，同样睡七八个小时，可能早睡早起要比晚睡晚起效率高得多！

在人生的大舞台上，王蒙找到了最适合他自己的角色。尽管他并不排斥做家务，而且还不时显摆一下自己的“特长”，但说实在的，他在厨房时，我得躲远远的不忍观看，只是在他离开后赶快清理一下操作台的乱象。王蒙不管那么许多，只要能敲字，哪管周围乱七八糟？作为写作人，当他把文字特长发挥到极致以后，他在生活上的随意、散乱就变得不重要了，以至于反而成了他作为“作家”的一种反衬和美化！他尽情地挥洒文字而免去了做家务操作不利带来的不快后果。他只需坚持写作，他的满足感享受感成就感就充盈于心了，其他的生活所需，他只消在家庭中保持一种友爱、一种宽容、一种适应、一种满满的善良，就全齐了！

疫情三年，除了社交活动受限，王蒙的写作非但没受影响，反而可以说是收获甚丰。他的五十卷文集出版，完成小说《夏天的奇遇》《猴儿与少年》《从前的初恋》《霞满天》，完成历时四年的评点荀子的写作，《激活儒学》《王蒙讲孔孟老庄青少年版》和《天地人生》面市，录制了八十讲红楼梦，给报刊写的文章也有十数篇之多。此外，他参加了瑞金论坛，重回巴彦岱，他的旧作《活动变人形》搬上舞台，他多年的愿望“王蒙青年文学发展专项基金”进行了第一次颁奖。

二〇二二年我们所住的单元由于出现密接者被封过几天，听到消息后，他的第一反应是，“挺好，咱们正好做自己的事”。对于一个几十年都没受过外界干扰的人来说，封住家门，只是少晒几天太阳而已，恰恰是什么也妨碍不了的。何况社区还给送来了蔬菜水果。

王蒙一生有受挫的时候，有低潮的时候，但从来没有无事可做的时候，没有打发时光的时候，没有空虚的时候。二〇二二上半年，他被查出患有前列腺疾病，前一阶段保守治疗时戴了几个月尿袋，行动受到制约，走路减少但并未停止，写作也由于改造了椅垫予以解决，只有游泳暂停。后来住院治疗，他当时手上正写着《天地人生》，于是带着电脑进了医院，每天在医院走廊里还走三千多步。经过观察和权衡，医院决定手术治疗以彻底解决问题。当他被推进手术室时，可能是想缓解一下紧张气氛，他对身旁的儿女说："别忘记把剩下的西瓜吃了"，手术完毕，他醒过来第一句话是："很享受"。

何止写作，疫情期间，他的身体也同样经受住了考验。有一天，我在邻居群里看到一则微信："现在零下五度，寒风呼啸中，王蒙老爷子在楼下遛弯中。天太冷时，建议老人家不要去楼下遛弯。"好心的邻居是跟我喊话呢，但我没办法，只好说一句："谢谢啦，他只听他自己的。"王蒙多年坚持游泳走路，长流水不断线，身体属于结实型的。他在去年十二月新冠阳过之后很快就康复了，许多朋友问他是不是吃了高级药？王蒙说，打的是国产疫苗，吃的是金花清感。前列腺手术后，仅一两个月，他的体重就回到从前，他连说自己是"收复失地、大获全胜"！

这一两年，有一首据称是王蒙所作打油诗《慢生活》在网上流行，说"该认怂时就认怂，能慢则慢不嫌慢，该享福时就享福，有福不享是傻蛋"。不知有多少次朋友发给我，大多是来求证，因为他们不相信是王蒙所写，可是又堂而皇之地署着王蒙的名字。我一概否定，但也无法确定，是否另有一个王蒙，忙乎了一辈子，终于可以慢下来了，觉得闲散才是福气！但是我眼前的这个王蒙，绝对不是这个路数。他大概永远停不下来了，只能当人家说的“有福不享的傻蛋”啦！

我问王蒙，你开始写作的时候，长期看不到出版希望的时候，有没有想过放弃呢？他说，没有，我觉得我能行！这就对了，但他的自信又来自哪里呢？我想与他少年时期的文学准备不无关系。在写《青春万岁》之前，他已经读过大量中国武侠、传奇、言情、笔记、解放区小说，还有以俄苏文学为主的外国文学作品，这些阅读从各个方面给了一个少年以文学滋养，并使他萌动了跃跃欲试投身于写作的愿望！在后来七十年的写作生涯中，在任何不顺的时候，他都有这个自信：这部作品不行了，先不惦记了，写下一部！反正，他相信自己，能成！

也许更根本的原因是，他属于正好在青少年时代参加革命并欢呼新中国成立的一代，他的身上有着光明的底色。他喜欢迎接挑战！在生活的历程中，他选择向着阳光！

王蒙之坚持，因为他要做事。他说，中国的哲学，就是做事的哲学。他多次与我提起梁启超的文章《最苦与最乐》，其中有话：“凡属我自己打主意要做一件事，便是现在的自己和将来的自己立了一种契约，便是自己对于自己加了一层责任。有了这责任，那良心便时时刻刻监督在后头，一日应尽的责任没有尽，到夜里头便是过的苦痛日子，一生应尽的责任没有尽，便死也带着苦痛往坟墓里去。”学识如梁任公者，尚如此督促自己，王蒙更是不敢怠慢。我常常看到他写完一部作品或一篇文章时的那种快乐，晚上早早睡去时的那种心安理得。自我鞭策、身体力行，到头来，王蒙深受其益，收获的不是苦而是乐！

坚持就是胜利！要成事，首要坚定，二要付出，三要坚持！世界上哪一种成功，不是最终属于那些信念坚定者、埋头坚持者呢?!

我的父亲王蒙

王　山

面对逆境，父亲达观而又坦然

我一九五八年出生在北京，两年后弟弟接踵而至。那时父亲已被下派到新疆文联工作。不久我母亲也调到乌鲁木齐市。一九六五年，迫于政治环境的压力，新疆文联决定让父亲到新疆伊犁地区劳动锻炼。次年我母亲由乌鲁木齐市调到了伊犁哈萨克自治州的首府伊宁市第二中学工作，我也从北京来到这座边陲小城。

暑假期间，母亲带着我和弟弟来到农村看望我的父亲。父亲住在一户名叫阿卜都热合曼的维吾尔族老人家里。维吾尔族的饮食、果园、葡萄架、奶牛、毛驴都引起了我和弟弟极大的兴趣。最让我佩服的是，父亲当时已经能够用一口流利的维吾尔语和房东老人交谈，并且还穿插着给我和母亲、弟弟当翻译。

小学毕业后，我上了母亲任职的二中。我在班上的表现很突出，班主任还负责全校团的工作。到初一第二个学期，我入团的事提上了议事日程。没有想到的是，入团的事后来又忽然没有了音讯，只是隐隐约约听人说我的家庭似乎有什么问题，我也不明白究竟是怎么回事，直到第一批入团的人都举行了宣誓仪式而没有我。在那之后不久的一天晚上，父亲忽然非常郑重地和我谈了一次话。他客观地告诉了我，父母都是受到过处分的人。他还告诉我他们什么时候被划为右派，什么时候摘掉了右派分子的帽子，什么时候入了党，什么时候被开除党籍，等等。我至今还记得，父亲说这些事的时候表情凝重，夹着烟头的手颤抖得很厉害，有几次话说到一半就停了下来，停顿了许久才又接着说下去。也可能当时我毕竟年幼不懂事，对于我来说，家依然是一个和谐温暖的家。

克俭持家，像老农那样珍惜食物

因为年轻时长期在农村过着艰苦的生活，父亲非常珍惜生活用品，害怕浪费，不用的灯要随时关掉，拧开的水龙头要及时拧紧，而剩菜剩饭更是绝对不允许倒掉的。

在我们小的时候，家里经济不很宽裕，头一天剩下的饭菜，第二天大家自然就不怎么爱吃了，这时候父亲往往是大口吞咽剩饭菜的人，在没有将这些饭菜吃完之前，他是不会吃新做的饭菜的。

党的十一届三中全会之后，父亲重新拿起了笔，开始了写作。家里的经济状况比以前宽裕多了，也有了冰箱，但他吃剩饭的习惯依然如故。我们曾和他理论过，他坚持认为不吃剩菜剩饭，倒掉它就是浪费。

他说，他赞同消费，但反对浪费。而我们则劝他，冰箱并不是保险箱，任何食物放得过久都难免变质，明明有新鲜好吃的饭菜，一定要吃剩饭，弄坏了自己的胃口，这才是最大的浪费。但他那多年的老习惯，很难再改了。

父亲还有一个奇特的习惯，就是自己磨豆浆并一直坚持到现在。我成家后和父亲住在一起，早晨我们还在睡梦中，就会迷迷糊糊地听到一阵阵轰隆隆的声音，不用看，就知道是父亲在磨豆浆了。等我们起来，厨房里已经摆放好了一大锅煮好的豆浆和新买的油条。父亲已经吃完早饭，坐在电脑桌前噼里啪啦地敲键盘了。

我的妻子不喝牛奶，据她说，是那味儿不好，但豆浆还是很爱喝。后来她又经常感觉到家里豆浆的味道有点怪，渐渐地，我看出了一些破绽，磨豆浆，怎么垃圾桶里还有剪破口的装牛奶的口袋呢？悄悄地问父亲，他非常得意，原来每次磨好了豆浆之后，他都要往豆浆锅里倒入两袋牛奶。豆浆有营养，牛奶也很有营养，父亲对于我妻子不喝牛奶一直想采取点补救措施，直到发现我妻子爱喝豆浆才发明了一个让她喝牛奶的好办法。后来有一次可能是豆浆里的牛奶放多了，妻子感觉到豆浆的味道不对，就问父亲豆浆是不是坏了？父亲说：“喝吧，没事！”过了一段时间，妻子也知道了，她笑了半天，豆浆照喝不误。

善待子女，期望后辈真正幸福

望子成龙是天底下父母的共同心愿，我的父亲也不例外。但我可以感觉得到，他们关注的重心，不是我们是否能够出人头地，而是如何做人，如何生活得有意义。

许多人将我介绍给旁人的时候，总是喜欢加一句说明，他是王蒙的儿子。而我在这种情况下总是感到别扭。我觉得我就是我，父亲就是父亲。父亲出任文化部部长期间，如果凭借他的职权、关系，将我调到一个更实惠一些的单位，应该是可能的。但父亲从来没有想过利用手中的权力为自己的子女谋求利益。

我的弟弟在一家公司工作，为了将买卖做大，弟弟很辛苦也很费心思，却也从没想过利用父亲的影响和关系。父亲经常告诫他的就是要遵纪守法，不能为了赚钱就什么都不顾了。

我的妹妹比我小十岁，出生在新疆伊犁市，从小很受父亲的宠爱。但父亲除了言传身教，除了舐犊之情，没有给过她别的东西。妹妹从小学习就很好，父亲建议她长大吃吃学术饭，后来妹妹果真按这条道路发展起来，现在已拿到博士学位，成为一位小有名气的年轻学者了。

长大成人以后，由于工作的关系，我们经常的一个话题就是文学。父亲崇尚科学，我很小的时候他就告诉我“知识就是力量”，这是培根的名言。他对于大自然的力量，对于宇宙的奥秘总是抱一种敬畏与探求的心态，当他说到这些话题的时候，他的神态就不由得生动起来，话也就多了起来。和父亲谈话，总会有一些收益，他非常注意逻辑思维的条理性，有时又会天马行空，举一反三，让人感觉到他散发思维的魅力。

然而，父亲从来没有和我谈过应该怎么钻营，怎么向上爬。他只是希望我们做子女的长大以后成为一个正派的人，是一个凭自己的本事吃饭的人，是一个兴趣广泛、品位不俗的人。

热爱生命，在运动中永葆活力

生命在于运动。父亲最喜欢的运动就是游泳。很小的时候，有一次父母亲带着我和弟弟去颐和园玩，昆明湖里我们乘渡船走到半路，父亲突然扑通一声就跳到水里游了起来。大家都吓了一跳，还以为是有人不小心掉下去了，等弄明白是父亲在畅游昆明湖时，才轻松下来。渡船的速度比父亲游泳的速度要快得多，船上的游客为他的勇敢而赞叹。

现在游泳仍旧是我父亲最喜爱的运动，每年夏天，他都要设法去海边住上一段时间，最大的目的就是去游泳，天天游泳，雷打不动。有一次阴天，我们去海里游泳，走到海边刮起了风下起了雨，居然还电闪雷鸣。父亲依然跳入了翻着波浪的海中，好说歹说，才把他劝上了岸。父亲完全是一副意犹未尽的表情。

游泳对于我的父亲来说，不仅是一项他自认为最有益身体健康的体育活动，而且也是一次次精神上的解放和超脱。记得有一次，父亲又往远处游，母亲就说："王蒙，你到了海里怎么就知道往远处傻游，简直像个阿甘！""我就是阿甘！"父亲对获得"阿甘"的称号感到很得意。

（原载《解放日报》2001 年 5 月 11 日）

沙滩往事

高崇理

我是一九八六年三月调入文化部的，那时，部机关在北京沙滩。同年六月，作家王蒙被任命为文化部部长。

王蒙同志是我十分尊重和敬佩的人。

王蒙是著名作家、文化名人，同时也是一位老党员、老革命。他将至十四岁时，就在北平参加了地下党。一九五三年，十九岁的王蒙创作了第一部长篇小说《青春万岁》，至今八十六岁高龄，仍笔耕不辍。二〇一九年九月十七日，他被授予“人民艺术家”国家荣誉称号。

人民艺术家王蒙

一九八六年九月，我从少儿司调到办公厅，后任部长办公室主任。王蒙当部长的三年时间里，我和他接触较多。不过，我们很少称他“王部长”，更习惯叫他“王蒙同志”。我对王蒙同志的印象，简言之——聪明、智慧，另有几分圆润。

一九七九年，王蒙“摘帽右派”获得平反回到北京，不久，发表了短篇小说《说客盈门》：一位厂长处罚了一个不努力工作的工人，该工人的许多亲友去游说这位厂长，讽刺了当时的“走后门”现象。小说最后说：“共产党员是钢，不是浆子”“不来真格的，会亡国！”

我是一九八〇年初从收音机里偶然听到的，感觉立意深刻，主题突出，文风朴实，笔锋犀利，被深深地吸引了。

王蒙当部长后，有一次开完会吃饭，我恰巧坐在他旁边，向他提及这篇小说。我说：“那是比较早讲到改革的。”王蒙笑了。他还问起是谁播的，我说是董行佶。

王蒙同志搞文学创作，不光是文笔好，主要是会用脑子。他深知什么时候该写什么，能写什么，怎么去写。王蒙同志还极具语言天赋。他讲话、作报告，旁征博引，娓娓道来。他能用英语和“老外”交流，在新疆基层生活工作十六年，“读”成了维吾尔语专业的“博士后”。王蒙同志思想深邃，勇于进取。他当部长期间，首创“中国艺术节”，开放舞厅，重视发展文化市场，支持推行“经纪人”制度。当然，他也讲“放管结合”，但主张“放”多一些，如在创作上要多给作家、艺术家一些自由和宽松的环境，对歌星的高酬金不主张过多干预等。对全国性的文化社团挂靠文化部，王蒙同志有不同见解。当时的规定是：申请成立全国性的学会、协会、研究会，首先要经业务主管单位审查同意，并接受其挂靠，报民政部注册登记后方可开展活动，一个大的门类只能成立一个全国性的社团。那时，每天来部里申请成立社团的人络绎不绝。材料备齐后，经办公厅审核，拟同意成立的要报请部务会讨论。

有一次讨论社团工作时，王蒙同志说：公民结社自由，但是让我们审批也很难。我们不好确定 ××× 就是这一行里顶尖的权威，就得由这几位牵头发起成立社团，还是“全国性的”。他多少有些调侃地说：最好是这样——你要成立什么社团，就去派出所登个记！

那时候，电脑还未普及，为了适应形势，陆续进了一些。办公厅带头，去国务院机关事务管理局参观取经，并分期办起了学习班，主要是学习电脑打字。所有这些，王蒙同志都非常支持。他觉得电脑是个好东西。

其实，王蒙很早就使用电脑了，好像还是“286”。有人问他是否影响写作，他说完全没问题。言语间，露出一丝得意。

谈笑风生的王蒙

王蒙同志擅长抓大放小、统揽全局，以缺乏领导经验为由，放手让主持常务工作的副部长高占祥大胆工作。出了问题他担着，有了成绩其实也是他的。占祥同志心甘情愿，干得确实挺顺心。

调动了别人的积极性，自己还腾出了大把时间，何乐而不为？这正是王蒙同志的聪明之处。身为作家，体验部长生活，除了王蒙，还能有谁？

我记得王蒙当部长不久，曾发表过一篇文章，说的是领导同志参加活动“撞车”的事。小小说？记不清了。

有段时间，占祥同志每周一天去学“国标舞”，有事找不到他，难免有些“非议”，甚至有人说是“不务正业”。王蒙同志睁只眼闭只眼。也是，文化部长喜欢唱歌跳舞，无可厚非。何况，占祥同志正在抓这项工作，要在首都体育馆跳开场，带头示范，不下点功夫怎么行呢！

这方面，副部长英若诚的“待遇”也不错。他从北京人艺到了文化部，从一名话剧演员当了副部长，推不掉的戏还得去演。在外地拍电视剧《围城》时，英部长经常请假，王蒙同志每次照准。

王蒙同志很会处理人际关系，不把官位看得有多重，从不以“一把手”自居，盛气凌人，独断专行。他平易近人，和蔼可亲，交流探讨，风趣幽默，立马拉近了你与他之间的距离。轻松的环境，朋友的关系，让你感觉不累！

王蒙同志不轻易得罪人，兼听则明是他的信条，包容宽厚是他的美德。缤纷世界无奇不有，凡事不必大惊小怪，各种声音都要认真聆听。

一九八七年年初，文化部在民族文化宫召开全国“两会”——文化艺术界部分代表、委员座谈会。吴祖光直言不讳，再次对电影审查制度提出尖锐批评。会场上有点群情激愤，王蒙同志却异常平静，不动声色。有人说，王部长真沉得住气！我想，这不代表立场，是王蒙同志有涵养。这等胸怀，非常人能比。

王蒙同志当部长后，公务繁忙，找他的人很多。剧作家汪曾祺是王蒙的老朋友。他给王蒙来信，谈及某文学社团的事，请王部长过问一下。王蒙同志批转办公厅处理。没有多复杂，我们给汪老回了信。王蒙同志什么也没说，无论之前还是事后。好友相托，当办则办，不能办也要有个回复。有时候对无关紧要的事“敷衍”一下，不仅是方法策略，更是一种智慧。

王蒙同志有原则，有主见，特别是对文化艺术工作颇有见地。他深入省市，下到基层，开展调查研究。回京后，亲自起草调研报告，直送中央领导，具有很高的参考价值。

王蒙当部长不久，即提出将他的办公室从前楼搬到后院的孑民堂，尽管那里能安排几位副部长的房间都不大，而且每次开党组会、部务会、部长办公会时，还要走挺远的路。但是他说：出国访问，人家的文化部长总是让我去他们的办公室，咱们这儿差点意思。的确，前楼不仅陈旧，而且二楼除了部领导之外，主要是办公厅各处室，来办事的人很多，有点“乱”。

王蒙同志怕“委屈”了其他部领导，说：“你们的办公室可搬可不搬，自己决定。”后来，大家都搬到了孑民堂。

搬家之前，稍加修整，这座中式风格、古色古香的四合院焕然一新，更有一种特殊的文化气息。王蒙同志办公室的旁边就是外宾接待室，在这里会见外宾，不仅方便，而且非常亲切、自然。

一九八九年五月末，王蒙同志出访法国。回京后，他前往外地休假，再未去部里上班。因为，他曾向中央提出，只干三年文化部长，时间正好到了。

二〇一七年十月十六日（星期一），故宫博物院为文化部系统组织了一个参观专场。那天，我意外地见到了王蒙同志，这是多年之后再次见到他。他问我：“后来您到哪儿发达去了？人事司还是计财司？”我说：“去了中国革命博物馆。”

王蒙同志八十多了，依然精神矍铄，身体硬朗。人们认为，书画家潜心创作，修身养性，所以长寿。王蒙同志另加一条——爱运动，所以，我觉得他也行。日前，又见王蒙新作《二〇二〇的春天》（二〇二〇年四月八日《光明日报》头版），宝刀不老，真好！

祝福王蒙——我们的老部长：青春永驻，幸福安康！

2020 年

与人为善的部长王蒙

方　杰

我在文化部四年，犹如一瞬，转眼而逝。这里留下了我的纪念，人生体味，朋友的情谊。我很幸运，在任期间，得到诸位领导支持，至今感念。我不妨在此大胆评说一下当时文化部几位与我相关的领导人物。

一九五六年，我读《人民文学》，有一篇小说写得特好，我一口气看完，连读两遍，罕见那样的风格。这就是王蒙的《组织部来了个年轻人》，听说作者才刚二十岁出头，比我还年轻，令人羡慕。但同时在文艺界这个作品也引起激烈的争论。他也成了人们关注的对象。不久听传达，毛主席说，这个作品没问题，有缺点，王蒙有文才。毛主席的眼光谁个能比？有几个作品、作家被他老人家如此肯定过？

又过了不久，听说王蒙也被“右派”了，发落新疆。在新疆一待就是十几年。一般来说，对“流放地”大都会有抱怨，但据我和王蒙二十多年的接触中，感到他对新疆有很深的感情。他不但学会了一口流利的维吾尔族语，还交了许多少数民族朋友，几十年后，他家里还有维族朋友造访。一位知名维族女歌唱家竟请他做证婚人。王蒙就是不一般，岂止是热心而已。

“文化大革命”以后百废待兴。一九七八年在北京召开了“文革”以后的第一次也就是全国第四次文代会，我作为“剧协”的代表也参加了。会上，我最有兴趣的是看大会发下来的各小组讨论发言简报。有的很激烈，看得我都捏一把汗，真敢说。而印象最深的是王蒙的发言，不骄不躁，心平气和。他提出补船论。大意是我们在这个困难时期，要同舟共济，这个船假如漏了，我们要去补，不要把它弄沉了，如果沉了，我们也都不保了。

大约上世纪八十年代初，在人民大会堂开座谈会，参会的大都是当时位居要津的文艺界人士，记得有刘白羽、陈荒煤、张光年、冯牧，还有著名电影导演张水华、剧作家胡可等。我等少数人只能算旁听而已。我坐在水华、胡可两位熟人旁，人未到齐，会未开始，正闲谈间，忽然进来一个小伙子样的人（并非不敬，这是当时的感觉），皮肤黝黑，身体健康，颇似游泳健将。会议开始后，就听主持人宣布请王蒙同志发言，我这才第一次见到王蒙本人——正是那位“游泳健将”。他在会上的讲话还依稀记得一点，意思是我们现在面临很多新问题，困难不少，国家大，人口多，起步治理很不容易，这需要大智慧，更需要大家理解。王蒙讲话轻松自如，很自信，谈笑风生，不时引发那些老头一阵阵哈哈大笑，给我留下深刻印象。几年后，我已在文化部主管的《中国文化报》工作。有一天副总编辑焦勇夫告诉我，王蒙要来当部长。我听了并不感到惊奇，我说“这可不是个一般人物，思想特深刻”。焦勇夫是一个有点倨傲而又嘴下不留情的人，从他口中较少听到赞美某个人的话，居然也说，“这人行，有两下子!”有两下子是俗语，换言之是很棒。想不到他上任半年后，即决定让我去当艺术局长。从《中国文化报》总编辑到艺术局长虽然不过是平调，然而艺术局却统领“千军万马”，直属十几个中央艺术团体，说明他对我的信任。就在我上任不久，王蒙应日本外务省和日中文化交流协会邀请访问日本，我和外联局两位同志随行同往。出访前外联局请外交部唐家璇同志介绍日本情况，遇到特殊问题如何即时应对，准备细致。但此次出访，由于王蒙同志的影响，日方特别重视，礼遇周到，预计中的问题一个也没出现。日本外相热情款待，晚宴还邀请了几位日本著名艺术家如东山魁夷、团伊玖磨先生前来作陪，礼遇规格甚高。宴请结束后，外相又请大家院中小坐，他即兴表演了一个小魔术，变出一束鲜花，算对我们送上的欢迎，气氛显得格外亲切。翌日，中曾根康弘首相亲切会见，他和王蒙进行了愉快的对话。首相先生还拜托王部长一件“要事”，请他对即将访华的四季剧团给予关照。在和日方高层官员接触中，我觉得王蒙表现自信自如，有身段而不矜持，谈笑风生不矫饰，有大国风度。日方为王部长来访特举行了有数百人参加的欢迎酒会，许多知名人士如井上靖、千田是也、团伊玖磨和电影明星吉永小百合等盛装出席。王蒙显出了他的一贯本领，幽默洒脱，如鱼得水，应对自如，赢得了日本朋友的称赞。这次访日与上次不同，日方特地安排我们在京都观赏里千家的茶道表演。京都是日本古都，建筑仿唐，古色古香，充满了传统文化气息，仿佛到了西安。里千家是日本名门望族，世代传播茶道。茶道在日本历史悠久，具有浓厚的日本文化风情。从此我才明白，茶的享受不仅在饮，而且在看。茶道是一种艺术表演，妇女跪地，把碗旋转，轻饮细品，层次有致，好像一种宗教仪式。看完茶道表演，在我们离开时，主人全家送出家门，鞠躬道别。又是一道景象，礼貌大观。辞别回到饭店，我们便收到里千家托日中文协的朋友送来的20万日元礼金。收到这笔钱，王蒙不假思索，当即表示：盛情感谢，原款奉还。他要外联局一位处长写了一封措辞礼恭的感谢信，以不使主人难堪。这件事做得得体而有风度，使日中文协诸位先生都另眼看待，这是能感觉到的。日本人含蓄，总带笑容，但心里有数，对人的看法与态度是绝对不同的。就在临别前夜，我们果然受到一种特殊方式的欢迎。日中文协几位热情接待人员，以佐藤纯子女士为首，特备“小酒一壶”，请王部长和我们随行三人到她们的接待室边喝边聊。大家都说心里话，少有外交辞令，说到高兴处则不禁执手起舞。出访半月以来的紧张行程，一旦放松，心情舒畅，双方欢笑不止，夜半方休。

在长期相处中，我觉得王蒙对人很有善意。记得有一次开部务会，讨论艺术局戏剧处起草的一个文件，高占祥副部长看不上眼，话说了重了些，我心中为之不快。散会后我问王蒙，占祥什么意思。王蒙说，你不要多心，占祥对你印象不错，说你这个人不生事，从而冰释了我的误解。此后我和占祥关系一直不错。我对他尊重，他对我支持。他分管财务，凡我打报告为院团申请要钱，可以说无障碍，一概照准。最近在一次餐会上，乔羽老兄说起当年他抓歌剧《原野》，我支持他，每次要钱我都给。他哪里知道，这钱我也是从占祥那里要来的。王蒙的两句话，成全了我和占祥的友好关系。古人云：莫以善小而不为，莫以恶小而为之。善小不小，成人之美。王蒙至今在文化部享有威信，不仅因为他是部长和作家，更是因为他与人为善。

此前我同王蒙同志除了工作关系个人接触不多。他家我没去过一次，他住在哪里我也不知。直到他辞职以后，我才第一次登门拜访，而那时我还在任上。他住南小街，离我家不过走十分钟。我去看他，还认识了他的夫人崔老师。崔老师在学校任教，故以此称之。这位崔老师，一看便知是一个善良本分人，往日绝不会干预王部长的政务的。

后来我从文化部的岗位上退下来，就应日本邀请，参加环日本海国家文化论坛。为此我请教老部长王蒙。所谓老的意思，就是前任，并非年龄也。他说应该着重谈一下民族文化。记得他说过这样的意思，如果一个国家的民族文化遭失落，这个民族就散了架子了。我于是在会上就讲到民族文化对民族精神的支撑，文化开放，文化交流与维护民族文化等。不久我们在北京故宫举办日本画展，突然有一位日本人过来很有礼貌地和我打招呼，他问我是不是最近去过日本，我说去过。他说他刚在日本看到 NHK 电视台播放的我的讲话。我感到莫大荣幸，居然在日本碰巧出了一次风头。不过我讲的一点思想却是从王蒙同志那里借来的……

在文化部的四年，我曾得到过许多同志的积极支持与合作，友谊不忘，地久天长。前文化部长王蒙同志在他的自传第三卷《九命七羊》中有一段话曾提到我，不揣冒昧，抄在这里。他说："原艺术局局长方杰同志，他是老革命，他纯洁无私，他宁愿先期被炒了鱿鱼，也绝对不说违心的话，不做违心的事。他是诗人张志民的老战友，是抗日战争参加革命的八路军。他是真正的老八路。"承蒙过奖，感谢王部长的美意。

（节选自《从王蒙到英若诚：我在文化部的老领导们》一文，原载《档案春秋》2012 年第 9 期。作者为文化部原艺术局局长，题目为编者所加）

与王蒙的交往

张守仁

王蒙发表在《十月》上的《蝴蝶》《相见时难》分获第一、第二届优秀中篇小说奖，《访苏心潮》获第三届全国优秀报告文学奖。他在《十月》上发表了短篇小说《边城华彩》，散文《在贝多芬故居》，评论《生活、倾向、辩证法和文学》。还在北京出版社出版了作品集《王蒙小说报告文学选》，评论集《当你拿起笔……》。因此，他是《十月》和北京出版社台柱子式的作家，也扩大了刊物和出版社在社会上的影响。

王蒙很早就提出作家要学者化，并且自己身体力行。他不断从古今中外经典名著中汲取营养，丰富自己。他聪慧敏感，思想新潮，视野开阔，记忆力极好。一生创作勤奋，著作等身。几十年交往中，他常和我促膝谈心，研究如何办好刊物，一起外出采风，并为我的第一本散文集《废墟上的春天》作序。我感谢他对我个人的帮助和对《十月》、北京出版社的大力支持。

——作者前记

一

写王蒙我一直没有勇气。为什么没有勇气？因为他太聪明、太机敏、记忆力太好，我不是他的对手。文学实际上是一种记忆。用王蒙的话来说："文学是一种特殊的记忆方式。"万一我记得不准确，因而写得不当，被他指出来，我一准脸红。但是不写他又不甘心，他是一个很大的文学存在，甚至可以说是一个标志性的人物，你能越过他吗？越过他，就会留出一段空白，留下一种遗憾。于是决定根据日记上记的、我脑子里印象最深的事情写他。

他是一条大鱼，畅游在当代文学之海里，逮住他很难。试一试吧。

二

知道王蒙这个名字，是在一九五七年的早春。那时我在武汉防空学校当译员，经常到阅览室去看报。一天，我在《文汇报》三版"笔会"的左上角发现有《青春万岁》的连载。看了几段之后，便放不下了，一直焦急地等待着下文。

《青春万岁》写的是人民共和国初建时期一群中学生的生活。那时的青年人，像刚刚升起的朝阳，朝气蓬勃、透明光亮，人人怀着一颗纯净的心，对未来充满着向往，人与人之间诚挚、友爱、互帮互助，乐于给别人友谊和温暖。那时我也年轻，才二十三四岁，比书中人物郑波、杨蔷云等大六七岁。这些可爱的弟弟、妹妹们多彩的生活感染着我、吸引着我。不知为什么，我还清楚地记得书中写杨蔷云独自骑着自行车，沿着新修的马路，到西郊地质学院找她的朋友张世群的情节。还记得地质学院的大学生们正在义务劳动，有的用土铺路，有的砌造花圃，有的种树种花。那年我正在温习功课，向往着去北京上大学。甚至遐想考上北京的大学，也过过地质学院的大学生们那种热火朝天的生活。有了机会，我要去找那个写中学生活的王蒙，问问他为什么如此熟悉北京的中学生活。

三

我终于如愿以偿地考进了中国人民大学新闻系，于一九五七年八月底到北京来上学了。但是那一年的夏天，中国大地上搞了一次大规模的反右运动。我所欣赏的青年作家王蒙被错划为右派，开除党籍，发配到门头沟山区劳动去了。后又远去新疆，一直到一九七九年六月，才正式调回北京。所以我第一次见到王蒙，是在看了《青春万岁》二十一年之后才得到机会。

在我的印象中，我初见王蒙是在东城区北京市文化局一个简陋的招待所里。那是一个夏天，他只穿着背心，汗流浃背地埋头写作。他那个房间很小，大概八九平方米，一床一桌，别无他物。房间对面是盥洗室，那里响着哗哗哗的水声。窗子后面是招待所的电视室，故异常喧闹。他就在如此吵闹嘈杂的环境里爬格子。我佩服他的拼搏精神。他在那间小屋里写出了《布礼》《友人与烟》《悠悠寸草心》《夜的眼》等作品。

当时我就想，“复出”后的王蒙，可以评上写作方面的劳动模范。因为初次见面，互相不熟悉，没有细谈。我只是请他为新创办的《十月》写稿。他答应了。同时还向我推荐了陆天明。他说在新疆农七师锻炼的陆天明有写作才能，你们可向他约稿。他向我介绍陆天明时殷切的神态，至今历历在目。

从那以后的二十多年，我们见面的次数相当多。他搬到前三门新居之后，我给他送过刊物、送过稿费；他搬到虎坊桥宿舍楼之后，我曾去他府上向他约稿；随着他职务的升迁，搬入东四南小街四合院后，多次去谈心聊天。人熟了，互相推心置腹不设防，谈话也就随便了，决不像他在公开场合答记者问时那么严谨、周到、圆熟。由于他视野广，阅读范围大，所以几乎每次交谈，都有不少收获。

四

八十年代初，王蒙对我说：“几十年来，指导我的创作思想是：一九五七年前，革命加青春；一九七七年后，八千里路行程，三十年风云。”我想想他那时的小说，大都离不开这个宗旨。记得一九八一年十二月，我编发过王蒙的中篇小说《相见时难》。编完后，我写过这样的审读意见：《相见时难》讴歌爱国主义的乡土之恋、“归根”之情，赞美了忠于祖国和人民的共产党员的坚贞品德，也贬斥了那种没有国格和人格、媚外崇洋的丑态。王蒙在这部中篇小说里融汇了小说写作的多种手法。人称和叙述角度的转换、意识的流动起伏、时空的交叉错叠、人物视觉和听觉的综合感受，真切地描绘了时间跨度长达三分之一世纪、横跨东西两个半球的当代生活。行文生动，心理真切，句式特殊，老练自如。这部作品体现出当代小说写作技巧日臻丰富、多样。小说发表之后，影响颇大，荣获全国第二届（一九八一年——一九八二年）中篇小说奖，不久还出了《相见时难》的单行本。一九八二年一月三十日晚，当我到他家送刊物时，他告诉我：今年中央主要抓精简，如能精简就好了，阻力极大，谁愿意放弃权力呢？小平同志想留下一个好班子。所以中央不会过多地把精力放到文艺上，文艺只要不出乱子就行。谈到文学作品中的爱情，他说爱情要有正常的伦理。家庭是最基本、最稳定的细胞。耀邦同志希望：家家和睦，户户相爱。今年上半年主要抓物质文明和精神文明。

那天离开王蒙家时，我感觉他接触广泛，兼听则明，这样有利于思想的成熟和思考的深刻。

五

一九八四年一月二十六日去王蒙家，他向我建议，《十月》要抓一下装帧、设计、版式、封面、封底。封面多请画家们画，稿费可多付一点。内文排得松一点，留空大一点。文章不要把尾巴甩到另页上。下转多少页，一般读者会感到麻烦。《当代》发的小说比你们差，但报告文学比你们好。他们对刊物的封面、装帧、插图、目录，都比较经心，故总的打分超过你们。你们要学习人家的长处，改进自己的工作。其时，他已担任《人民文学》主编。他拿出一九八四年第一期《人民文学》和一九八四年第一期《十月》一比，我才吃惊地发现，我们的刊物比他们的装帧差多了，尤其是封面。

同年七月一日晚，我去了王蒙家，他拿出为我第一个散文集《废墟上的春天》写的序。关于我的编辑工作，他在序中说："对于我们大多数作者，他是一位和善而又顽强的编辑。他用他的学问、热心和蔫蔫的坚持性征服了许多作者，使你一看到他就觉得还欠着《十月》的文债。他不吵闹，不神吹冒泡，也不是万事通、见面熟式的活动家，但他自有他的无坚不摧的活动能力。"看了他的序，我感到惭愧。因为实际上我没有什么学问，也没有什么活动能力。我生性羞涩，不善交际。在工作方面，唯勤奋、执着而已。我内心里感谢王蒙对我工作的鼓励。他刚从苏联回来不久，那年五月，王蒙作为中国电影代表团的团长赴苏联参加塔什干国际电影节。他到了莫斯科、第比利斯、撒马尔罕、塔什干。他对我说，在苏联的所见所闻使我伤感，是童年、少年、青年梦幻的破灭。那个他在青少年时代曾经热爱过、向往过、无数次地歌唱过的苏联，一旦踏上它的土地，访问了二十二天之后，他感到迷惑和痛苦。陌生人之间早晨相遇互不问好，服务员脸上没有笑容，莫斯科的姑娘向往美元，想嫁给西方人，官员们板着严肃的面孔。正像西方人的感觉，那儿 No smile（没有微笑），No food（没有食品）；令人稍感欣慰的是，在那里，诗人比部长更受欢迎……

我听了他的访苏观感，便建议他写一篇访苏的随记，最好也捎带谈谈之前访美的印象，再和中国的种种现实比较一下，把苏、美、中写到一篇里去，读者一定会感兴趣的。他答应给我写一篇。

六

王蒙终于给《十月》写了一篇《访苏心潮》。当时他已住在虎坊桥那边的作家公寓里。《诗刊》编辑部也在那儿。九月二十四日我把《访苏心潮》的校样给王蒙送去，请他立即看了带回编辑部发回工厂。稿子很长，约两万字。他看校样时，我给他的邻居邵燕祥打了一个电话。燕祥我已两三年没有跟他交谈了，趁机想去聊聊天。我去他家时，适逢另一位报告文学作家也在，三个人一起聊，聊到了徐惟诚，聊到了胡乔木，聊到了《丑小鸭》杂志为什么挂靠在社科院，还聊到了张贤亮发表在《十月》上的《绿化树》。聊了一个小时，我回王蒙家。王仍在看校样。我想上厕所，厕所门关着，从里面有一束亮光泻到门厅地面上。我想里面肯定有人，便折返回屋。等了好久，不见有人从厕所里出来。我问王蒙夫人崔瑞芳，什么人在厕所里，崔瑞芳转了一圈，见上中学的女儿王伊欢在自己屋里温习功课。屋中只有王蒙、我、瑞芳、伊欢四人，说明家中无人上厕所。那为什么厕所门关着，里面还开着灯呢？又等了好久，瑞芳便紧张了，认为有外人进了屋，听到了屋里人的声音，便躲进厕所里。这时我和王蒙也警惕起来，会不会小偷进了家？于是我和王蒙商量了一下，叫崔瑞芳、王伊欢躲开，两人各自抄了随身拿到的木棍、拖把，准备和小偷搏斗。我和王蒙使劲踹开厕所门，使人吃惊的是里面没有人，也没有灯光。咦，人呢？灯光呢？毕竟王蒙脑子灵，他望望窗户西开的厕所，说：刚才我们看见的不是灯光，而是晚霞的夕照。照进来的霞光透过厕所门的下沿泻到了门厅里，我们误会了。哦，原来这是一场虚惊。

但是，那篇《访苏心潮》，却荣获全国第三届（一九八三年——一九八四年）报告文学奖。

七

一九八五年三月二十八日我去王蒙家送奖金、奖章、证书。他劝我们，不要因为某位作家把稿子给了其他编辑部而对他议论纷纷，弄得满城风雨。不要那么狭隘、急功近利，要宽厚些。

以后要养成一种风气，作家们聚在一起，要少谈政策，多谈艺术。《红楼梦》之所以是《红楼梦》，就在于看了还觉得糊涂，不知道谁好谁坏。我正在写一个长篇（即后来发表的《活动变人形》），给人们陀思妥耶夫斯基的感觉。矛盾、冲突扭结在一起，掰不开，读了会使人发疯，头皮发麻。我写的旧社会，不是友梅的旧社会，也不是沈从文的旧社会。我一泻千里写下去，使人欲罢不能。这本书准备由人民文学出版社出。

五天之后，我和王蒙又在南京相见。中国作家协会在南京举办中篇小说、短篇小说、报告文学颁奖会。王蒙以中国作家协会常务副主席的身份在授奖会上致开幕词。他说："读者欢迎的仍然是拥抱着时代、和生活贴得近、能够说出读者心里话的作品，例如《绿化树》《北方的河》《在这片国土上》……中华民族是富有想象力和创造力的民族。艺术需要想象力。最近有的文艺评论家提出要开拓思维空间，我想，文学创作也要开拓艺术空间。这次评奖，部队作家的作品，不论是数量和质量，都是处在突出的、引人注目的地位。几个第一名，都是部队作家的作品，值得地方上的同志学习。这次评奖，中篇、报告文学比较丰盛，短篇却缺少激动人心的、出类拔萃之作。有些作品有冗长感，是否可以浓缩一下……”

听了王蒙的开幕词，我觉得他对文坛有居高临下之感。

八

一九八七年十月九日晚，我去王蒙家聊天。自从一九八六年七月他任文化部长以后，他十分忙碌，除部务会议、批阅文件外，还经常率团出访。那次他送我三本书：《王蒙谈创作》《创作是一种燃烧》《王蒙中篇小说集》。他真算得上工作、创作两不误。不知怎么谈起的，我夸他阅读速度快，脑子好使，记忆力强。我说，一个作家，没有好的记忆力、好的想象力，很难设想。这引起他的谈兴。他说：我曾当过一段时间老师，暑期里老师们聚在一起评入学卷子，我早已看完，许多老师还未看完，我只得闭起眼睛耐心等待。到了文化部，有的部长说文件太多，看不完，每天晚上要带回家中批阅，我很快就能把一大沓文件看完，而且能抓住要点，指出不当之处。我去看美展，画上题的旧诗，我看了一遍，没有专心记，晚上谈起来，可以基本不差地背出来。

我想起他在前几年写的关于许多青年作家优秀作品的札记、随想、杂感，要不是有极强记忆力的脑子，能这样“横扫千篇如卷席”吗？当晚读《王蒙谈创作》，感觉他思想活跃，随时接受来自生活的信息，不断地观察、感受、发现、触发、联想、想象，故有写不完的素材，作品跳动着时代的脉搏，与时代共进。信息就是财富，这在他身上得到了体现。

九

记不清八十年代后期哪一年，王蒙搬到了东四南小街四十六号小院。那个地方虽然宽敞了些，但因它处在小街和胡同的交叉口，市声很闹。院墙外的烤羊肉串摊上，常有吆喝声和乌烟飘进来。卖菜声和倒垃圾声也不绝于耳。但不管怎样，居住条件毕竟有了改善。我每次去那长着枣树的小院，脱鞋走进王蒙向南的书斋，或去约稿，或送年历、请柬，或者闲聊。有时崔瑞芳静静地陪坐，总是静静地削着苹果、梨，然后将水果递给我们，只是偶尔有一句两句温婉的插话。如果说与王蒙相处时，他偶尔有情绪化的语言、情绪化的身体动作的话，瑞芳总是那样贤淑端庄、静娴典雅。我觉得王蒙有福，如果他身上有火的话，必有妻子的水来平衡他、平静他。

从一九九四年六月起，我去中华文学基金会文学部工作。那年十月二十日，文采阁召开叶文玲长篇小说《无梦谷》研讨会。与会的名家不少。王蒙应邀参加。他说："写作就要自信，种自己的一亩三分地，写自己感情、体验最深的东西。就是要写自己，走自己的路，应该如此，也只能如此。"

两星期之后，我受江西朋友之托，邀请王蒙夫妇去南昌，访庐山。我们抵达南昌后，参观了滕王阁、青云谱、江中制药厂，并去共青城拜谒了胡耀邦陵园。后于十一月七日赴庐山，同行者除王蒙夫妇外，还有唐达成、陈丹晨。庐山交际处安排我们住在一七八号楼。

次日交际处陈处长带领我们游了领导人故居、含鄱口，旋去庐山植物园。植物园里松柏耸翠，红枫灿烂。参观温室里千奇百怪的植物时，王蒙说了一句极有智慧、极富哲理的话：“多和植物打交道。”没有社会阅历、政治经验的人，绝难说出如此深刻的话语来。

当晚庐山管理处领导人宴请我们，席间有人问王蒙，你出访了哪些国家，有哪些感想？

王蒙历数出访过的国家，北美有美国、加拿大，中美有墨西哥，欧洲有德国、法国、英国、意大利、苏联、罗马尼亚、匈牙利、波兰、保加利亚，亚洲有朝鲜、泰国、日本、马来西亚、新加坡、约旦，非洲有埃及、阿尔及利亚、摩洛哥，澳洲有澳大利亚……他说：“我出访了那么多国家，发现我们感觉重要的东西，许多国家觉得不重要；我们觉得不重要的东西，许多国家觉得很重要。赤橙黄绿青蓝紫，世界各国是如此的不同，因此我们要彼此宽容。”

十

树梢最早接触阳光，也容易被人注目。树大招风。这二十多年来，我听到不少针对王蒙的议论。有人对他作品中瀑布倾泻式的、没有节制的语言不以为然；有人对他辩论文字中情绪化的表达表示反感；有人说他的文章过于圆熟，甚至圆滑；也有的“左爷”则对他的文章做了断章取义的、歪曲原意的“文革”式的批判……

世无完人。王蒙是一棵大树。试问哪一棵大树上没有一点枯枝、几片败叶？在我心目中，王蒙是一位极优秀的作家。我对他的长篇小说《活动变人形》，始终没有评上茅盾文学奖，一直怀有遗憾的心情。

迄今为止，五届茅盾文学奖共评出长篇小说二十二部得奖。我认为

《活动变人形》和那些获奖的二十二部作品做一比较，它也是上乘之作。它被漏评，是不公正的。这部小说王蒙写得很痛苦，写了他很多刻骨铭心的体验。我觉得，这部写自己家族的作品将比他的其他作品要“活”得长久。这是一部厚重之作。

王蒙除了写小说、诗歌、评论之外，散文也写得好。我最欣赏的是他那篇重访下放劳动地点巴彦岱的《故乡行》。这篇散文满溢着乡情。他说：“我又来到了这块土地上。这块我生活过、用汗水浇灌过六七年的土地上。这块在我孤独的时候给我温暖，迷茫的时候给我依靠，苦恼的时候给我希望，急躁的时候给我安慰，并且给我以新的经验、新的乐趣、新的知识、新的更加朴素、更加健康的态度与观念的土地上……好好地回忆一下那青春的年华，沉重的考验，农民的情谊，父老的教诲，辛勤的汗水和养育着我的天山脚下伊犁河谷的土地吧！有生有日，一息尚存，我不能辜负你们，我不能背叛你们……”

王蒙的心里想着人民。我在这里祝福他一切顺利，万事如意！

2001 年 12 月

（原载张守仁：《永远的十月：我的编辑生涯》，北京出版社 2011 年版。）

时时暂到梦中来：回忆做王蒙学生的日子

汪兆骞

在我的人生羁旅中，北京师范学院（现在的首都师范大学）是一重要驿站，这块绿洲曾赋予我知识的源泉和精神的薪火。特别是有幸在这里成为王蒙先生的学生和朋友，对我一生从事文学工作，产生了重要影响。每每忆起当年，便有白居易“还有少年春气味，时时暂到梦中来”的慨叹。

我是在全国大饥馑后期的一九六〇年至一九六四年，就读北京师院中文系的。这四年，正是恢复经济时期，激烈的阶级斗争风暴过后，社会赢得了片刻的喘息。大学校园里，饥肠辘辘的莘莘学子有了琅琅的读书之声，昔日清冷的课堂和阅览室里也呈现蓬勃的生气。

一九六二年九月，年轻的作家王蒙突然到校任教，更给校园添了一抹轻松的暖色。斯时的王蒙运交华盖，因一篇《组织部新来的年轻人》小说而名噪文坛，不久同是因为此小说而被错划右派，横遭厄运，“尝到了化为准齑粉的滋味”。这位十四岁就入党的年轻“右派”，有了一条生路，是社会已渐宽松的注脚。

王蒙“给以研究鲁迅为专业的现代文学教授（当时只是讲师）王景山做助教”，成了我班现代文学辅导老师。刚来时，总是一脸堂奥和严肃，寡言少语，拒人千里之外，谁都看不清他裹在一身西装壳子里的真实面目。我将这种感觉告诉了当时作协负责人之一的严文井。从上中学，我便与军旅作家王愿坚常到离我们两家不远的总布胡同严宅去聊天，我们成了忘年交。严文井听罢，笑着说了句意味深长的话：“那不是真正的王蒙。”

渐渐与王蒙接触多了，特别是我们师生一起到农村去劳动锻炼，同吃、同住、同劳动，朝夕相处，彼此有了较深的了解。一次，为果园施肥之后，我们与王蒙躺在一条大炕上，天南海北地神聊，听他背诵自己的诗《错误》：“赞美雏鹰的稚弱 / 迷恋眼泪的晶莹 / 盼望海洋流着蒸馏水 / 大清早唠叨半夜的梦。”他是用诗阐述着黑格尔“杂多与统一”的命题，敢于面对和承认自己的不圆满，反对随风倒、蝇营狗苟的机会主义。在充满哲学思辨的氛围里，我看见王先生跷起的二郎腿，破袜子漏出了白生生的脚后跟，构成一种反讽意味；有时，我们在校园漫步或一起骑车出游时，不免要问及他在潭柘寺南辛房大队劳动的情景，他总是淡然地讲右派们如漫画家被批斗得昏倒在地，夜夜鬼哭狼嚎，却从不谈自己，偶尔，即便谈自己，也是轻描淡写。如他说他曾一直一顿饭是一斤多窝头，却从不拉屎。问其故，答曰：“劳动将它们全部转化为热能”，而不说劳动强度已超过人体极限。

对苦难困境，王蒙有足够的承受能力，他从不怨天尤人，也不为自己强词辩解，永远保持清醒、理性和尊严。焦急烦恼是有的，比如让他落难的《组织部新来的年轻人》，“周扬开宗明义，告诉我小说毛主席看了，他不赞成把小说完全否定，不赞成李希凡的文章”，但他还是被错划右派；他十九岁写成的长篇《青春万岁》，“中青社三审通过，我们订了合同，我得到了预付金五百元”（《王蒙自传·半生多难》），结果直到一九七九年才在人民文学出版社出版。两部小说命运多舛，他不烦恼是不真实的。他记忆力超群，有时会充满感情地大段背诵《青春万岁》给我们听，那是一种自我肯定。

当时，高校的学者教授，虽被整得灰头土脸，权威尽失，但学生们还是尊崇有真才实学的老师，我班的不少同学对只有初中学历的王蒙有无资格当助教，心存疑虑。但一次王蒙走上讲台，辅导鲁迅的散文《雪》，让他们领教了王蒙的才学和襟抱，不敢再轻视比他们大不了几岁的助教了。

与对鲁迅有极深感情的冯雪峰不同，王蒙不赞同《雪》象征自南而来的北伐革命，认为鲁迅笔下北方苍劲孤独、悲怆奇崛的雪，表现的是鲁迅的风骨。王蒙站在讲台上，以纯正的京腔说道：“我们假定鲁迅写雪的时候，并非有意识以北方的雪自况自喻，但是既然是鲁迅，他的书写对象上，就浸透了鲁迅的悲怆与伤痛，孤独与奇绝……”在那把鲁迅祭上神坛的年代，年轻学子们接受了王蒙的“风骨”论。

挤满了各年级学生的偌大阶梯教室，一片寂静。我突然发现进入思辨状态的王蒙是如此的滔滔不绝，这般的神采飞扬。他那连珠的妙语，把高深的文学理论、玄妙的审美观念、奇异浪漫的想象，转化为鲜活的形象和生动的语言，让听者莫不豁然贯通、领悟。最后他的听众以热烈的掌声，献给身着旧西装的讲演者。课后，中文系的宿舍，灯光不灭，学子一夜无眠。

彼此渐渐了解，师生便有了深厚的感情，多年后，先生在《王蒙自传·半生多难》中写道："我与不少同学谈得来，他们当中后来有管过《小说选刊》的冯立三，成为大型文学期刊《当代》的负责人之一的汪兆骞等，我与他们一起去香山春游，我重新尝到了学生生活的快乐。"而王先生能够咀嚼消化一切人生苦难与困厄的自信，能在背负十字架时放得下自怨自艾的大气，能承担一切忧虑与痛苦的清明，给了我们太多的教育和启迪，烛照了未来的人生。

一九六三年十二月，为了创作，王蒙破釜沉舟，置死地而后生地主动辞别了师院，携妻儿远赴新疆。在北京车站依依惜别时，王蒙换了一件黑色的新棉服，笑得很自然。在我看来，此举是怀有一番雄心壮志，充满慷慨任道的古典庄严。果然，王蒙到新疆后，一面参加劳动，一面潜心创作。二〇一五年王蒙获得第九届茅盾文学奖的长篇小说《这边风景》，就是诞生在那时。在箱底沉睡了四十多年的长篇小说，一俟出版即获茅奖，不可能不引起争议。我把它划为浩然的《艳阳天》一类，将生活政治化是其致命问题，故评委也指出"具有特定时代的印痕和局限"，说"这是历史真实的年轮和节疤"。但是书中那些鲜活的人物，经历岁月淘洗依然栩栩如生，那丰富的世俗生活，也依然常青。

到了上个世纪七十年代末，王蒙返回北京，我们师生重逢。王先生是名满天下的作家，我也到严文井当社长的人民文学出版社《当代》杂志当了编辑。感谢王先生的信任，我有机会编辑了他的四部"季节"系列长篇小说。那是以磅礴恢宏的气势、汪洋恣肆的文体与波诡云谲的笔触，呈现共和国特殊年代知识分子苦难命运和复杂灵魂的历史长卷，成为一个人的“国家日记”。关于王蒙一直放不下“文以载道”的是非之争，我不予置评，而我把“季节”系列长卷，视为他们那代知识分子令人动容的文化乡愁。

我熟悉王先生，知道他的四部长篇“季节”小说，写的是他自己。除了主人公变成了钱文，基本上就是王蒙的人生经历，只是一些细节进行了文学化处理而已。严文井十分赞同我的看法。其中第三部《踌躇的季节》里，有很大篇幅真实地呈现了他在北京师范学院的生活，与他的《王蒙自传·半生多难》相互印证。对作家来说，回忆，有时候当该深谋远虑地沉埋，有时可建构一个同样属于回忆的却是更加讲究的宫室——了却一个心愿，偿还一个心债，编织一个更好看的故事。原本，王蒙的回忆该是痛苦战栗的折磨，然而他却把这变成一种宽恕、一种温存。达·芬奇说过“我们有的是方法，来度量我们的困苦的日子”，王蒙的回忆“是对于生和不生的唯一证明，是对于自我和存在的唯一证明，是对苦和甜的唯一回应和抚平”（《踌躇的季节》中语）。现在的王蒙先生被生活磨砺得坚强如钢、旷达如天，研究老子、孔子，又出《说孟子》，已得大自在，活得神仙一般，如他自己所说：“王蒙老矣，尚能饭也，能酒也，能吟咏也，能哭能笑也。”

有人生，就有回忆。在打捞、重温昔日人生的吉光片羽时，我们很难达到王蒙先生那种思想境界。比如我，退休后，一直伏案创作七部长卷《民国清流》系列，无暇悠闲回忆，只是应友人之邀，写这篇小文时，回忆起五十多年前的师院生活，已是“春水船如天上坐，老年花似雾中看”了。往事，像一阵轻风从眉际拂过，却在精神的时空中回荡、延伸……

（作者系人民文学出版社编审）

王蒙老师剪影

艾克拜尔·米吉提

这是长城。

在古老长城的脊梁上，一行人正在攀缘而上。“不到长城非好汉”。是的，哪怕为了硬撑着充当一名“好汉”，诸君理应“到此一游”，一了壮志才是。然而，适值早春季节——确切地说，正是一九八〇年三月底光景，这里仍是草木灰灰，游人稀疏。倘是盛夏旅游旺季，那自然又是另一番情景了。不过，眼下这一行人倒显得个个游兴正浓，看上去他们是非要登上八达岭上高峰不可的。

他们是一九七九年全国优秀短篇小说获奖作者。这天正好是发奖大会最后一天，会议组织他们游览长城。

犹带几许早春寒意的山风，不住地从长城锯齿形箭孔间呜呜地滑过。不过，这一行人当中有人已经开始脱下了毛衣和背心——他们已经登上了长城延伸的半山腰的一座古哨楼。

“喂，哈萨克，你看，你的马被牵到这儿来了！”

走在我前面的那个人——王蒙老师——回首对我用维吾尔语说道。他正扶着夫人崔瑞芳老师登上哨楼。

我抢上几步。原来，古哨楼后面有一块不大的平场，有人牵着一匹马正在那里为游人收费照相（不远处城墙根下还有人拴着一峰骆驼，看来那骆驼是无法跻身这块平场的）。我这是生平头一回看到马也会有这样一种商品价值，不免有点猝不及防，只是怔怔地望着它：那马瘦骨嶙峋，浑身的寒毛尚没有褪尽，迷瞪着一双暗淡无光的眼睛勉强支撑在那里，任那些游客骑上翻下。我丝毫也觉不出这匹马会有什么上相之处，忍不住喃喃道：

“瞧，那匹可怜的马，瘦成了这般模样，更显出它的头脸的长来。”

“嗳，马脸本来就是长的，你可知道汉语有句话叫‘牛头马面’吗？”这是王蒙老师在说。

“当然，当然。”我回答说。

“你瞧我这副长相就叫‘牛头马面’——我的头虽说不上有牛头般大，但我这副长脸的确可以和这匹马脸相媲美。”接着他又用维吾尔语补充了一句：“Sat qiray”，说罢哈哈大笑起来。

崔瑞芳老师也在一旁会心地微笑着。

我惊呆了。自嘲，这是真正的自嘲！只有勇敢的人才会这般自嘲，而善于自嘲的人永远是快乐的（不过，我们哈萨克人形容一条真正的汉子的轮廓时，便也是常常喜欢这样说——那汉子脸上的线条，就和骏马脸上的线条一样分明）。

在此之前，我对他的“新疆式”幽默有所闻知，但断然未曾料到他竟敢于这般自嘲。当然，我早就应该清楚，幽默者往往也善于自嘲……

也许，对于他的崇敬之情，正是从这一刻起在我心头油然而生？

也是个春天。我第一次见到他，是在一九七三年四月底光景。

那是在遥远的吐鲁番圩孜。

这里曾经有过一棵“血泪树”。要不是这棵“血泪树”，我想我和他决然不会在那样的年头，在那样的去处相遇。

他们是一个“三结合”的创作组。他们的任务是要创作有关“血泪树”的连环画脚本。

他就在他们中间。

那时的他，看得出是个内向、深沉、坚定的人。但他的眼神依然掩饰不住潜藏在内心深处的隐隐的抑郁和痛苦。在平时的言谈举止中，却显得有几分拘谨和小心。

是的，他也是个活生生的人——有他的欢乐，也有他的痛苦……

人的一生过于一帆风顺，未必是件幸事。

他曾经被命运之舟摇荡到天边的巴彦岱小镇上来。

这里是维吾尔人村落。

不同的民族，不同的语言，不同的风俗。起初，他只能和“梁上作巢的新婚的一对燕子”①默默对语。然而，人民是相通的。不论哪一种肤色，哪一个民族，哪一国度，只要是人民，便具有共同的美德。心灵的桥梁沟通了。于是，在那荒唐的岁月，在那风雨飘摇的日子里，他与

① 参见王蒙散文集《枯黄色的梦》一书中《萨拉姆，新疆》一文，百花文艺出版社一九八四年版。

这里的土地同呼吸，他与这里的人民共命运，平安而又充实地度过了那不可思议的难挨的日日夜夜。

他学会了维吾尔语。然而，他的收获不止于此——他接触到了一个不同的文化。他获得了一个全新的视角。作为一个作家，这是他的福分。他可以从不同于他人的更为广阔的角度来仰视和俯视人、人生、社会、自然乃至宇宙。他在那里思索着，积蓄着，犹如一泓天然而成的冰川湖泊。

于是，一旦当盛夏的骄阳将某一道冰坝融化，他终于无羁无绊地抒发着长久压抑的激情，汹涌澎湃，一泻千里，宛若天山的雪水，给那山外的世界带来一片新绿。

评论家阎纲同志在去年宁夏的一次发言中谈到他的创作时说："王蒙的创作，可以说给我国文学带来了一种崭新的文思，从而活跃了我们的思想……"评论家毕竟是评论家，他的此番高论，确是深中肯綮的。而我以为，这一切与王蒙老师在新疆这块土地上长达十六年之久的生活是密不可分的。

是的，遥想当年，诗仙李白也曾在西域这块土地上生，在这块土地上长，从而给中原文化带去了空前绝后的一代清新豪迈诗风。这块土地同样赋予了王蒙。而今，他也正在把他自己独特的艺术奉献给祖国、人民。

每见到他，我便要不由自主地联想起鹰来。

他是个具有鹰的气质的人。

是的，他的迅疾，他的机警，他的敏锐，他的自信，完完全全像一只鹰。

一篇《组织部新来的年轻人》就使他蜚声文坛。

一篇《当代作家的非学者化倾向》又震动了整个学术界、文化界。

一篇关于专业作家体制改革的设想，在全国各地引起一系列改革措施。

一次尼勒克之行，初次接触哈萨克生活的他，竟然写出了《最后的"陶"》。此作译成哈萨克文，还引来一批效仿者的新作。

……

还是尼勒克。

这是他自从调回北京，第一次返回新疆。对于尼勒克来说，当然更是第一次涉足。

尼勒克的秋天是美丽的。奔腾的喀什河水有如她的芳名一般，活像一条蓝色的玉带蜿蜒在河谷丛林之间。雪线已经低垂下来，落叶乔木开始镶上了金边，唯有背阳坡上和河谷里的针叶林，依旧是绿色如故。

我们正是在这美丽的秋天，来到了接近喀什河源头的阿尔斯朗草原。我们已经在道地的牧人家里住了一夜。这会儿正在县委书记刘澄同志陪同下来到一个畜栏边，听取牧人们对刚刚开始实行的责任制的意见。正在这里收购活畜的县食品公司的几个人，也加入了这场有趣的讨论。几个牧人轮番用他们精巧的手工艺品——木碗，为我们在座的各位倒着皮囊里的马奶酒。秋天的马奶酒是醇香爽口。他没有回绝，倒是捧起木碗连饮几碗。牧人们有点刮目相看了。是的，一个来自北京的客人，居然能够如此豪饮马奶酒，当然是一件令他们感到新奇和稍稍费解的事。然而，当他们得知这位戴着金边眼镜的汉人，曾经就在伊犁河谷安过家，而且和最底层的劳动人民生活在一起的时候，凝聚在他们眉宇间的疑团不觉释然……

讨论小憩片刻，他站了起来。这是一片茂密的灌木林，在不远的那边，便是一望无尽的松林了。他在灌木林里转了一圈，望着那边的几匹马，不觉有点出神了。

“我们能不能骑上马，朝这河谷尽头走上一遭。”他说。

“可以。”我走了过去，向我的同胞——那几位牧人要了两匹马。一个汉子甘愿为我引路，于是，我们三人上马向山里进发了。

牧人们给我们挑选的都是绝好的走马。我至今记得王蒙老师骑的是一匹雪青马。那马走起来就像常言所说的，即使您端上一碗满溢的水，也决然不会泼出一滴来的。我骑的是一匹黑骏马，那汉子骑的则是一匹跃跃欲试的枣红马，就和他自己一样的神气活现。起初，我们三人并驾齐驱。不一会儿，王蒙老师便任马驰骋，让那匹雪青马尽情地施展着自己的花走艺术。我们被远远地抛在了后边。陪同我们的汉子开始担忧起来，生怕他会从马背上跌落或者有个闪失。坦率地说，我也有点担心，因为在此之前我对他的骑术毫不摸底。但是，看着他挺有兴致，我又不忍心去败他的兴，也就没有跟上前去护驾。好在那匹雪青马的确也没有什么怪毛病，是一匹地地道道的良驹，因此我们也就放心了。

他在一处岔道口上等着我们。

涉过一片小沼泽地，我们进入了茂密的森林边缘。这里枯木横躺，蛛网交错，幽静而又深邃，透着某种让人难以揣摩的神秘气氛。看来这河谷是无法走到尽头的，这森林也难以走出它的另一边。

我们在隐匿在密林深处的一家牧羊人帐篷里作了客。

在回来的路上，我们时而让马儿疾行，时而又勒缰缓缓并辔而行。

王蒙老师显得异常兴奋。他突然从马背上侧转身来对我说：

“这下我回北京有的吹了。”

我笑了。

“真的，邓友梅、张洁他们能有我这样的福分跑到草原上来骑马吗？我非得馋馋他们不可。我要向他们说，我是怎样骑着马儿，在草原上任意驰骋来着……”

我看着他，忽然觉得他简直就像一个快乐的大孩子，且又有点顽皮。是的，他的心地太像个孩童了——既像孩童般天真，又像孩童般狡黠。其实，骑这么一小会儿马，在草原上又算得了什么——这他也清楚。可是你听，他就要回北京去，向还没有领略过草原风光的朋友们吹嘘炫耀呢！哦哦，一个作家要是没有这样的孩子气，很难想象他会从生活和自然中真正获得艺术的启示。

夕阳已经开始西垂。天空是那样的晴朗，在柔和的夕照下，四周的山野披上了一层迷人的色彩。当我们走出松林来到那片灌木林的时候，这里的座谈会还没有散呢。

“你看了我的《逍遥游》吗？”他在电话里这样问我。

“我刚从新疆回来。我已经在报上看到目录了，但刊物还没到手，我打算这几天就找来看看。”

“那你看完有空咱们聊聊。”

“好的。”我说。

我很快看完了《逍遥游》。准确地说，通篇小说写得有如行云流水，那样地舒展、那样地挥洒自如。然而，我看着小说中的人物，尤其是景物氛围的描写，总觉着这一切就像是发生在我小时候，我们家所在的伊宁中心一个古老的宗教学校附近的人和事……

我的感觉得到了印证。在动乱岁月最初的两年里，原来王蒙老师一家住得离我们家很近，甚至可以说我们就住在只有一墙之隔的两家大院里。而这一切是我前所不知的。难怪《逍遥游》里的那些人物，以及那些环境让我感到如此熟悉、亲切。

这天我们谈得很投机。我们谈起了作品中所有人物原型，以及未能进入作品却又生活在那一带的、和这些作品中人物有着密切联系和毫无干系的邻里街坊。王蒙老师还提到一位嗓音十分动听的卡里——诵经师，他听他诵经宛若听唱一般。但我怎么也想不起这个人来。也许那会儿我太小了，还轮不上和这些卡里们打交道呢。谈话间崔瑞芳老师偶尔也会插进一两句来，以提醒被我们遗漏的某些细节。每当这时，王蒙老师便会不由自主地看她一眼，那眼神里分明洋溢着一种兴奋、自豪和幸福的光彩……

瞧，他把我打去，和我谈论这篇作品，并不是为了像个学究似的研讨作品的开篇、布局与结尾，以及作者在结构作品方面所费的苦心；也不像评论家那样要评判作品的主题所在，以及预测其即将产生的社会效果；更不像我们原有的关系那样——先生运用自己的成功之作，来开导和教诲他不敏的学生。他找我，就是想和我像个老朋友那样谈谈这篇倾注了他自己特殊情感的作品而已，除此没有任何别的什么。

一个作家，有时在心绪良好的时候，是希望和别人谈谈自己喜欢的作品的。如果这人熟悉自己的作品背景当然更好。这样，也许你还能获得作品本身以外的更多的享受，包括一种对岁月的回顾，一种对往事的追思。更何况这篇作品产生在一个特殊的、让人值得缅怀的时候……

当然，他是个作家，所以他才对任何一种语言都充满了兴趣。但是问题不在这里。让人吃惊的是，他对语言的接受能力。

一场落难，他学会了维吾尔语——在他结集出版的小说集之一《冬雨》中，甚至还有一篇他从维吾尔文翻译过来的小说译文。当然，为此他用去了十六年光景。

但是，他去了一趟衣阿华，仅仅四个月时间，他就已经初步掌握了英雄，而现在越发地熟练了。这莫非是一个奇迹不成？还是造物主对他过于偏心——倘若世上真有造物主存在的话。

他从塔什干回来，一边给我翻阅着从那儿带回的那瓦依作品插图集，一边向我叙说着乌孜别克日常用语与维吾尔、哈萨克语之间的近似之处，与不同之处。

他从西德回来，又兴致勃勃地谈起在那边遇见一位美丽的土耳其小姑娘，在和她的交谈中，他发现在土耳其语有许多词根完全与维吾尔语和哈萨克语一样。以至于那位土耳其小姑娘问他是不是土耳其人。

……

当他被埋没了二十多年后，他的名字重新出版在文坛时，他和他的同辈人仍旧被誉为“青年作家。”当然，这都是特定时代的产物——在粉碎“四人帮”后的那段时间里，除了这一批人，似乎再没有更年轻的作家了。我记得他曾对此状苦笑着摇过头。不过，到后来，当真正的青年作家成批涌现，他是用一腔的热情给予了支持的。

我想，关于张承志作品的第一篇正式评论，正是出自他的笔下。

关于《北方的河》，也是他作出了最为迅速的反应。

关于梁晓声和他的《今夜有暴风雪》，还是他首先发表了中肯的评论。

笔者本人当然更是备受关怀、扶持。

哈萨克有一句话："有所见者才有所行，无所见者又何以行。"是的，王蒙老师曾经亲眼目睹过那些令人景仰的前辈文学大师们的举止所为，聆听过他们的教诲；并且，在自身处境最为困难的时候，受到过他们的热情关心与爱护。因此，当今天他也开始成为长者的时候，也能以这样宽厚、热忱、平易近人的师长风度来关怀我们这些年轻人。我以为，这是一种人类美德的延续。每一代人都有继承、发扬人类美德的使命，师长们已经做到了，那么我们呢，我们是否能够胜任自己所肩负的道德使命！

（转自艾克特尔·米吉提的文集《伊犁记忆》，作家出版社2016年版）

维吾尔友人谈王蒙

陈柏中

王蒙写新疆特别是伊犁农村生活的作品，绝大部分已被译成维吾尔文发表或出版，维吾尔族读者对这些作品自然是最有发言权的。我曾在不同场合多次听到维吾尔朋友的谈论和赞赏，现略加整理，供喜爱或研究王蒙作品者参考。

维吾尔族诗人热黑木·哈斯木：(一谈到王蒙，他就眼睛发亮，就来劲)。一九七一年王蒙从伊犁回乌鲁木齐，经常和我、郝关中（翻译家）在一起交谈，一会儿用维语，一会儿用汉语，有人说我们三个是好朋友。因为我的老家在伊宁县吐鲁番圩子，和王蒙生活、劳动过的巴彦岱不远，所以我们交谈的话题常常离不开伊犁。有一次他请我喝酒，我问他今天是什么好日子，他说是我女儿伊欢（这个名字就包含着对伊犁的眷恋）的生日，我想他们了。王蒙当时是单身先来乌鲁木齐，妻子还在伊犁，女儿已送回北京。我俩在百花村饭店边喝酒边想念伊犁，伊犁是我们的故乡，我们亲人生活过的地方，不论走到哪里，伊犁都在我们心里。直到一九八五年我和郝关中去北京参加少数民族文学创作奖的颁奖会，那时王蒙已是中国作协副主席了，我们见了面，话题还是离不开伊犁。他对伊犁这块土地、伊犁人，特别是他的农民兄弟，房东二老，感情太深了！他和房东二老朝夕相处，共同生活了六七年。王蒙离开后，每次回伊犁总要拿着礼物去探望他们。一九七三年房东大娘因想念她的旧居把眼睛都哭瞎了，这时恰好王蒙回伊犁搬家，就多次为她找医生治病，亲自为她喂食，真比儿子对亲妈妈还好啊！

王蒙也有很多维吾尔族知识分子的朋友。在乌拉泊五七干校，他和铁依甫江、克里木·霍加经常在一起开玩笑，妙语不断，话中有话。克里木·霍加长得很帅，有一头自来卷的头发，外号却叫葫芦。王蒙开玩笑说：你一头卷卷毛，哪里像葫芦呀？克里木回应：你父亲给你取名“蒙”，你心中掩藏着什么秘密呀？有一段时间，他们三个都在食堂劳动，铁依甫江打馕，克里木·霍加宰羊，王蒙掌勺炒菜，配合得很是默契。他的不少朋友后来成了他作品中的原型，青春常在的买买提处长，可笑复可怜的穆罕默德·阿麦德，还有《鹰谷》中一起进山拉木头的艾利和图尔迪，都有他朋友的影子。当然，他又不是写哪个具体的人。

说到王蒙的小说，有一次我对他说：你是我们维吾尔人心中最伟大的小说家。他回答说：那你们心中最伟大的诗人就是张志民了，因为我和张志民都写了新疆又都译成了维吾尔文呀！实际上，王蒙的小说在维吾尔读者中影响的确很大，只要热爱文学的，大都喜欢王蒙的作品。他写的主要是伊犁农民的生活，用的也是伊犁农民地道的语言（主要指人物对话），那样幽默，机智，简捷，有力，只有维吾尔现代小说的奠基者祖农·哈迪尔的小说可以和他媲美。如维吾尔乡村哲学家穆敏老爹，傻郎马尔克木匠，好汉子伊斯麻尔，他们的对话都十分准确传神，把他们的个性、气质、心理活动都活灵活现地表现出来了。因为伊犁农民是从南疆迁移来的，被称为“塔兰奇”（开荒种地的人），有人干脆把王蒙的小说称为“维吾尔——塔兰奇文学”。汉族作家反映维吾尔生活，能让维吾尔读者称赏叫绝，说到底，就因为王蒙通晓我们的语言文化，懂我们的心。

评论家买买提·普拉提：据我所知，王蒙被译成维吾尔文出版的中短篇小说集有五部：《相见时难》（一九八五年）、《在伊犁：淡灰色的眼珠》（一九八七年）、《心的光》（一九八九年）、《名医梁有志传奇》（一九九二年）、《球星奇遇记》（一九九三年），还有不少散文、评论发表在维吾尔文报刊上。译成维文出版作品最多的汉族作家，一个是鲁迅，一个就是王蒙了。我们知道鲁迅是我国近代最伟大的作家，而王蒙则是我们现在最亲近最喜爱的作家。因为到现在为止，还没有第二个汉族作家，能像王蒙这样热爱和理解维吾尔族，通晓我们的语言，理解我们的文化，能把我们的生活方式、风俗习惯和内心世界表现得这样真切、细致和深刻。

还有他的长篇纪实散文《访苏心潮》《访苏日记》，记得在一九八五年《文学译丛》（专门译介汉族文学的维吾尔文刊物）上连载时，在读者中也引起不小的轰动。它满足了我们当时想了解苏联状况的渴望。他在中亚塔什干、撒马尔汗访问时，讲的就是维吾尔——乌孜别克语（两种语言极为接近）。那里的人对他能讲维语，能直接进行交流感到又亲切又惊奇，都欢呼：中国的维吾尔人来了！王蒙和他们一见如故，还认了几个伊犁老乡。他还处处把中亚和新疆的历史文化进行对比，写出了这种文化的同中有异和瑰丽多彩。

原新疆文联副主席、民间文艺家阿不里米提·沙迪克：王蒙有不少维吾尔朋友，完全可以彼此敞开心胸交谈，毫无顾忌地说笑逗趣，完全不存在民族隔阂。王蒙对铁依甫江、克里木·霍加的了解很深，包括他们身上的优点和缺点；他们是真正心灵相通的朋友。铁依甫江、克里木·霍加相继去世，是维吾尔族文学最大的损失，王蒙写了怀念他俩的深挚感人的文章，我们维吾尔族作家也写了不少悼念这两位诗人的诗文，但我觉得都没有像王蒙《哭老铁》那样深刻难忘，足见他对维吾尔朋友、维吾尔文学的感情之深、理解之深！

我读过王蒙的《在伊犁·淡灰色的眼睛》，很喜欢，在维吾尔读者中影响也很好。王蒙小说在塑造维吾尔人物形象时，也决不掩盖他们身上的弱点和毛病。如买买提处长某些行为的荒唐可笑，自欺欺人，穆罕默德·阿麦德的不爱劳动，言行粗俗，不男不女的劲儿；即使像穆敏老爹这样厚道、睿智、受人尊敬的长者也有着愚昧、迷信、偏执的一面，等等。当时有个别人读了不舒服，认为这些毛病我们自己写可以，为什么要别的民族的作家来写呢？但这种看法很快就听不到了，其实这也是一种偏见，他们并没有真正读懂王蒙的作品。王蒙对维吾尔族是从心底里热爱和尊重的，他把笔下的人物看作自己的父老兄弟，才会怀着真挚的爱和深切的同情，去写他们种种的不幸和性格的扭曲，这同时也是对“文革”不正常环境的控诉。当然，王蒙是从汉族作家的眼光，来观察一种民族文化的长处和短处，民族性格的优点和弱点，因此，他常常比我们自己看得更清晰、更透彻、深刻，这对我们认识和发展民族文化，争取民族进步，只有好处，没有任何坏处！

《新疆日报》维文编辑部主任海热提·阿布都拉：一九八五年我在中央党校学习期间，翻译了王蒙的系列小说《在伊犁：淡灰色的眼珠》。王蒙亲自为维文版写了序言，一九八七年由新疆青少年出版社出版。

王蒙的这部小说在维吾尔读者中影响太好了，初版五千册，很快卖完了，现在也买不到了。过去汉族作家写民族生活题材，靠的是翻译、搜集素材，靠的是浪漫、离奇的故事；而王蒙不一样，他不仅自己懂维吾尔语，长期和维吾尔人民生活在一起，而且他的眼光特别敏锐，观察得特别细致入微，表现在作品里就是通过日常生活的场面、细节、对话，从外到内，由表及里，真正写出了维吾尔人的性格和心灵，包括生活习惯、民情风俗，到宗教信仰、思维方式以及独特的语言表达方式，都写得准确、逼真。再一个特点是，维吾尔人自己发现不了的东西，他发现了；自己体会不到的最珍贵的东西，他挖掘出来了。譬如我们天天吃馕喝奶茶，习以为常，可王蒙在《虚掩的土屋小院》里写房东老妈妈如何烧制奶茶，教王蒙把苞谷馕掰碎了泡着吃，还有她和邻居在苹果树下“彻日饮茶”，喝不够茶就要头疼，写得特别有意思。又如“文革”期间，维吾尔人家家要贴毛主席像，贴得很艺术，有的还把老人家的像排列组合起来，既庄严又美观，王蒙说这是政治，也是维吾尔人爱美心理的表现。再如穆敏老爹要到南疆去探亲，全村人为他举行盛大的上路“乃孜尔”，这种日常生活中最普通的事，让王蒙一写就特别有人情味儿。

从作品中可以看出来，王蒙是诚心诚意把巴彦岱（小说中的毛拉圩孜）看作自己的家乡，把那里的农民看作自己的乡亲，这样维吾尔农民也才会把他看作一个善良的好心人，一个可以无话不谈的自家人。在“文革”期间，有的汉族人为划清界限，不敢和他接近了，反而是维吾尔老乡把他当作自己人、信得过的朋友，在田间地头或是路上遇到了，总要拉他一起抽支莫合烟，一起喝杯酒。后来他当了部长了，什么好东西没有吃过，但他还保留着每天喝奶茶的习惯，还记着房东老妈妈烧的奶茶最香。

维吾尔族诗人乌斯满江：只要找得到的王蒙作品，我是每篇必读的。读他的作品，不只是语言上，心灵上也是相通的，没有任何隔阂，就像老朋友面对面地谈心。

在我的心目中，王蒙是一位伟大的作家，我常常把他和俄罗斯的列夫·托尔斯泰相比较，尽管他们所处的时代环境和民族文化背景不同，他们的世界观和创作方法也不同，创作成就也不一样，但是他们都出自伟大的爱，都出自一个大民族对小民族的高度理解，以真正平等的态度，来写少数民族的生活和人物的；他们不仅没有民族歧视，而且尽量发掘其他民族灵魂中美好闪光的东西，连我们自己也没有察觉到的东西，所以我看了格外感动，也引起心灵的震撼。

王蒙被错划成“右派”，这是他的不幸，但对维吾尔人、维吾尔文学来说，又是莫大的幸运；如果他不被打成右派，他到不了新疆，他也不会掌握维吾尔语，我们也读不到那么多写维吾尔人的动人的亲切的作品了。

我翻译过他的散文《新疆的歌》（两章），写得很美，很富有诗意，他对维吾尔族歌曲的喜爱和领会，也是令人感动的。他从维吾尔族歌曲中听出了维吾尔人灵魂深处的呼喊。他说，他至今学不会《黑黑的眼睛》

这首歌，但一听它熟悉的旋律，眼泪就流出来了。说真的，译到这里，我也哭了，我也是流着泪译这篇散文的。

维吾尔族小说家、能用维汉两种文字写作的双语作家阿拉提·阿斯木：我从年轻时就喜欢读王蒙老师的作品，直到今天；我们这代人是在王蒙作品的影响和诱导下走上文学创作道路的。

我觉得王蒙是中国文学的一峰骆驼，能穿过沙漠风暴，忍耐饥渴，不辞疲惫，长途跋涉，永不停步的骆驼。六十年代初，他从北京自愿来新疆，扎根伊犁农村，广泛吸收多民族文化的滋养，使他的创作进入全新的境界，至今仍保持着旺盛的创造力。

他是中国文学在世界上的一个代表。他的作品从题旨、文体到艺术技巧都十分全面，小说从短篇、中篇到长篇，还写了大量散文、随笔、诗歌、评论，真是左右逢源，不能不让人佩服和钦敬。

我读过他的长篇小说《这边风景》，这是一部反映上世纪六七十年代伊犁城乡面貌、民情风俗的历史长卷，一部描绘伊犁多民族人物形象的心灵画卷，是他深入维吾尔农村底层生活的史诗式力作。最近又读了他的中篇小说《笑的风》，感到他仍是青年时代意气风发的王蒙。特别是他文中融入新疆元素，也是他对新疆生活的回望、眷恋和报答。《在伊犁》系列小说，更是维吾尔读者包括我在内都非常喜爱和欣赏的作品，在纪实体小说上达到了很高的艺术成就，给人一种在阳光照耀下身临其境的亲切感受。

王蒙总说“我永远是一个学生”，“要活到老学到老”。王蒙这种精神为自学成才树立了光辉的榜样。他刻苦学习维吾尔语、英语，才能从北京扎根伊犁，又从伊犁走向世界。他不仅善于向中华民族优秀传统文化学习，还善于向边远地区少数民族文化学习，不断地吸取滋养，融会贯通，这正是他创作源源不断，创造力永不枯竭的原因。

王蒙新疆生活点滴

楼友勤

王蒙是当代文学大家，虽年已耄耋，创作仍如日中天。这里写的是上个世纪六七十年代他在新疆生活时的一些零星记忆。

一九六三年十二月底，二十九岁的王蒙，为了心中不灭的创作理想，放弃在北京师院任教的安逸生活，挈妇将雏，西出阳关，来到新疆这块多民族聚居的土地，寻求更广阔的生活。

在乌鲁木齐的那些日子，先是住在文化路五巷自治区文联南门家属院的平房里，从伊犁巴彦岱回来后，安家在南梁他爱人崔瑞芳老师执教的十四中后院两间土屋内。家具也因几次搬迁而简单到凑合的程度，一把从北京带来的转椅是他们结婚时买的，虽万里流转，始终陪伴着他，“文革”中还经历了一番被红卫兵抄去在伊犁街头游街示众的“风光”，是他家当时的奢侈品和纪念品，摆在他简陋的书桌前。其实，他从北京带来的很好的写字台和小床、矮餐桌等家具，在再次西迁伊犁时，寄放在乌市的朋友家，返回乌市后，本来随时可以取用，但他一直没有拿回来，成为留给这些朋友的纪念。

他衣着简朴，不修边幅，出入骑一辆破自行车。日常谈吐间，从不流露对往日辉煌的回忆。对自己的生活，总是表示一切都不错，很好。对人十分随和，特别能体谅人。见了少数民族朋友，他更是不忘民族礼数，抚胸躬腰施礼，用地道的维语问好，互相开着幽默的玩笑，气氛轻松友好。让人觉得同他在一起，听他说话很开心很有意思。

对过去的作品三缄其口

一九六三年底到一九六五年，王蒙在文联上班，成为我爱人老陈的同事。机关生活是单调的，当时才三十岁的王蒙，爱好运动，星期天有时到西北路我家院内的自治区教工俱乐部打乒乓球。王蒙的球打得不错，在文联够得上参加比赛的水平。教工俱乐部住着几个从内地分配来的大学毕业生，有时也在一起打球。他们喜爱王蒙的作品，欣赏《组织部新来的年轻人》，怀着对文中所写的槐花香味的好感，要我问一问王蒙，它的象征意义是什么。在文学青年印象中，他是因为这篇作品被打入另册的。王蒙那时极谨慎，对自己的过去可说是三缄其口，更不谈自己的作品。问他了，一两句欢迎批判的话应付过去，决不多说。即使十年以后的七十年代中，王蒙也没有改变这种态度。

有一次新年，我们几位山东大学老同学在新疆大学教工单身宿舍聚会，巧遇王蒙，见到了早已从作品中认识的著名青年作家，大家异口同声地发出了“欢迎，欢迎”“喝一杯”的热情邀请。有个同学说，我们读过你有名的小说。“欢迎批判，批倒批臭！”王蒙像早就准备好似的背书一样脱口而出。在寒碜拥挤但温暖亲切的小屋里，这些同辈青年十分友好地与王蒙说笑着，用臭豆腐干臭与香互相转化来比喻他的作品虽批犹香。他们对王蒙的文学才华怀着由衷的崇敬，他们渴望与王蒙谈谈文学这个话题。但王蒙缄口不谈自己，不谈作品，大家谈到了，他不无歉意地报以“彻底批判，彻底批判”来封口。

别有才艺偶一露

在乌拉泊五七干校后期，一九七二年的元旦聚餐晚宴上，吃到久违了的美味。当时并未请什么专业厨师，但菜肴丰盛而可口，都是“五七”战士自力更生的成果。自己喂猪，自己宰，自己烹调。文质彬彬的作家王玉胡的烹调艺术受到大家的赞扬，其他同志也露了一手，可以说各有绝活。留给我印象很深的是一碗梅干菜扣肉，觉得特别入味，很有南方特点。一打听，说是王蒙做的，其时他是炊事班负责人之一，和面蒸馍炸丸子都来得。我很惊讶，真看不出他还有这方面的才艺。似乎这才发现，干校的作家个个都是能人，做什么，像什么。吃完饭下来，我急于请教他这个菜的做法。他给我讲了操作方法，并告诉我肉里的油浸润了梅干菜，菜的咸鲜味渗到了肉里，肉不腻了，梅干菜好吃了的道理。确实，做成扣肉，比家常的梅干菜蒸肉色香味更好了。我从这个北京人那里学了一个南方菜，感到很高兴。以后，每到过年过节，我都想着做这个菜。有时遇到他，我会说这个菜还是从你那里学来的呢。他谦逊地笑一笑说："恭维，恭维。"我不知道他后来的生活中，这方面的才艺还有没有机会得到展露。

王蒙还要搞创作

大约是一九七二年，王蒙在五七干校干活时崴了脚，拄着一根干树枝当拐杖，一瘸一拐地走路，仍然参加各项活动。九一三事件之后，大气候已较宽松，干校也面临散摊子，何去何从，今后干什么，是每个人都在考虑的问题。王蒙压抑已久的创作欲蓄势待发，因为自己行动不便，并说样子不雅，让老陈给有关领导传话："王蒙还有后劲，还要搞创作。"老陈把这个意思转告给了当时正筹建文艺创作室的老领导麦苗同志。的确，王蒙是有心人，此前八年，巴彦岱维吾尔农村的锻炼，使他学会了一口纯熟的维吾尔语，也有了少数民族底层生活的深厚积累，这给了他力量和信心，他期待着一试身手，期待着"勇敢的飞翔"。

多年后，当我们读到他写于一九八〇年的中篇小说《杂色》时，想起这段往事，不禁恍然大悟。小说中貌似宠辱无惊的老马发出"让我跑一次吧！""我只需要一次，一次机会，让我拿出最大的力量跑一次吧！"这声泪俱下的呼唤，不禁使我们感动得泪眼模糊，这不正是作者当年积压已久的心声吗？在辽阔的草原上，在嘹亮的歌声中，老马飞起来了，这是一匹神骏，一匹真正的千里马！在文学的春天里，至今奋飞不息。

作家到底不一样

从五七干校回来后，王蒙回文联上班，单位离我们所住的北门家属院很近。有一天中午他来我家，我在炉边洗刷。锅台边，火墙上，乱七八糟地烘着一些尿布、鞋垫等东西，实在不雅。我感到很难为情，抱歉地表示："你看这份窝囊劲！"王蒙向我晃晃他油光光的外套袖口，笑着说："堪称双绝！"我为他的出语惊人而化窘为笑，想不到他这样自然地把自己摆进去，以示彼此彼此，来宽慰我，让我觉得他对此毫不介意。这件小事，让我深切感受作家王蒙的善体人情。他的这句妙语，也让我至今每一想起，仍忍俊不禁。

这天，家里就我一人，什么像样的菜也没有。这个日子正好是农历十二月初八，俗称腊八，民间有煮腊八粥的习俗，但我不知有什么含义。王蒙说这是谷物节，腊八粥是祭谷神的，五谷杂粮都可以放在一起煮。一语提醒了我，我对传统节日的食俗向来有兴趣，平时就爱煮八宝粥，立刻搜罗了家里零零散散的赤豆绿豆扁豆糯米等杂七杂八的粮食，高压锅里一煮，居然色香很好，味也不错。我们一起高高兴兴地就着咸菜吃了这顿简陋的应节午餐。他还教给我北京的习俗：腊八这天把蒜瓣泡到醋里，到春节时蘸饺子吃。这些知识我都是第一次获得，十分高兴，以后只要有条件，几乎年年都照着做。这使我再次感觉到，作家到底不一样，知道这么多一般老少爷们未必关心的生活知识。

灰暗的土屋，贫乏的物质生活，坦诚的心，蒸腾着谷物香气的热粥，暖人心怀的家常话，使我至今难忘。

非凡的记忆力

七十年代中期，“文革”的狂热和五七干校的沉重过去之后，精神上的饥渴使我急欲找几本有意思的书读。《简·爱》是我学生时代听过多次推荐想读而没来得及读的书，正好趁此机会找出来一读。我像看一般故事一样看完，觉得并不如想象中好。王蒙和崔老师拿去读了，看法大不相同。王蒙说，还从来没有看到过哪一本小说把爱情写得这么美好，这么默契。王蒙当即背诵了书中临近结尾简·爱的一段内心感受：“和他在一起，像一个人独处一样的自由，又像和众人在一起一样的热闹……”我确实感到了王蒙不同寻常的鉴赏力和自己的浅薄，惊叹他非凡的记忆，连外国小说读后都能大段背诵，翻书一看，竟然一字不差。当我们称赞他时，他谦逊地说，这不算什么，背书只是小学生的功夫。

有一次在他家，我请教他，我想看《战争与和平》这部篇幅宏大的名著，不知能不能看下去。他说你能看下去，你一定会喜欢托尔斯泰语言的准确和丰富。我感到了他对这部名著非同寻常的欣赏和喜爱，这给了我良好的阅读准备。他为我从纸箱子里翻出这套书皮包得整整齐齐的新书，递给我。我看到主人对它的爱护，读时也倍加爱惜。《战争与和平》给我极大的艺术享受，在那些荒芜的日子里，我感到少有的愉快和满足。虽然我同样并未完全读懂，但十分珍惜这第一次阅读的美好感觉。

春回大地的心声

一九七六年粉碎“四人帮”后，不少过去禁演的电影解冻了，《洪湖赤卫队》《江姐》《蝶恋花》等纷纷上演，文艺舞台和人们的心情都有一种重获解放之感。王蒙的欣喜之情更非同一般，感受到真正的春的到来，激奋之情，流注笔端，凝为诗词。一九七六年冬，老陈在南疆库车县依西哈拉公社搞社教，先后收到了王蒙寄自乌鲁木齐的两封信，并附有《满江红》《双头莲》等四首词。当时他读了十分喜爱，过去只读过王蒙的小说，还不知道他有这么好的古典诗词的修养。老陈一直珍藏着这几首词的原稿，直到有一年他回新疆时还给了他。

王蒙本人也直到二〇〇七年才收入他的自传第二部《大块文章》，与世人见面。现附录如下：

满江红

浪打洪湖，歌又起，深情瑰丽。十数载，韩英无恙，万感交集。征战情怀须作赋，英雄血性岂无戏。恨四人，杀了好文章，园坛寂。贺龙已，总理逝，洪湖水，长相忆。念主席，今日得人后继，莲艳波清愁雾扫，龙腾虎跃车轮疾。待从头，描画好山河，挥彩笔。

满江红

古国千年，有多少，风流故事。拍案喜，尸魔伏法，猴儿淋漓。信手拈来成妙趣，随心舒卷含真谛。舞金箍，除尽白骨精，方如意。取经远，磨难续，心似铁，何为惧？刹时间，大圣巧施神力，摇扇喷砂贼老道，盘丝螯顶野狐狸，善矣哉，轻轻收将在，葫芦里。

双头莲

烈士英名，映江山万代，蝶恋花开，情深如海，真绝唱，能不热泪满怀！一个小小鼠豺，竟招摇叫卖，施淫威，英雄寂寞，却似雾遮云盖。

盖也盖不住的，有人民八亿，铭心记载，骄杨光彩。风雷动，消去胸中垒块，长沙陵园永在，唱游仙词牌。歌澎湃，开慧巍巍，江青尘埃。

双头莲

革命惊雷，唤中华儿女，血染红旗，悲歌国际，头颅掷，花媚神州大地。谁道“四丑”横行，冷男儿心意，堪痛惜，残害忠良，玷污马列真义。

主席功业千秋，容毁于一旦？遥望京畿，忧心如炽，何日里，得慰英灵遗志？忽报缚鬼擒妖，升杲杲红日。泪如雨，洒遍江河，追怀总理。

这是一个从严冬里走过来的作家，感受并欢呼春回大地的心声。

毅力感人学英语

王蒙学习、掌握语言的天赋和勤奋，并不只在自学维吾尔语上显露出来。粉碎“四人帮”后，英语热起来了，七十年代后期，在周围中年人里，他是唯一有英语教材，并在收听英语广播的一个，而且还能给同事的孩子辅导，热情帮助有志于自学英语的青少年。当时，我们的一个在药材公司工作的朋友，也在自学英语，但苦于没有教材，到处寻索而不得，求助于我们。我们那时还没有这份学习外语的热情，手头自然就没有书。听说王蒙在学，他或许知道哪里能买到，顺便问了他一下。他也说这书现在很紧俏，买不到。没想到过了两天，他把自己正在使用的仅有的一本教材拿来了，让我们转送给那位素不相识的青年朋友。我们婉谢，感到不能这样夺其所需，这太不好意思了。但王蒙说，书能更多地发挥作用就好，并表示自己听广播已经可以不看教材了。这件事让我们至今难忘。

王蒙现在能用英语口头交流和翻译文学作品，绝非偶然。从那时起，他就利用一切零碎时间，不间断地自学英语，包括上下班坐在车上。一九八〇年去爱荷华国际写作中心四个月，更是抓紧这难得的机会自学，从开始时不会说完整的英语，到离开时已能用英语交流。即使后来在文化部长任上，也一直坚持不懈。他的司机很熟悉“老头儿一上车就收听英语广播”的习惯。他的成功后面同样付出了数倍于人的辛勤劳动。

着言成春的幽默

八十年代初，王蒙重访新疆，返京前曾与哈萨克族青年作家艾克拜尔来我家告别。因事先无准备，就餐时我深为好客无好待而不安，抱歉地说：“没有什么菜招待你们，真不好意思！”王蒙立刻说：“无菜之菜是谓至菜。我和艾克拜尔已吃遍了天山南北，和平渠两岸，都是大盆的肉，陪吃的人一个个都坐不住了，要轮着请，正想吃你的无菜之菜，清淡一点好，很好！”顿时笑乐盈室，我的不安随之云散，宾主尽欢。想起当时流行的“无结构的结构是最好的结构，无技巧的技巧是最好的技巧”等话语，颇有几分老子之风。

王蒙这种着言成春的机智幽默，常常能把一件小事点化得兴味盎然，让你感受平凡人生的意趣。这也是王蒙广受欢迎的原因之一。

2008 年于乌鲁木齐

（选自楼友勤《远去的眷念》一书，新疆人民出版社 2021 年版）

巴彦岱的青杨

夏冠洲

“高高的青杨树啊，你就是我们在一九六八年的时候栽下的小树苗吗……今天已经是参天大树了。”

“赫里其汗老妈妈，今夜您可飘然来到这里，在这高高的青杨树边逡巡?”

“亲爱的燕子们啊……当曙色怡人的时候，你们可到这青杨树上款款飞翔?”

“我将带着……青杨树林的挺拔的身影与多情的絮语……这巴彦岱的心离去，不论走到天涯海角……”

这些充满感情的诗一般的句子，是从王蒙一九八一年回到当年曾生活过七年的伊犁巴彦岱乡时，一气呵成的散文《故乡行——重访巴彦岱》中随手引出来的。这是一篇曾使美籍华人作家聂华苓女士读之落泪的名作，可见巴彦岱的青杨在王蒙心目中占有多么重要的地位。它的倩影，似乎已经化作王蒙心理结构中那枚“恋疆情结”的一种意蕴极为丰厚的象征物了。

大概是杨树那高指蓝天、挺拔不屈的独特意象，常常博得作家们青睐的缘故，所以茅盾、茹志鹃、流沙河和碧野等人，都曾留下吟咏赞美的名篇佳作。的确，在我的记忆中，那高高的青杨林是伊宁市（自然也是巴彦岱）最亮丽、最具特征、给人印象最深的一道风景线。记得一九六四年深冬，我作为新疆大学中文系“社会主义教育运动实习队”的成员（那时我正读大三），初到伊宁市时，那一排排挺立于风雪中的钻天青杨的雄姿，就是伊犁给我的第一个惊喜和振奋。第二年春天，我先后在伊宁英堂木、吐鲁番于孜和巴彦岱等公社参加过植树劳动，基本树种也都是青杨。由此我和王蒙老师一样，对自己曾付出过汗水的、形姿优美，以特有的团队精神护卫着绿洲，因而能给人以某种安全感的伊犁青杨树，常常怀有一种特殊的感情。

一九九八年春，我应邀到伊犁师院讲学（讲的正是“王蒙研究”）。课余，我故地重游，又来到伊宁市西北郊九公里处的巴彦岱镇。明媚的春阳下，那满眼开始泛绿吐叶的青杨林，挨挨挤挤、生机勃勃、茁壮挺拔，仍然给我以强烈的印象，时时唤起我动情的记忆。巴彦岱的青杨林，别来无恙乎？

第一次与王蒙老师在巴彦岱结识的情景，令我终生难忘。那是一九六五年五月，我被抽调到伊宁市近郊的巴彦岱公社筹办“阶级教育展览馆”。那天，我正在公社一间大库房里画宣传画《丰收图》，意外地邂逅了刚由自治区文联下放这里当农民的王蒙，一位失意落魄的“右派作家”。那时“文革”风暴尚未刮起，王蒙当时心情尚佳，甚至还兼任要职——二大队副大队长之职，曾有权参与处理过社员邻里间偷鸡摸狗等事宜。前些年，我写了一篇追忆与王蒙老师多年交往的长篇散文《想起王蒙当年事……》，文后附了一首七言排律《赠王蒙》，诗的开头有这么几句：

杂花生树燕子飞，萍水相逢乌孙地。

京华激昂红“少共”，边塞落寞灰布衣。

有缘得识春风面，无才追慕鸿鹄意。

删繁就简石成金，负重忍辱笑破涕。

……

其中首句中“燕子飞”，是暗喻我们相逢地点在巴彦岱，“巴彦岱”即蒙古语“燕子飞来之地”。“红‘少共’”，指王蒙不足14岁即在北平加入了地下党。“灰布衣”则系一语双关，我第一次见到王蒙，他真的就是一副地道农民打扮，衣着灰布上衣，头戴草帽，竟身手矫健地翻窗而入，进到我们的大库房里。“删繁就简石成金”一句，是写王蒙那天曾替我修改了几篇贫下中农家史稿，删去了其中一些废话，变得精练些了，所以是“点石成金”——据此，王蒙可算得我真正意义的老师，是我文学之路的引路人；尽管我只是一个笨拙的差下生。“负重忍辱笑破涕”，自然是指王蒙彼时彼地特殊的心境了……噫，往事历历在目，却已是半个多世纪前的情景了！

如今，巴彦岱原红旗公社那座破旧的大院，已改建为一幢很气派的巴彦岱镇办公大楼，高四层，今非昔比。楼前是三一二国道和大广场，广场四周是热闹喧阗的农贸市场，店铺林立，车水马龙，整个环境全变了模样。记得当年公社大门前的“皮里青”河水流量充沛，也很清澈，两岸长满了绿树杂花，我经常要下到深深的谷底去洗衣服。但不知为什么现在河谷已经淤浅了，仿佛两步就能跨到河底似的……那些曾频频入我梦境的记忆，都已变得支离破碎或者面目全非。我心里不禁有些失落。唯有公路两旁和村庄里那些高高的、挺拔的青杨林，仍是“风景旧曾谙”，在开始变暖的春风中摇曳着，向来访的故人招手致意。

沿着巴彦岱镇十分规整、青杨夹道的村路，我去看望王蒙的老房东阿不都·热合曼老爹。谁知老爹外出了，只有他的老伴在家。于是几位热心的小巴郎子便自告奋勇满村去找，果然很快找到了。急急赶回来的老爹亲切地把我们让进家里，脱鞋上炕就座，又指使老伴到外屋烧奶茶。老爹这三间新修的砖瓦房，正是由王蒙出资翻盖的。不一会儿奶茶烧好了，老爹一一斟满了炕桌上的茶碗。我却不过盛情，连喝两碗，不过那奶茶的味道远没有王蒙在小说中多次称赞的那样好喝。我转念一想，是了，小说中那位饮茶专家兼烹调高手、美丽的阿依穆罕——生活原型即赫里其汗大娘——早已去世，现在给我们烧奶茶的大娘是老爹的续弦，可能烹奶茶的技艺较差。老爹八十多岁了，身体还很硬朗，也难怪，拥有这样一位名闻全国的大作家儿子，自然是老人的精神支柱。老爹说他很想去北京看看王民（蒙），可惜走不动了，说着眼泪都快要流下来了。系列小说《在伊犁》中，精干的小个子房东伊敏老爹被王蒙塑造成一位善良朴实、自守淡泊、清明安详，也不乏幽默感的具有乡村哲人风度的老农形象，给人印象很深。我一边品茶，一边端详眼前这位同样为小个子的老人，极力想从中找到我在读王蒙小说时的感觉。告别老爹出门，走了好远，回头还看到老人一家仍站在门口青杨树下，久久地向我们挥手。

王蒙系列小说《在伊犁》或散文中一些人物的原型，此次巴彦岱之行中我有幸也见到了好几位。例如老爹的养子、曾与王蒙同床而睡的“弟弟”阿不都·克里木（即汉族孤儿部周安），王蒙当年还多次替他写信寻找亲人，后来果然在河南许昌某地农村找到了。部周安成家时，王蒙还当了证婚人。原大队支书阿细木·玉素甫，还有现任村副主任金国柱（即小说中能与“好汉子”依斯麻尔较劲的王吉泰的生活原型），等等，这次都见到了。老书记阿细木还在铺满地毯的家中用香脆的油馓子招待我们。我们还站在伊犁河岸，远眺了金柱国在河边经营的村属企业——大片鱼塘，也分别与他们合了影。交谈的时候，望着他们那布满岁月风霜痕迹，但仍然健康、开朗的面孔，我总是耐不住与我原来心目中的小说形象一一做了对照比较，一边联想起我在专著《用笔思想的作家——王蒙》中，几个章节有关他们的描述和论析。我遗憾地想，如果在写作之前能先来一趟巴彦岱，与这些人物原型交谈一下该有多好！那样也可能会写得更真切、更生动、更深刻些。

生活并不曾中断。改革开放的春风也给边远的巴彦岱人的生活和精神面貌，带来了巨大的转机和变化。这些底层中平平凡凡、朴朴实实的农民，都在按照强有力的客观规律，继续念着属于自己的“生活经”，干活、挣钱，适应着自然，也改变着自然，千差万别而又殊途同归，在命运的长河中继续奋力寻觅、浮游、拼搏。他们那质朴坚韧的身影和精神风貌，让我又一次联想起与他们相依为伴、共生同长的青杨，巴彦岱那茁壮朴实、顽强挺拔的青杨来！

巴彦岱人谈起王蒙来，都充满了感激和自豪的感情。正是通过散文集《你好，新疆》、小说集《在伊犁》和巨著《这边风景》等多部堪称中国当代文学经典的名著里，王蒙以其动情的文字和生花妙笔，一座极为普通的中国边境维吾尔乡村，才得以在全世界扬名；那里形形色色的人物和发生的故事已为广大读者所熟知。中国文学也应该感谢巴彦岱（连同它那高大、朴实的青杨树），因为这里曾收留过、保护过、养育过一位处于困境的中国知识分子，后来成为卓越的世界级的文学大师。王蒙也十分感谢巴彦岱，在这里他虽不无屈辱但还算平静地生活了整整 7 年。巴彦岱养育了他的生命，也为他的成功提供了源源不断的生活和思想情感资源，还有文学创作的精神动力。

近年来，王蒙又多次回疆“探亲”。有一次我送他去机场时，望着车窗外乌鲁木齐繁华的街景，王蒙不知为什么竟和我谈起青杨树来，感慨地说，和乌鲁木齐一样，现在伊犁的青杨也比当年少多了！大作家王蒙始终没有忘掉伊犁，没有忘掉巴彦岱的青杨。偏远的农村巴彦岱，是王蒙一处特殊的精神家园。巴彦岱的青杨，则是伊犁——这王蒙心目中永恒的诗篇中的诗眼。

逝者如斯，往事如烟，风云变幻，人世沧桑，唯有这伊犁的天空和大地永存，唯有这滔滔伊犁河水长流，唯有这巴彦岱的青杨树常绿！

2004 年 5 月初稿

2023 年 1 月改写

核桃树下的王蒙

柴福善

王蒙是我景仰的作家。见到他，是在燕山脚下，他的山里人家。那是一道山洼，三面环山，独南面豁缺，敞向太阳与蓝天。村边有条小马路，一端通向山外世界，一端通向燕山深处。小村不过三二十户人家，王蒙的家坐落其中，墙挨墙，脊挨脊，不显山露水。我不晓得他几时来这里的，并精心构筑了心爱的家园。院里一棵核桃树，他指着说："打我住进来，这核桃树就猛长。"想来，一定是树借地缘，也借人缘吧。而今核桃树已尺把粗细，枝杈伸张，亭亭如盖，荫蔽大半个院子了。

他非常喜爱这座小院，就是主持人杨澜采访也要来这里。平时，他只要在京城，就一定会过来，即使远在异国、远在他乡，心也时时惦念着。回来，一打开那扇门，一走到核桃树下，无论春雨、夏蝉、秋风，总使他遁入一种境界。"独坐深山忆旧时，心如明月笔如痴"，一人静静地坐着，没有任何尘嚣纷扰，天上地下，过去未来，悠悠思绪，便从心灵深处泛起。组诗《乡居》，写明月山后小憩而满天发光的星星；写有时流在石下，有时流在地上，沥沥潺潺溪断水仍连的山泉；写即使被山风劈成两股，也会再长出新的枝青叶绿的树；写垂下头来准备多年，请风尽情弹奏的风铃；写与他拉家常的小姑娘。尤其在《蝈蝈》中，他写道：

试图去捕捉，
他不逃遁，
只是唱着，唱着，
即使落入手心，
歌儿也还没有唱完。

这些作品，明眼人一读，就读出一定是在这里写的，一定写的是这里，借助有形无形的意象，融注沉思默想，抒发几十年的人生情怀，展示丰富多彩的心灵自白。这里使作家进一步成为了诗人。当然，不仅如此，只有高一学历的他，却能翻译外国作品、写散文随笔。长篇小说“季节系列”第四部，就是在这里搭好架子，写好最难的开篇的，剩下的则让人物推动着情节，天南海北走着撂着写了，完稿于北戴河。他曾著文：“大作家在哪里也是大作家。”用于自观，倒恰如其分呢。

王蒙喜爱这座小院，更喜爱这里的一山一水、一草一木。写作之余，常常朝一道山沟无目的地走去，往往能够发现世人不曾发现的风景。想唐代柳宗元谪居永州，寻山问水，虽写下传之后世的永州八记，终因其境过清，不可久居。难怪，柳是罢黜遭贬无奈而去，他则是自觉自愿欣然而来，不可同日而语了。时代不同、地域不同、心境不同，虽然都是大家手笔，但是笔下却不尽相同。永州因柳宗元而千古不朽，或许这不起眼的小山洼，就因王蒙之笔而名扬天下。记得初冬时节，我陪他登山半日。择一山羊踏出的小路起步，几分崎岖里，山一步比一步深、一步比一步高。山间尽是果树，有手指般细的，才栽的，也有腰杆般粗的，甚至树干成了空洞，便不知经历了多少春秋。一切都收获了，只有柿树枝头，摇曳着一两个大盖儿柿，红得夺目，棵棵如此。他端详片刻："莫非纯朴的山里人，希望年年有余？"

山不知走了多远多深，每走一程，就有一程的境界，山石林木天造地设的图景，鬼斧神工的自然造化，总让人惊叹。惊叹之余，我这四十多岁的脚力都感觉累了，王蒙依然兴致勃勃，不时地扬起拐杖，指点江山。我却指着一块石头："您歇歇吧。"他拍拍坐下，喟叹一声："廉颇老矣，尚能饭否？"是慨叹青春焕发、欲有所作为却被打入生活底层的二十年，还是慨叹复出后奋力拼搏、二十年又倏忽流逝？不待我多想，他话锋一转："什么地方不能歇得！"苦难噩梦中新疆的小泥屋里歇得；一九七九年回到北京，在夏衍曾住过的小院，亲手植花种树，花香果香里依然歇得；而在这山里人家，无须养鸟，自有鸟语盈耳，无须挂画，自与自然相接，徜徉其间，更是歇得！特殊的人生经历造就了他乐观豁达的性格，乐观豁达中却不失机智的幽默。他立身绝顶，侧身下眺小院，左手背拐杖于后，右手搭凉棚于前："这样，像西游记里的孙悟空吗？"在像与不像之间，我乘机拍下这转瞬即逝的情景。这张照片他很喜欢，收进了他出版的《我的人生哲学》一书以及中央电视台拍摄的《大家・王蒙》纪录片中。闲话时，他谈起小院的奇闻轶事："屋有一百多颗杏核，趁我不在，耗子们一颗颗全叼到我枕头里，可能以为找到了一个极好的仓库。气得我在屋里放上粘耗子的帖儿。耗子真精，再也不来了，八成儿发现形势不对。”我被这份幽默不由自主地逗笑了，他也会心地笑了。

望着那轮虽已偏西，却依然灿烂满山的太阳，我们下山了，回到了王蒙无时无刻不深深眷恋的小院，回到了那棵他情有独钟的大核桃树下。他欣然告诉我，核桃树春天开了好多花，一串一串的，秋天结了好多果，一嘟噜、一嘟噜的。其实，他自己何尝不是如此呢？从写《青春万岁》时，就苦苦思索，放弃故事主线，探索文体创新。如果说是对生活的热爱而使他走向了文学，那么自他走向文学的那一天起，在中国文学和世界文学面前，他就没想画地为牢，而是以敢为天下先的精神，努力开拓艺术空间和精神空间。一个作品之所以有存在的价值，一个作家之所以有存在的价值，其中一个重要原因，就在于这个作品和这个作家有异于其他作品和其他作家。他重返文坛后，依然坚持自己的追求，包括意识流等在内的现代派小说实验，使他成为中国文坛上空一只翩翩的蝴蝶、一个高扬的风筝。应该说，他二十一岁时写《组织部新来的年轻人》，追求的是一种革命的、道德的理想主义，是一种青年的单纯，而经历了四十年风风雨雨之后，追求的则是一种公正、和谐与适度的宽容了。他精心构筑了季节系列《恋爱的季节》《失态的季节》《踌躇的季节》《狂欢的季节》四部，作品中所映照出的，是我国巨大变化中的一段历史。而历史不能老是重写，这恐怕是天心民意，也是作家笔下的神圣职责。最近他出版了长篇新作《青狐》，在文坛引起极大轰动。人民文学出版社隆重推出二十三卷本《王蒙文存》，可以说，是他文学出道以来的集大成了。随后，作家出版社推出他用五年心血写成的长篇小说《尴尬风流》，被认为是探索中国人之“心”的一部奇绝大书，着实正强劲地“风流”着中国。读先生作品，感觉先生对人生、对社会、对世事，真的是看透了、看开了、看明白了，想说什么就说什么，想怎么说就怎么说，不再拘谨于时，不再顾虑于世，似乎已然“彻悟”了。人道先生“至愚”也好，“至神”也好，“从容”也好，“潇洒”也好，“睿智”也好，总之人活到这个份上，算是真正活出味儿来了。

世人公认王蒙的，或许首推小说，他自己也是把百分之九十的精力用于小说创作。可我觉得，他记叙人物的散文与评价作家作品的评论及其他一些随笔，以活跃而深刻的智慧、机智而幽默的思辨，产生一种与众不同的叙述方式，放射与众不同的文化华彩。如《我心目中的丁玲》《不成样子的怀念》《周扬的目光》等，在他整个文学创作中，我不敢说与他小说比肩，起码应该具有重要位置。而那本《我的人生哲学》，该“哲学”了多少读者；才出版的自传三部曲，展示了他非凡的一生，被誉作“一个人的‘国家日记’、一个国家的‘个人机密’”。近读《王蒙自传·半生多事》时，忽闻网上因先生自传而引发“汉奸”父亲的风波。至于因此而引起的“先生父亲原是汉奸”的风波，是非曲直，历史已经早有结论。有人以小说中的只言片语，断章取义，实属恶意解读。先生以坦诚而碰到了“阴暗”，自是无须介意，读者自有公论。

我曾想，王蒙对于文学的沉迷，对于感情和语言的沉醉，当是与生俱来的，也是无法挥之而去的。所以，他才把做三年文化部长称为“服兵役”，骨子里他是不可能完全变成一个规规矩矩的行政官员的，最终必然还要回归到作家文学这条道上来。迄今为止，他已创作出千万字作品，被译成几十种文字在世界各地出版，可谓硕果累累、著作等身了。而 70 岁后，他转而研究老庄，说“老子的帮助”也好，“与庄子共舞”

也好，其实都是在“帮”自己、“舞”自己，要不他怎说是“老庄注我”呢？他的作品走了比他自己走得更远的路，走进了许多他没有机会走进的房子，拥抱了许多他还没有机会结识的朋友。这应该是他的幸运，甚至有人尊他为“大师”，他更是摆摆手，一笑了之。

站在核桃树下，王蒙向我挥手道别。记得孙犁说过：“文人宜散不宜聚。山居野处，方能出成果。”而不被名利缠绕，远离浮躁，于静寂之中，潜心创造无愧于人民、无愧于时代、无愧于自己的精品，或许这正是他安家于山乡的初衷吧。

2003 年 4 月 6 日改，2004 年 3 月 7 日、2006 年 7 月 6 日、2010 年 11 月 19 日及 20 日、2013 年 11 月 7 日再改

（选自柴福善的《泃河的波光》一书，民族出版社 2021 年版）

雕窝村里学张弓

王　安

王蒙老师曾经在北京郊区的平谷区雕窝村租下一个农民小院，每逢节假日王蒙、崔瑞芳夫妇常常带上我和夫人去那里玩儿，有时甚至住一夜再回，爬爬山、打打牌、尝尝山区的美食。比如那里的大油饼绝对比城里的油饼好吃而且实惠，还有老乡自己磨的豆浆浓香可口。秋天是收获的季节，打核桃、摘柿子、收山里红。雕窝的乡亲们称呼王蒙老王，这和新疆巴彦岱的乡亲一样。

雕窝村的名字还是老王建议修改的，原名刁窝，不雅，容易让人想起“穷山恶水出刁民”的话。崔瑞芳老师二〇一二年三月二十三日仙逝，此后就不常去了。

彭世团参赞用雕窝命名了一个微信群，有十几个人，王蒙、单三娅老师是核心，其他人都是王蒙部长现在和原来的身边工作人员，如秘书、司机等及其家属。在这个群里我们有意无意之间聆听王蒙老师的教诲，获益良多。而这种教诲常常是“逗你玩”的形式，很开心。

卡塔尔世界杯开幕，老王转发了它的主题曲视频。跟帖五花八门：“最豪华的一届世界杯，最难听的一届主题曲”“母鸡下蛋，难产”“我觉得这个 MV 很棒”“说唱好好听哎”“第一感觉是到了非洲，然后惊诧于女歌手的粗犷，最后感觉不太好听”……本人也凑个热闹：“你吃过浙江菜霉千张吗？卡塔尔世界杯主题曲就是！”老王只管发，不管评，他说话动静太大，少惹麻烦。

前不久老王还转发了一个视频《赵元任——百科全书式天才》，其中提到两点我印象深刻。其一，他和杨步伟女士结婚没有任何仪式，拍一张合影分发四百多位亲友通知大家我们已经结婚了完事儿。其二，他对什么都有兴趣——国学、语言、音乐、数学、哲学、逻辑、摄影、唱昆曲、滑冰、抖空竹……不一而足，他的动力就是一个字“玩”。我跟帖说：“发张照片代替冗繁的结婚仪式，真是雅到了极致！觉得好玩而学习这大概是学习的最高境界吧！赵元任的才华难以企及，但他对世界充满兴趣的生活态度可效法一二。”老王补充说：“改革开放后他来过北京，胡乔木去旅馆看望过他。他女儿是哈佛的教授，主持过一个稀粥沙龙，轮流煲粥待客，谈诗论文。我参加过。”上世纪九十年代在文学界一度掀起过一股“粥”热，很多作家学者说粥论粥，这其实与老王的一篇小说《坚硬的稀粥》有关，一帮左爷非要拿这篇小说开刀，从政治上戴帽子，打棍子，欲置作者于死地，结果自取其辱。

《人民文学》二〇二二年第四期发表了老王的中篇小说《从前的初恋》，我写了《读王蒙小说〈从前的初恋〉随记》，每天写一二段发雕窝群，陆续写了差不多一个月。我发帖说：“各位老师，我的随记到此结束。在阅读过程中感想很多，只写出了一小部分。我属于圈外，不太懂写论文、做学问的路数，之所以斗胆包天，圣人面前卖百家姓，还不是近水楼台吗？亲不避嫌，怕啥？谢谢单老师、建飞鼓励，请大家多提意见！”

老王跟帖说：“谢谢王安，阅读就是支持，随记就是交流。”

崔建飞跟帖说：“安兄的随记，是中国文学传统中评点、札记、诗话词话体裁的继承发扬，灵动舒卷，句句干货，给人启发。安兄抓住电话细节评点，令人击节。使人想起《季节》系列非常震撼的一段描写，即钱文给冬菊打电话突然失声了。还有后来的《铃的闪》。安兄给人的启发多多！”

我受宠若惊连忙回复：“谢部长、建飞鼓励！”此文五月二十九日发表在王蒙研究全国联席会议公众号上。

我在文中提到了王蒙若干小说滞后发表的现象：“又一次旧作新审新视新写新刊。”最早的当属《青春万岁》(长篇小说，一九五六年完稿，一九七九年出版)，此后陆续有《雪的联想》(文艺理论)、《等待》(发表题目为《初春回旋曲》，短篇小说)、《尹薇薇》(发表题目为《纸海钩沉——尹薇薇》，短篇小说)、《这边风景》(长篇小说)，这次是《初恋》(发表题目为《从前的初恋》，中篇小说)。晾了几十年，它们依然乒乒乓乓欢蹦乱跳。何也？用老子的话说就是“同出而异名，同谓之玄。玄之又玄，众妙之门。”(《道德经》第一章)

老王忘记了由《等待》生出的短篇小说《初春回旋曲》，在群里问我：“《初春回旋曲》发表了吗？我怎么忘了？”我把《人民文学》一九八九年第三期的封面图和有关文字发到群里，证明信息无误。沈杏培先生

《王蒙早期文学思想及其认知变迁探微——以〈尹薇薇〉改写事件为切入点》一文也提到这篇小说："比如《等待》是写于二十世纪六十年代的一篇短篇小说，用非常抒情的手法描写柏拉图式的爱恋。八十年代，王蒙旧作新写，形成了焕然一新的作品《初春回旋曲》。"也证明信息无误。

我随后写了一段感想："《来劲》《初春回旋曲》《白衣服与黑衣服》可谓三剑客，直指上世纪八十年代后期和九十年代初期社会上弥漫着的各种思潮及其潜在的危险。"后来我得知老王把这段话转发到另一个微信群，他说："王安提到《初春回旋曲》《纸海钩沉——尹薇薇》《这边风景》《从前的初恋》四个早期作品搁置复活。有意思的是《初恋》诈尸后，我想还有《等待》，可惜找不到原稿了。就是说，我自己忘记了回旋曲的写作与发表，我还质疑王安的回旋曲说b（原文如此，应是"不"字未打出来——安注）出自何方？"中国海洋大学的温奉桥教授回应说："王先生此时的很多作品写得幽深，具有某种不可通约性，王安老师找到了进入的管道。"这个群里还有复旦大学的郜元宝教授，他们都是研究王蒙的佼佼者。

老子说："天之道，其犹张弓欤！高者抑之，下者举之，有余者损之，不足者补之，天之道损有余而补不足。人道则不然，损不足以奉有余。孰能有余以奉天下？唯有道者。"（《道德经》第七十七章）在雕窝村潜移默化地学习，有跟着师傅学张弓、学射雕的意思。

2022年12月2日于四川绵阳

风雪骑士

崔建飞

记得是二〇〇四年十一月，王蒙先生在莫斯科接受俄罗斯科学院远东所荣誉博士学位，随后乘火车造访圣彼得堡。二十日夜，暴风雪袭来。次日清晨，窗外的圣彼得堡一派素裹。雪停了，但寒风依旧呼啸，时时从地上卷起雪沙，升腾起一团团弥漫的雪雾。

根据王先生提议安排，我们驱车前往普希金故居。一路上没见传说中雪地里冻僵的醉汉，只见警察在指挥拖拽陷坑的车辆。又看见涅瓦河畔，有位黑衣男子牵一头大白熊，在迷蒙升腾的雪雾中溜达。

王先生在普希金故居参观时间较长，他看的问的非常仔细，包括普希金的手稿和肖像，乃至用笔和稿纸。从故居出来，已是午餐时分，北风更紧了，发起狂来。我们的车经过十二月党人广场，导游玛丽亚娜说由于时间紧，也由于风大天寒，车将停路边一分钟远望一下，就不下车进广场近观青铜骑士像了。王老师一向随和安排，但这次却坚决否定，表示无论如何要下车去看铜像。青铜骑士像是世界著名的雕塑佳作，叶卡捷琳娜二世为纪念彼得大帝，聘请法国雕塑家法尔科内作的彼得帝骑马塑像。普希金有叙事长诗名篇《青铜骑士》，描写了这尊雕像：一场洪水泛滥，小人物欧根失魂落魄地来到广场，“背着欧根 / 以手挥向 / 无际的远方 / 坚定肃静 / 是骑着青铜巨马的人像。”后来欧根因情人死于水灾而发疯，他流浪到铜像前：“在苍白的月色下看青铜骑士骑着快马 / 一面以手挥向高空 / 一面赶他这可怜的疯人 / 这一夜无论跑到什么地方 / 他总听见骑马的铜像追赶他 / 响着清脆的蹄声。”俄苏文学是王蒙的青春挚爱，普希金的诗他很多都能背下来。我想他执意要下车看铜像的原因，首先是为了普希金，其次是铜像本体艺术，再次，也许是因为这个广场苏联时期曾名为“十二月党人”。

于是我们的车拐进停车场，由玛丽亚娜在车上陪崔瑞芳夫人，由我陪王先生下车进广场。

刚出车门，就被恶劣天气镇住了。至少零下 6 度的气温下，大风卷起的雪沙一阵阵抽打在脸上，眼睛睁不开，雪沙呛嗓子。王先生穿得比我还单薄，只穿件呢子大衣，而我穿了厚羽绒服还冻得哆嗦。雪深地滑，我们踉跄着往雕像走。我担心他滑倒，毕竟年近古稀的岁数。我试图扶着他走，被拒绝了。王先生说：“小崔，咱们跑起来吧，这样还暖和些，也快些。”受他鼓舞，我跟在他后面小跑起来。他跑得不慢，我甚至有点赶不上他，这与他平素热爱运动有关。就这样我们小跑了几百米，一次也没有摔倒，跑到青铜骑士像前。王先生一边围绕着铜像观赏，一边谈起普希金。我担心时间长了他会冻着，便打开相机，建议留影。他答应了。我拍了一张，才发现相机里胶卷只剩下这最后一张。下车匆忙，没考虑到多带胶卷，毫无办法。我一直担心这唯一的留影会失败，还好，青铜雕像保佑，后来照片成功洗印了出来。王先生回国后出版《苏联祭》一书，大受读者欢迎。其中他回忆了访问青铜骑士的经过，并选了那张照片作插图。

在圣彼得堡，处处感受到王先生对俄苏文艺的深厚情感。一次，到一家叫“木木”的餐厅就餐，王蒙老师拿起餐具，又放下，不胜感慨也有些凄然地说：“这家餐厅是根据屠格涅夫的小说命名的，木木，木木多可怜啊!”又一次晚餐，安排在柴可夫斯基的母校圣彼得堡音乐学院的对面，就叫柴可夫斯基餐厅。王蒙老师兴致很好，和大家娓娓谈起“四季”和“如歌的行板”……而我印象最深，最难忘的，是那次跟随他造访青铜骑士的经历，那次狂风深雪中踉踉跄跄的小跑。

未能兑现的心愿

热合玛依·热合曼、帕尔哈提·热西提（译）

加了王蒙老师的微信，我想八十七岁高龄的这位文学大师哪有时间与我微信聊天。王蒙老师曾在我生长的伊宁市巴彦岱乡二村生活工作过一段时间。他是个睿智、善良，热情开朗的著名大作家，在我们心目中具有很高的地位。

我非常喜欢读王蒙老师的书。为了不影响老人家的休息，不敢与他经常微信联系。我没有资格与老师谈论作品，更不要说谈论写作了。但是自从互加了微信，结果却出人意料。联系过程中，王蒙老师所说的每句话都使我激动不已，甚至落泪。

平时我和王蒙老师之间的微信聊天是用国语并掺加一些维吾尔拉丁字母进行的。一次，我把自己在《哈密文学》发表的一篇农村题材的小说语音版发给了他。第二天就看到了老师的留言：

“我的好女儿，听了你的作品，使我想起了伊犁的那段日子，半夜歌声仿佛还在耳边回响。我把你这篇作品转发给了几个人，让他们也听听，并提出自己的看法。他们的意见对你以后的创作会有帮助。”

果然，没过几天，王蒙老师给我转来了艾克拜尔·米吉提老师和其他几位著名作家对我小说的评价，并留言说：

“女儿啊，继续努力，多创作好作品。如在写作过程中遇到困难，可以联系艾克拜尔·米吉提。”同时还发来了艾克拜尔·米吉提老师的微信号。王蒙老师的关心和鼓励着实让我激动了一番。

与王蒙老师聊天以来，虽然我没有提起过关于自己写作方面的话题，但从老师的留言，感到他注意到了我的写作，这让我非常高兴。

我给老师发了一篇自己写的散文《父亲的果园》。他看后留言道：

“我的女儿，我饶有兴趣地看了你的作品后，好像闻到了伊犁农村的味道，看到了伊犁的苹果园，一整天坐在家里沉浸在回忆之中。”

二十二年来，我从没有被人称呼过“女儿”。听老师称我为“女儿”感觉既亲切又温暖。有时候有一种无法形容的感动，鼻子一酸，止不住掉下眼泪。

我们经常相互发自己喜欢的歌曲，并聊一些有趣的话题。我发给老师的大多是伊犁民歌。

一天，王蒙老师给我发了他一天的步数。我发现他走了一万多步。对一个八十七岁的老人来说，走一万多步已经相当不容易了。

“哇，王蒙叔叔，您真了不起，和我们年轻人有得一拼。”

“别忘了我是谁？你王蒙叔叔是伊犁塔兰奇（农民）小伙，一万步不在话下。哈……哈……哈……！”

“你走了多少步？”老师关心地问我。因为当天我才走了三千多步，所以有点不好意思地把步数发给了他：

“今天我有点事。要不也会走一、两万步。不过，您那么大的岁数，走的是不是有点多了？”

“别小看你王蒙叔叔，我还没有忘记吹牛。今天我俩都吹了牛，是吧？你王蒙叔叔现在老了，既当不了伊犁的诺奇（好汉），也做不了泡奇（吹牛大王）了。”老师幽默地说，并发了一个捂嘴偷笑的表情。

“不，不！叔叔头脑还是那么清醒，精神那么好。怎么能说自己老了。”

“经常吹吹牛，就不会忘记自己是一个伊犁小伙。”

一天早晨七点钟，我收到了老师发来的微信留言。对于习惯早睡早起的我来说，此时并不算太早。我当即给老师回了信。

“女儿啊，这么早是不是影响到你休息了。”

“哪儿的话，王蒙叔叔，我是早起的百灵鸟，也可以说是清晨的月亮。”我回话道。

“哈……哈……哈……，早起的百灵鸟，说得好，女儿。”

凡是涉及到巴彦岱的作品，老师都会发给我。我与他经常就作品中我认识的，但已去了另一个世界的一些人物进行交谈。我也经常讲述我作品中经常出现的父亲、母亲，还有巴彦岱的放牛人夏皮尔大哥、艾买提战士、居马克提拉瓦依、摆渡人依米提等人的事。

“哈……哈……，可爱的丫头，写，继续写，把他们都记录下来。真实的记录，往往使读者感到更亲近。”老师鼓励我说。

每当称呼我为“女儿”的时候，他从不会忘记在前面加“好女儿”“棒女儿”“可爱的女儿”“早起的女儿”等形容词，使我感到更加亲切。

王蒙老师非常热情开朗、平易近人。每次和他交谈，我几乎忘了他是一个著名的文学大师，就像与隔壁邻居大叔聊天一样无拘无束。

一天王蒙老师又给我留言说：

“好女儿，看了你在《伊犁河》杂志发的一篇作品，既高兴又难过。你去看望塔西古丽很好。下次见到塔西古丽一定别忘了替我问候，就说王蒙叔叔向你问好。”

我告诉他，每次去伊犁我都会拜访和看望老师的房东依斯哈克大爷和穆斯罕大娘的女儿塔西古丽大姐，以及儿子热合曼大哥，还有思念老师的所有人。十二月，我去伊犁看望妈妈和其他亲戚。两天后给王蒙老师发信息道：

“王蒙叔叔，今天我要去见您想见的人，并给您发视频。”

“谢谢女儿！对我来说这是一个好消息。替我向他们问好。我等你的视频。”

我和母亲先去了舅舅如再木家。舅舅如再木当年与王蒙老师在一个小队工作，他是一小队的队长。舅舅说：

“当年，王蒙和其他农民一样勤劳朴实。还不厌其烦地学习维吾尔语。”

虽然舅舅视力不太好，但仍然思维敏捷。舅舅通过视频首先向王蒙老师问好，然后又弹起都塔尔唱了一首歌。王蒙老师也给我发微信向舅舅问好。他说：

“你舅舅以前也是个帅小伙，现在看来他的精神还不错。我也非常希望再次见到他。”

告别舅舅，我又去了和舅舅相隔一条街的热合曼大哥家。遗憾的是热合曼大哥不在家，他的妻子帕提古丽大姐热情地接待了我们。

听说我是受王蒙老师的委托来看他们的时候，帕提古丽大姐高兴地通过视频对王蒙老师表达了问候和感谢。

塔西古丽大姐的家离我们家并不远。不知是年龄的缘故还是偷懒，我打电话给表妹，让她用电动车带我去了塔西古丽大姐家。遗憾的是她也不在家。

回来的路上，我们碰到了热合曼大哥。虽然多年没有见，但我一眼认出了他。看上去他的身体还不错。他回家后，听说我来过，便急急忙忙地来寻找。我们干脆就站在路边聊天。热合曼大哥通过视频表达了自己对王蒙老师的思念以及想见他的愿望。

那天雨雪交加，天气很冷。回到舅舅家，我坐在热乎乎的火炉旁与舅舅一家人聊天。就在这时，一个女人骑着电动车急匆匆从大门进来。舅妈从窗户往外看了看说：

“这大冷天，莫不是塔西古丽来了。”

我赶紧起身出去迎接她。一身雪的塔西古丽大姐手都冻僵了。原来是听孩子们说我来找过她，便转身就骑着电动车来舅舅家找我。

我们边喝茶边聊天，说起了王蒙老师的儿子塔西买买提，亚尔买买提和女儿古丽巴哈尔。王蒙老师的二儿子叫王石，所以给他起名为塔西买买提（塔西是石头的意思）。他哥哥叫亚尔买买提，女儿叫巴哈尔古丽。我和塔西古丽大姐一起照了几张相，然后录下了她对王蒙老师的心里话：

“王蒙大叔，您好！您委托热合玛依来看我们，还经常思念我和弟弟热合曼，我非常高兴。您是见过我父亲和母亲的最亲近的人，也是亲戚。我们非常想念您。如果下次来巴彦岱，一定要来我家……”

我把这段视频发给王蒙老师的同时，留言告诉他塔西古丽还问候了塔西买买提，亚尔麦麦提和古丽巴哈尔。

当天晚上，我从巴彦岱回到了伊宁市母亲家。第二天早晨看到了王蒙老师给我的微信。看得出老师也很激动：

“女儿塔西古丽，孩子热合曼，我是你们的王蒙叔叔。你们还好吗？我也想念你们。你们是我远方的亲戚，我怎么能忘记呢？我儿子塔西买买提、亚尔麦麦提都很好，他们现在已经退休了……”

读到这里我已经热泪盈眶。

坐在旁边的母亲也坐不住了，激动地对我说：

“把手机拿过来，我也要问候王蒙。四年前王蒙来巴彦岱时，还专门来看过我们。”说着她也通过短视频向王蒙老师问好。

后来因为没有时间去巴彦岱新村，我只好通过电话给塔西古丽大姐和热合曼大哥转发了王蒙老师的问候。

王蒙老师经常向我打听塔西古丽大姐一家的情况，以此来表达对他们的关心：

“她现在有几个孩子和孙子？她家有几亩地？都种了些什么……”

一天王蒙老师给我微信留言道：

“女儿呀，听你说塔西古丽病了，我想对他表达一点心意。她没有微信，怎样才能送到她手里？”

“您就发给我，我通过表妹转给她，直接给她现金好一点。”

老师同意了我的意见，把钱用微信转给了我。我通过表妹送到了塔西古丽的手里。塔西古丽大姐马上给我打来电话：

“妹子，王蒙叔叔给我送来了钱，你说该不该收？我有点不好意思。”

“大姐，你就别多想了，这是哥哥对妹妹的一点心意。你们是曾在一个锅里吃饭的亲戚，别客气。王蒙叔叔不会介意的。听说你卧病在床，那是他专门问候你的钱。”

塔西古丽大姐终于同意了。听说她收下了自己的心意，王蒙老师留言道：

“塔西古丽高兴了吗？只要她高兴，我也就开心了。”

塔西古丽当然会高兴，因为他找到了多年没有来往的哥哥王蒙。

在王蒙老师和塔西古丽之间搭起桥梁的我，好几次感动得哭了。王蒙老师对我说自己因为心里难受也流了泪。

“女儿啊，因为你的缘故，我与伊犁，与巴彦岱再次拉近了距离，对他们思念倍增。自从与塔西古丽再次接触，好像内心充实了许多……”

正如王蒙老师所说，塔西古丽大姐是生命旺盛的“石头花”，是一个坚强善良朴实的女人，是一位慈祥的母亲。

当我和王蒙老师谈起过去的事时，他兴奋地说：

“女儿热合玛依，那些事虽过去多年，但和你聊天的这段时间，我好像变成了三十四岁时候的你王蒙叔叔。无论时间过得多久，回忆和思念不会被忘记。女儿啊，感谢你给我带来了美好的回忆。”

我在王蒙老师的作品里曾看到这样一句话：“我虽然离开了伊犁，但每时每刻都想念那里淳朴善良的农民。”这是的的确确发自老人家内心深处的真心话。

我和王蒙老师聊天，话题从来离不开巴彦岱。王蒙老师对我说：

“女儿呀，我俩虽然在不同的两个城市生活，但话题没有离开过巴彦岱。这也是一件好事，使我们有了更多的思念和回忆。我非常想念伊犁、想念巴彦岱，想念那里的人们。我很高兴，也很感谢你！”

二〇二二年我收到了王蒙老师发来的一个链接。链接的题目是“二〇二二年我的愿望”。我一看题目就猜测，也许王蒙老师二〇二二年希望自己安康，也许是要出一本新书。但打开链接一看，马上流下了热泪。没想到王蒙老师二〇二二年的愿望仅是能够见到塔西古丽。

“王蒙叔叔，我，还有我母亲，舅舅以及我的朋友们也都有一个愿望，那就是能见到您。二〇二二年您没有与我们见面的愿望吗？”我留言道。王蒙老师很快就发来信息。

“当然想见到你们。我们一定会见面的，我的好女儿。”

二〇二二年新疆多次发生疫情。见到他也是我多年的心愿，但无情的疫情使王蒙老师无法兑现自己的愿望！

（原载《天山文艺》杂志维文版 2022 年第 1 期）

感谢王蒙

徐立京

一个幸运的机缘，让我在《静是人生必备的定力》出版不久就读到了，大感获益匪浅，立即下单买齐了这套散文集的另外两本《为自己创造不止一个世界》《人生要有所珍视和眷恋》一览为快。和王蒙先生之前的许多大部头比起来，这是一套“小书”了，每本也就两百余页、四十多篇文章，却是别有味道、别有分量，写作已进入炉火纯青的自由境界，妙手拈来皆是文章，点滴之间都是智慧，特别是还很有趣，阅读中不禁鼓之乐之，不禁很想向朋友们尤其是年轻人推荐这套“小书”。

出版社对这套统称为“人生三境”散文集的定位，当是“心灵鸡汤”。这确乎是滋补心灵、滋养精神的上品“好汤”，一位学养深厚、沉淀了八十多年人生阅历的智者娓娓道来，其人生品格、态度与内蕴在真诚坦荡之中跃然纸上，字字句句予人启迪。但其魅力远不止于此。因为这位智者很不一般。这个不一般，当然包含王蒙先生广为人知的才华、成就与荣誉，但我更想说的，是不一般的强健、坚韧、通透与热情。

几年前，我在广西钦州市挂职时，曾受命为当地特色产业坭兴陶的振兴做一些具体工作。市委市政府谋划了要举办首届坭兴陶文化艺术节，坭兴陶人振奋了，热切盼望着能请到德高望重的文化大家来站台。幸得王蒙先生的夫人单三娅大姐搭桥，先生欣然答允，这让我们喜出望外。

人未到，文已来。艺术节开幕前夕，王蒙先生为钦州坭兴陶写的题记从“云”中翩然而至，惊艳无比，区区二百八十余字就把坭兴陶和钦州这座城市的特质与前景极其精当极其精彩地提炼表达出来，说坭兴陶“以器皿为载体，以传统为依归，因书法而技艺，因文句而儒雅”，说钦州“山光秀美，海韵怡人，生民质朴，文化深厚”，相信“得益于‘一带一路’的伟大实践，坭兴陶更是蓄势待发，前途无量”。先生并未到过钦州，此语竟如老友般尽会其意，把钦州人民和坭兴陶人千百年来的所探所觅与新时代里的所望所践，浓缩精华地用文字镌刻下来。由于地处偏远，千年坭兴并不为人熟知，这篇传神的题记妙文成为钦州和坭兴陶的宝贵财富，极大地鼓舞了当地人们弘扬本土特色文化的信心，当筹备已久的坭兴陶博物馆开馆时，又成了展出的一个重要内容。

另一个细节令我印象极深。

首届坭兴陶文化艺术节的开幕时间是在二〇一八年六月八日，既呼应国家非遗日的到来，也正是钦州荔枝成熟的好时节。但那几天出奇的热，盛夏的岭南本就热力逼人，偏偏又比往常还要热上好几分。

开幕式在坭兴陶产业园的室外广场进行，那天上午当我穿着裙子念着主持词的时候，连小腿肚子上都有汗水顺着往下掉。就是在这样的酷热之中，八十四岁高龄的王蒙先生，着长袖衬衫长裤站在台上一丝不苟，脱稿致辞气定神闲，开幕式结束后又和人们一起参观产业园，边走边看边问，不显半点疲累。第二天上午，炎热更甚，先生仍然出席坭兴陶古龙窑火祭大典，全程参与不打半点折扣。坐在钦江岸边古老的荔枝树下，同事告诉我说有好几位北京来的客人中暑了，还是中青年男士。我带着满心的歉意向先生表达高温之下让他受累的感谢和怕他吃不消的担心，先生笑了，神态间是“这点高温奈我何”的傲骄与豪迈。

是的，王蒙先生是足可以为他的强健的身体傲骄的。这是他从来不惧怕艰苦劳动、从来不远离普通劳动人民所得到的馈赠，他在艰难困顿中投入新疆的火热劳动与新疆人民的火热情怀之中，获得了受益终身的强健的身体与刚强的心。而这样的强健又因为文化的厚积、智慧的悟道，而富有非同寻常的耐力、韧性与通透。

艺术家常常是耽于美食美酒的，强健的有着好胃口的王蒙先生喜欢的美食美酒，却是朴素的。钦州的肥美的海鲜没有让他动容，回京之后，我去先生家里拜访，单三娅大姐做了卷饼、酱牛肉和一锅羊汤，先生连吃三大张卷饼，牛肉和羊汤对他的胃口，对爱妻的手艺满意之极。我向伉俪二人敬上一杯家乡的梅子酒，先生亦夸这酒不错。兴起之时，说起青春万岁，先生又补一句“爱情万岁”，单三娅大姐便大笑起来，那一刻，满屋子里似乎都闪着光，流动着热情美好的气息。

能在青年、中年、晚年一直保有持续的敏锐、不断悟道的人，世间本也不多，悟而能行的人就更少了，王蒙先生就是这极少的善悟善知而又能够知行合一的人。谁能想到，先生到钦州给坭兴陶站台，一分报酬也没有呢？没有出场费，没有嘉宾费，唯一的一个“费”就是《钦州日报》登了先生为坭兴陶写的题记所开的一笔微薄稿费。答应了来支持西部边远地区的发展，就是真心诚意、不讲条件、不求回报的支持。钦州人民和坭兴陶人永远感念王蒙先生的高风亮节、深情厚谊。

王蒙先生又是笔耕不辍的。在二〇二〇年十月，我与徐冬冬教授合作的《二十四节气七十二候》一书进入最后的打磨阶段，王蒙先生出于对这个选题的认同，慷慨地答应作一个对谈推荐序，我们约定采用笔谈的方式。每次我发邮件过去，先生第二天必回，洋洋洒洒的充满“蒙氏”风格的妙不可言的文字，让我激动不已，而我的回复，总要隔上几日，因为才力不到、勤勉不够。几个来回，我是佩服至极感动至极又惭愧至极，真的想不到这位功成名就的文坛泰斗竟然到了今天亦是一如既往如此勤奋的。这位已近鲐背之年的智者，才气和思考永远活跃着，而又日日夜夜不停地写作着，这样的坚韧与活力，怎能不让我们这些晚辈在自惭形秽中见贤思齐起而学之呢？

先生不仅待人平易平等，最有意思的是不失童趣与顽皮，时不时冒出风趣之语，令人莞尔。先生这篇《令人向往的天地境界》的对谈成了阐释二十四节气七十二候的文化经典。他所讲到的那个“热爱生活、热爱世界的乐生主义”的“生动着、变化着、美丽着，艰难着也流逝着”的“天地之间矗立的那个中国人”，那个“耕读传家、勤俭持家”的中国人，不正是以他为一个代表吗？

文如其人。名家几何，岁月流沙，不是所有有点名气有点才华的人和文都立得住的，昙花一现、浮华一时，很快就被时光的潮汐淹没，而那些有着真境界真智慧的人和文，将会坚定地站在那里，如平原之高山、大海之岛屿，给人力量，给人方向。王蒙先生的人和文，就是这样的高山和岛屿。《静是人生必备的定力》《为自己创造不止一个世界》《人生要有所珍视和眷恋》这套“人生三境”的“小书”，是一位可信的可敬的可爱的智者、长者，向人们特别是年轻人真挚捧出的融汇了情感与慧觉的精神的结晶。

在《人生要有所珍视和眷恋》一书的开篇《做一次明朗的航行》中，王蒙先生写道：“作为一个年近七旬的写过点文字也见过点世面的正在老去的人，我能给你们一点忠告、一点经验、一点建议吗?”这句话让我莫名的感动，久久的感动。当这些忠告、经验、建议，以或者缤纷热烈或者幽默诙谐或者清新潇洒或者含蓄简洁的叙事方式与我们相遇时，我们能懂得它们是经过了多少时光的磨砺、多少文化的酿造、多少人生的足迹，才变成了这字字珠玑吗？我们能懂得这字字珠玑里所含有的养分将会怎样地给予我们人生的方向和力量吗？书中每一篇文章都是初读便有收获、再读更有所悟的，启迪我们如何观照自我，观照世界，而达“内圣外王”的境界。不是所有的智者都能走过这么长的岁月，不是所有的老者都能葆有不竭的热情和趣味，不是所有的长者都能以平和包容的姿态和他人对话。

感谢王蒙先生，经历了伟大与渺小、体会了盛世与乱世、见识过上层与底层、访问过世界六十多个国家和地区、融通孔孟老庄与时代文化的王蒙先生，以他永远涌动着热爱、热情与慧识的心，为我们日复一日真诚地书写着奉献着。希望年轻人能在忙碌的工作与生活中，静下来读读这几本书，给自己的灵魂一个丰富的世界；愿中国的青年人在纷繁的文化产品消费中，善于辨别选择那些真正拥有强健身心、高阶智慧的大家作品，让自己健硕起来、博大起来、明朗起来。

（原载《文汇报》2022 年 7 月 10 日）

我为王蒙先生做插图

吉建芳

虽然我跟王蒙先生的认识最初是由于职业的缘故，但我更愿意相信是因为机缘，或者说因为某种缘分。从二〇一二年到二〇一三年，我先后给王蒙先生的十部著作绘制不同风格的插画两百六十多幅。

我曾读过王蒙先生的许多著作，《一辈子的活法》《我的人生哲学》等好长一段时间都是我的枕边书，也几乎听遍或看遍了所有能从网络上搜到的王蒙先生关于文学、老子、庄子、《红楼梦》等的知识讲座以及接受媒体采访、做节目的各种视频，有许多关于王蒙先生及其人其文的知识储备，加之我的记者和写作者身份可能对文字有更深的一些领悟，因而在创作插画时能更好地理解和诠释。

那次采访王蒙先生之前，我在彭世团先生的帮助下完成了一幅王蒙先生年轻时的漫像，这幅画后来在中国国家博物馆展出。后来又精心绘制了一些王蒙先生“人生智慧”的手绘漫画。我早期的漫画主要是手绘的，后来为了快速完成各种约稿渐渐开始进行数码漫画创作。在采访王蒙先生之前相当长的一段时间里，主要画的就是数码漫画。如同数码摄影不用胶卷没有底片一样，数码漫画虽然也可以达到许多视觉效果，但它没有原作，在纸上的呈现只能是印刷品，而不是艺术品，而且远没有手绘作品那样的质感。所以在给王蒙先生的文字画插画时，我再三考虑，觉得数码漫画虽然也可以达到自己想表达的效果，但它和王蒙先生睿智而厚重的文字无法对等起来。从那时起，又重新开始画起了手绘漫画。

采访那天当我站在王蒙先生的家门口时，他热情地快步走过来，迎接因紧张而不知所措地站在那里的我，和我握手，并让我坐在客厅的沙发上，自己则坐在沙发对面的一张普通椅子上。王蒙先生的谦和与平易近人让我顿时有些惶惶然。他对工科毕业却长期坚持漫画创作并取得一些成绩的我表现出了极大的兴致，翻看着我依据他的文字画的漫画，当即提出，希望我们可以多做一些合作的尝试。

之后没多久，我就怀着一颗虔诚和感激之心，开始悉心画王蒙先生的“人生智慧”。由于已经有一些对他文字的阅读积累和知识积淀，遂热血沸腾地创作了一百一十五幅漫画，他看后非常满意。后来由江苏文艺出版社出版，书名为《说王道》。有美术评论家说：人生不过几行笔墨，王蒙为你说破人生的那点儿奥秘，而吉建芳则画出了王蒙的人生智慧。丰子恺老先生当年用漫画的画法画国画，而吉建芳在今天却是用国画的画法在画漫画。

我以为这是一种信任之果，是由于王蒙先生对一位漫画作者的信任，才有了这部书稿的诞生。所以信任可以激发触动一个人做出令自己和他人都意想不到的东西，达到意想不到的效果。

几个月后，在出版“王道”系列丛书时，王蒙先生向出版社极力推荐我，令我十分感激。二〇一二年国庆节刚过，我接到知名出版人刘景琳先生的电话，是他跟我说了这些事。我对王蒙先生的信任满怀感激之情，按出版方要求，在大约两个月左右的时间里，我为这套丛书创作了一百一十七幅插画。这套丛书总共八本，由贵州人民出版社出版。其中包括《我的人生哲学》《红楼启示录》《老子的帮助》《读书解人》《庄子的奔腾》《庄子的快活》《庄子的享受》《中国天机》，按照出版要求，书中的插画都是单色、勾线。在二〇一三年元月份的北京图书交流会上，“王道”系列丛书受到关注。

信任可以带来一种能力，一种也许连自己都不知道的能力。

信任是生产力，而且是很大的生产力。

二〇一三年九月二十七日，“青春万岁 · 王蒙文学生涯六十年展”在中国国家博物馆开幕，全面展示王蒙的文学创作历程及其非凡的文学成就。第二部分“这边风景”主要展现了王蒙先生新疆十六年的丰富人生和文学创作经历，我给王蒙先生画的漫像也在其中展出。那次展览还在独立区域展出了《说王道》一书中的九幅漫画原作，之后于二〇一三年十二月在西安的长安城堡酒店展出。

如果没有王蒙先生的信任，如果不是为了更加对得起这份沉甸甸的信任，已经习惯于数码创作的我，不太可能又回到手绘，毕竟手绘要比数码创作付出更多的时间和精力。而我的漫画要想在中国国家博物馆那样“高、大、上”的场馆里展出，还需要很长的路。正是因为王蒙先生的信任，才极大地缩短了这个距离。

在那次展览开幕式上见到三联书店总编李昕先生时，他说他们将出版王蒙先生的新著《与庄共舞》，王蒙先生向他们推荐由我来完成书中的插画。后来李总多次跟我通话，分析这本书的读者群，对插画的色彩、风格、数量等提出具体要求。他说这本书的目标人群是年轻读者，希望插画能更适合年轻读者的喜好，最好能有绘本的感觉，之后我仔细阅读书稿，完成了二十八幅绘本风格的插画。后来，王蒙先生又在部分画作上题写书中的一些内容，更增加了阅读的趣味性。

二〇一四年年初，《与庄共舞》正式出版发行，王蒙先生在这本书的序中写道："吉建芳的插画有风格、有趣味、有内涵，她的插画使本书增色……"我以为，这还是信任！

后来，部分插画原作又在四川绵阳的王蒙文学艺术馆和河北南皮的王蒙馆都曾展出过，受到好评。

一次见到台湾漫画家蔡志忠先生时，我送《与庄共舞》给他，请他作指导。蔡志忠先生翻看之后问我：你竟然敢用绘本的画法来画老庄?!我回答说：我当然不敢啊！但是王蒙先生的信任给予我足够的力量和信心，才让我完成了这项任务。

阅读王蒙先生的文字，思考它，领悟它，并用合适的图形元素予以诠释，对于我来说这个过程是愉悦的，激动的，欣喜的。而王蒙先生凝练的人生智慧，同时也在启迪着我的人生，改变着我的世界。

自 觉

——写在王蒙先生从事文学创作七十年

彭世团

他总是有那样一种自觉，与历史的大潮相契合。

诞生在中国共产党领导中国人民革命轰轰烈烈的长征开始之际，读着“少年强则中国强”的少年王蒙跟着时代步伐，参与了时代的发展，成为了少年共产党员，从此献身于中国的革命与现代化事业的发展。

他是党员，他是青年，他参与中国共产主义青年团建立初期的工作。他以青年的活力，歌颂青春与激情，成就是了《青春万岁》，歌颂那个时代青年人饱满的精神，昂扬的斗志，歌颂改天换地、如诗如歌的岁月与风霜。七十年后，多少人依然感动于这激情，把青春万岁化作描绘青春岁月的成语，朗诵激情澎湃的序诗，放任青春的气息激荡。

青春的激情天生不与官僚主义为伴，更别说是《组织部新来的年轻人》。决绝地到基层去，追求诗与远方，追求踏实与浪漫。在创新创业的年代，走出大学校园，举家走向从未谋面的新疆。学习，汲取，奉献。用青春与执着，用真挚与深情描绘《这边风景》，化作一部民族风情浓郁、如草原与天山般辽阔高远的交响曲，歌颂民族的团结与发展。

他以《夜的眼》，看见祖国的未来与发展。用《活动变人形》鞭挞过去，用季节四部曲歌颂人们思想的解放，不再迷惘。《青狐》不过是走出时代迷惘的一个篇章。开放，是时代的步伐，是历史的必然。人们说，他拥抱意识流，有人说，他是语言的狂欢，其实他只是用最适合的形式与语言，写符合历史可能的、那个时代应有的美篇。

小说已经不能完全满足他的需要，他的本质是个诗人，他要歌唱，《西藏的遐思》，让他走进《蒙德罗》文学奖的殿堂。他用诗交往，他研究创作汉俳，与日本友人和唱。四大名著是中国文学的经典，他独爱红楼。中国的传统诗词是个富矿，他研究，他创作，他独爱义山。《双飞翼》聚集了他的感悟与胸中激荡。研通境与通情、变奏与狂想，写天情的体验、伟大的混沌，爱雨在义山。

啊，这一唱便是三十多年，说不尽的红楼，更有谈不尽的老庄。以七十余年的阅历，开启“我注六经”的新篇章。谈老子的帮助、享受快乐奔腾的庄子、说“得民心得天下”的孟子，读《论语》著“天下归仁”篇。这是他失去目标了？还是失去了方向？不，这绝不是他老了，感受不到现实生活的滚烫。是他早早看到了，文化是民族和国家的灵魂，是治国理政的灵魂，优秀的传统文化是马克思主义中国化的丰沃土壤。注经立说，就是要把中国传统文化弘扬。“坚定文化自信，推动文化繁荣”，这始终是他的使命与梦想。

他是实干家，他用奔腾的笔，描绘生活，构建理想。他不是斗室里的书匠，他走遍祖国的四面八方。他在田头对话，在山中老乡的炕上拉家常。他与教室里的学子，与会场上的CEO谈论古今之辩。他走向五大洲，带着自己的作品，带着自己的雄辩，交流学术，讲解中国的发展。

时光荏苒，他用七十的文学创作，学术研究构建起一个殿堂。七十年不变的，是他的历史自觉，文化自觉。这些来自于七十五年前他向往并加入的中国共产党的培养与他的自觉历练。

生命不息，战斗不止。以敏锐的历史自觉与文化自觉，总能逢凶化吉，遇难成祥。王蒙如此，国家如此，从不会隐没在红尘间。

王蒙病了

武学良

王蒙先生给人的感觉一向是很健硕的、精力旺盛的、思维敏捷的，年近九十高龄，仍坚持每天走近一万步、每周游两次泳。每年夏天，他都要去北戴河畅游数十日。记得在他八十六岁时，竟然能够秀出六块腹肌，实在令人赞叹。但人吃五谷杂粮，难免不会生病，今天我就写一写病中的王蒙。

二〇二二年对王蒙先生来说是一个艰难时期。三月份因为消化系统疾病，用药过猛了一些，五月份演变成外科功能性疾病，一直到十月份做了手术，成功了，康复了。在这七个多月的时间里，感受到王蒙先生在工作、生活等方面受到了疾病的一些影响，但也看到了王蒙先生战胜疾病的信心和勇气。

乐观面对疾病。当王蒙先生得知自己患了外科功能性疾病后，他并没有感到沮丧灰心，而是以乐观的心态积极面对疾病。为了给疾病治疗提供一个好的身体条件，王蒙先生住院期间依然每天在医院楼道里坚持走近一万步，他还开玩笑说：“估计在这住院的人没有能走我这么多步数的，我要保持最高纪录。”在生病期间，工作学习虽受到一点影响，但都没有停止过，讲课、采访、录像、视频，开会、协助发奖都进行着。在手术的当天，其实我们大家心里还是很担心的，但王蒙先生表现得很淡定，他说就是一个小手术没什么事的。在手术完成，他被推出手术室后，第一句话说的是“很享受”，足以看出王蒙先生的心态是如此之好。

带病坚持工作。在生病期间，王蒙先生完成了《霞满天》和《天地人生：中华传统文化十章》的创作。《霞满天》获得了年度优秀中篇小说奖等多个奖项，《天地人生：中华传统文化十章》获得央视评选的二〇二二年度中国十大好书。王蒙先生带病参加了鲁迅文学奖颁奖仪式，还受多家单位邀请，为学员授课，讲授中华优秀传统文化、文化强国等专题讲座。在讲课过程中，因身体携带引流装置，有些不便，王蒙先生就站着讲一会，坐着讲一会，其实看到王先生讲课这样的用心，看着王先生带病坚持授课，心里真是又心疼又感动。王蒙先生住院后，除了带了日常用品和换洗的衣物外，他还带了笔记本电脑。到了病房后，第一件事是将电脑打开，为写作做准备，每天上下午按时在书桌前写作，他的那种认真，那种聚精会神，真的令人敬佩。我在陪同他住院期间，有时候都不忍心在他身边走动，生怕影响他的思路。王蒙先生在其创作谈《日子》结尾写有这样一段话：“因为有文学，记忆不会衰老，生活不会淡漠，感情不会遗忘，话语仍然鲜活，思维仍然噌噌噌，童心仍然欢蹦乱跳，诗意仍然在意在胸，日子仍然晶晶亮。”从中可见王蒙先生徜徉在文学之中，对文学是如此的热爱、如此的痴迷。

严格要求自己。王蒙先生时刻严格要求自己，他的作息是非常的规律，每一分钟都会安排得满满的，他不会浪费一分钟时间。我把王蒙先生在医院一天的作息时间罗列出来，大家就能够看到他的生活是有多么的规律：五点四十五分起床，六点洗脸刷牙，六点十分在医院的楼道里走步，七点十五分吃早饭，七点半在医院楼道里走步，八点半吃药，九点十分上床稍稍休息一会，九点五十分吃水果，十点开始写作，十一点十五分吃午饭，十一点半在医院楼道里走步，十二点半吃药，十二点四十分午休，十三点半起床开始写作，十四点五十分吃水果，十五点上床休息一会，十六点继续写作，十七点十五分吃晚饭，十七点四十分医院楼道里走步，十八点半回房间吃药，十九点看新闻联播，十九点半看央视中文国际频道，二十点看凤凰卫视中文资讯，二十一点半洗脸刷牙洗澡，二十二点上床睡觉。这就是他在生病住院时每天的作息规律，毫不夸张地说都可以精确到秒。王蒙先生虽已经近九十岁高龄，并且当时还身患疾病，但他各种事情总是亲力亲为，在医院病床上下床时，我都会想去扶一扶他，他都说不用，一般都是自己扶着床起身。晚上他要去卫生间，我如果听见他起床的声音，也会醒来，想照看着他，他总是说让我踏实的休息，他自己没有问题。

勇毅果敢精神。通过这次生病，我也切实感受到了王蒙先生勇毅果敢的精神。经医院专家多次会诊、检查、评估，对于疾病治疗给出两种不同的方案，一种是保守治疗，一种是手术治疗。保守治疗风险小，但要终身携带引流装置；手术治疗风险大，且成功率不高，但如果手术成功则会彻底解决疾病问题。关于疾病的治疗，家里人也形成了两种意见，多数人的意见是倾向于保守治疗。王蒙先生在听取医生、听取家里人意见后，最后他说了一句：“有百分之一的希望，就做百分之百的努力”。他坚持做手术，结果是成功了。其实大家心里都清楚，王蒙先生在跟疾病作斗争时的那种痛苦，但王蒙先生都坚持了下来，都忍受了过去，最终康复了。

在二〇二二年年底，我给王蒙先生发了一段感想，作为这篇文章的结尾：“二〇二二年这一年，王蒙先生不容易，战疾病，抗疫情，以昂扬的斗志，作品出新出彩，活动频繁密集，身体在遇到短暂困难后恢复如初，这堪为一个奇迹。《从前的初恋》给我们讲述了那时青春的印记，《天地人生》给人们带来了智慧的启迪，《霞满天》对我们进行了不一样的洗礼。跟着先生经历了不寻常的二〇二二年，学习了先生坚毅果敢的精神，领略了先生战胜一切困难的信心、一往无前的勇气。带病接受采访、站立讲课的情形依然历历在目，采访时妙语连珠，讲课时掌声雷动，这一切都深深地印在了我的心里。愿先生在二〇二三年继续生龙活虎，工作顺心如意，身体健健康康，生活有滋有味。”

第三辑

2002年4月，王蒙先生受聘于中国海洋大学，担任顾问、教授、文学院院长，与海大师生结下了深厚友谊。“海大人”眼中的王蒙

中国海大来了个“年轻人”

于志刚

童庆炳旁征博引，丝丝入扣。袁行霈仁心诗心，感人至深。柳鸣九高屋建瓴，神交法兰西。何西来豪情如火，情理并茂。严家炎精细缜密，百发百中。龚育之心平气和，真理在握。黄维樑纵横驰骋，思绪如电。叶嘉莹娓娓道来，引人入胜。白先勇至诚所至，金石为开。余光中学贯中西，隽语妙悟。金圣华亲切条理，循循善诱。冯骥才博闻强记，见多识广。叶辛绵密动听，娓娓道来。

余华灵敏有加而且有一种厚道，单纯至性，同时也极丰赡。……迟子建则同样有一种对于文学与生命的善良与真诚，有一种大爱与大欢喜。……

这是《王蒙自传》中的一段话。王蒙先生在这里所描绘的，是这些著名作家、诗人、学者在中国海洋大学授课时的情景。

在中国海洋大学浮山校区，在这个依山傍海的美丽校园里，有一座

“作家楼”，这是中国高校第一座“作家楼”。著名作家冯骥才曾说，中国海洋大学“作家楼”的建立，是中国当代文学界的“奇迹”。“作家楼”下，翠竹鲜花掩映中，有一块巨大的“作家石”，上面刻满了一个个闪光的名字：

王蒙、童庆炳、何西来、柳鸣九、严家炎、余华、张炜、毕淑敏、迟子建、尤凤伟、朱虹、黄维樑（中国香港）、顾彬（德国）、袁行霈、吕必松、徐通锵、纪宇、叶嘉莹（加拿大）、华克生（俄国）、舒乙、张宇、陈祖芬、方方、韩少功、熊召政、唐浩明、邱华栋、赵长天、赵玫、张平、谭谈、张锲、成中英（美国）、查建英（美国）、南帆、陶东风、范曾、冯其庸、李希凡、张庆善、龚育之、王润华（新加坡）、金圣华（中国香港）、余光中（中国台湾）、白先勇（中国台湾）、胡芝风、赵毅衡、虹影、陈晓光、王安忆、张贤亮、陈建功、鲁彦周、张抗抗、铁凝、舒婷、周大新、陈染、徐坤、顾骧、托洛普采夫（俄国）、金良守（韩国）、梁丽芳（加拿大）、黄孟文（新加坡）、森冈缘（日本）、川西重忠（日本）、陈美华（新加坡）、刘年玲（美国）、巴迪亚（印度）、许子东、李子云、章子仲、曹玉如、陈骏涛、贺兴安、刘玉山、卜键、白烨、李敬泽、张颐武、陈晓明、徐岱、樊星、郜元宝、王干、郑宗培、张志忠、谢春彦、曹文轩董之林、林建法、冯骥才、叶辛、黄济人、谢有顺、王海、郑愁予、谢冕、严力、贾平凹、莫言、许世旭（韩）、文珍、甫跃辉、李肇星、魏明伦、周国平、赵一凡、朱永新、鲍鹏山、钱文忠、李少君、邓刚、周啸天、施战军、李燕、石维坚、李玉芙、刘西鸿、朱德发、谭好哲、魏建、杜保瑞、何向阳、路英勇、贺绍俊、赵德发、马瑞芳、牛运清、辛广伟、董山峰、刘醒龙、韩春燕、杨柳、张燕玲、陈彦、霞子……

他们都曾应邀来到中国海洋大学，有的甚至不止一次。一所大学，在短短二十年中，有这么多著名人文学者、文学大师来到这里，传道授业，设坛立说，堪称奇迹，就如王蒙先生所言“古今中外，这样的大学绝无仅有”。

奇迹，源于王蒙先生。

二〇〇二年四月，王蒙先生受聘于中国海洋大学，担任学校特聘教授和顾问、文学院院长、首席驻校作家，一时间，引发各方高度关注，也由此在中国海大校园里掀起了一股持续不断的“王蒙风”，带给这所办学历史悠久、人文传统深厚的著名学府一股青春的活力！我给文学院和宣传部的同事们讲，将来，中国海洋大学应当把王蒙先生在海大的故事写成一本书，书名就叫《中国海大来了个“年轻人”》。

在聘任仪式上，王蒙先生声言，不做“挂名”院长，“我要为恢复中国海洋大学人文科学尽微薄之力”。从此，王蒙先生成了海大人心目中的王院长、王老师。

汇泉湾畔、八关山下，在中国海洋大学鱼山校区这座美丽的校园里，历史上曾出现过两次人文辉煌。二十世纪三十年代，杨振声、赵太侔、闻一多、洪深、老舍、梁实秋、沈从文、王统照等在这里治学从教，众星云集，盛极一时；五十年代，更是出现了“冯陆高萧”(冯沅君、陆侃如、萧涤非、高亨)、“八马同槽”的盛况，形成了学校发展史上独特的人文传统。王蒙先生的加盟，拉开了学校第三次人文振兴的序幕。

加盟海大不久，年近七十的王蒙先生就以他的远见卓识和年轻人一般的活力，谋划推动了几件影响深远的大事。他提出聘请“驻校作家”，建立“名家课程”，创办“科学·人文·未来”论坛，一时间，海大校园充满了浓郁的人文气息，蓬勃的青春活力。

“驻校作家”是国外很多著名大学常见的文学与大学教育沟通互补的方式。但由于各种原因和条件的制约，当时在我国高校尚没有这样灵活的教育合作形式。在王蒙先生的推动下，中国海洋大学开高校驻校作家的先河。“让作家们在海大创作，把身影留在海大，让同学们足不出户即可感受名家的风采，在潜移默化中提升校园的文化品位，营造浓郁的人文气息。”这是王蒙先生创设“驻校作家”的初衷。

在王蒙先生大力引荐下，二〇〇二年十月，著名作家毕淑敏、余华、迟子建、张炜、尤凤伟受聘中国海洋大学，成为首批驻校作家。其后，莫言、王海、郑愁予、严力、贾平凹、邓刚、刘西鸿、霞子、陈彦、刘醒龙、何向阳等陆续加盟海大，成为中国海洋大学驻校作家。在这些驻校作家中，王蒙荣获“人民艺术家”国家荣誉称号，莫言荣获诺贝尔文学奖，迟子建、张炜、贾平凹、陈彦、刘醒龙等荣获茅盾文学奖。

中国海洋大学从此成了驻校作家们的“家”。二〇〇三年非典期间，王蒙先生在学校创作完成了著名长篇小说《青狐》。二〇〇五年春天，迟子建在学校修改完成了后来荣获茅盾文学奖的《额尔古纳河右岸》。在这部小说的后记中，迟子建动情地写道：

> 初稿完成后，受王蒙先生的邀请，我来到青岛中国海洋大学，做这部长篇的修改。我是这所大学的驻校作家。海洋大学为我提供了生活上便利的条件。在小说中，我写的鄂温克的祖先就是从拉穆湖走出来的，他们最后来到额尔古纳河右岸的山林中。而这部长篇

真正的结束又是在美丽的海滨城市青岛。我小说中的人物跟着我由山峦又回到了海洋，这好像是一种宿命的回归。如果说山峦给予我的是勇气和激情，那么大海赋予我的则是宽容的心态和收敛的诗情。在青岛，我对依芙琳的命运进行了重大修改，我觉得让清风驱散她心中所有世俗的愤怒，让花朵作食物洗尽她肠中淤积的油腻，使她有一个安然而洁净的结局，才是合情合理的。从这点来说，我得感激大海给我的启示。

几乎与创设“驻校作家”制度同时，王蒙先生还倡导建立了中国海洋大学“名家课程”体系，延聘海内外著名专家学者来海大开设“名家课程”。自二〇〇二年始，著名学者童庆炳、何西来、黄维樑、严家炎、徐通锵、舒乙、朱虹、顾彬、陶东风、吴福辉、曹文轩、林文宝、金元浦、高旭东、吴义勤、周啸天、赵利民、王克勤、孙之梅、张福贵、卜键、胡泳、刘耀辉、曾艳兵、赵敏俐、孟华、刘海龙、傅才武等，都曾先后来校开设“名家课程”，极大地带动了海大人文学科的发展。

“名家课程”不仅深受海大学子的欢迎，对学校人文学科发展和教育教学改革起到了极大的推动作用，还出版了“名家课程丛书”，使之可以在更大范围发挥作用。已经出版的有徐通锵先生的《汉语结构的基本原理：字本位和语言研究》、童庆炳先生的《现代诗学十讲》、严家炎先生的《考疑与析辨：五四文学十四讲》等。这些学术著作，都是先生们在海大开设“名家课程”的成果。童庆炳先生在《现代诗学十讲》“自序”中，回忆了在海大授课的情形：

二〇〇二年四月，春光的脚步刚刚来到青岛。我如约来到了海大文学院讲课。这次我讲的是“文艺学专题十讲”。讲座在一个可以容纳四百人左右的教室进行，时间安排在晚上。完全没有料到，来听讲座的学生很多。整个教室座无虚席，连过道的地板上也坐满了人。我本来以为人不多，可以随意地边讲边讨论。现在来了这么多学生，“逼”得我不能不认真对待，白天抓紧备课写讲稿，晚上一板一眼地“喊”起来。为什么是“喊”呢？因为来的学生多，我怕后排的学生听不见，不得不提高嗓门。有时是我要边写黑板边讲，不得不离开麦克风，如果声音太小，后面的学生肯定听不见。

创办“科学·人文·未来”论坛，是王蒙先生在海大做的另一件影响深远的大事。二〇〇四年十月，在中国海洋大学建校八十周年之际，王蒙先生与老校长管华诗院士创办了“科学·人文·未来”论坛，邀请马俊如、欧阳自远、刘光鼎、秦伯益、张国伟、梁昌洪、管华诗、文圣常、冯士筰等著名科学家，与成中英、韩少功、唐浩明、邱华栋、张平、方方、毕淑敏、陈祖芬、陶东风、赵长天、张炜、邱华栋、张锲、熊召政、查建英等著名作家、学者，在鱼山校区的逸夫馆多功能厅展开对话和讨论，盛况空前。赵长天《科学是把双刃剑》、南帆《科学让我恐惧什么》、查建英《科学精神与人文精神》、管华诗《科学与人文共同的使命》、文圣常《一个非生物学家认识的达尔文》、陈祖芬《数字与爱情》……，科学家与人文学者或唇枪舌剑、争得面红耳赤，或拱手言欢、分享默契共鸣，那样充满激情和智慧的科学与人文的对话场景，至今历历在目！王蒙先生那篇著名的《智慧也是一种美》，即是在论坛闭幕式上的即兴演讲。“科学·人文·未来”论坛迄今已成功举办四届，成为我国高校一个著名学术品牌。

王蒙先生加盟中国海洋大学已经是第二十一个年头了。二十多年来，先生和海大的师生结下了深厚的友谊，深深地融入了这所大学。先生为学校拟题“海纳百川取则行远”的校训，深刻生动地揭示了中国海洋大学的文化内核和精神气质，得到学校师生和校友的高度认同，也凝结着先生对海大深沉的爱和殷殷期望。每年春、秋两季，先生都会邀请著名学者、好友如约而至。每当这时，校园就会洋溢着一种节日般的喜悦和激动。“新冠”疫情期间，先生不能亲临海大校园，但依然关注着海大。二〇二一年五月二十九日是周六，我正要去学校加班，收到王蒙先生短信，他把自己拍摄的北京寓所外的一张蔷薇花的照片发给我，短信中说“北京的家与青岛的家，都在蔷薇丛边。这是一周前在北京留下的景象。”我十分感动，随即到“作家楼”前拍摄了一张照片发给先生，注明“青岛的家，门前的蔷薇”，先生收到后十分高兴……二〇二一年六月十七日，我校李卓然同学进入《全国大学生党史知识竞赛》总决赛，并在最终的“竞答大会”上获得第三名的好成绩。总决赛前，我收到先生“热烈祝贺海大学生李卓然进入党史总决赛圈”的短信，十分惊喜，因为当时我还不知道此事。这些细节，从一个侧面反映了王蒙先生是切实把自己作为海大的一员，把海大作为自己的家。而学校师生更是把王蒙先生作为自己引以为自豪的中国海大人，一位带给他们智慧、力量、温馨和欢乐的前辈，更是一位带来蓬勃活力与青春激情的“年轻人”！

王蒙文学馆诞生记

陈　鹭

在喜迎新中国七十华诞、中国海洋大学建校九十五周年之际，在王蒙先生荣获“人民艺术家”国家荣誉称号后的第十八天，王蒙文学馆建成开馆了。它是迄今为止，国内外收藏展示王蒙作品及其版本最多最全面的展馆，集文化展览、学术交流、修读研讨、革命教育于一体，全面展示了王蒙先生的生平、文学生涯、巨大成就，以及他于二〇〇二年受聘海大顾问、教授、文学院院长以来，对中国海洋大学的帮助，乃至对高等教育的贡献。

二〇〇二年四月，王蒙先生受聘海大顾问、教授、文学院院长一职，由此开启了他对海大的关心与支持。王蒙文学研究所也正式在海大成立，办公地点设在鱼山老校园内的闻一多故居——一多楼中。王蒙的大批著作、手稿、证书、名人赠送字画等被集中收藏到这里。

从那时起，学校就一直在酝酿专门建设一个高水平的开放的王蒙文学馆，向师生和社会展示王蒙先生的成就，充分发挥王蒙文学成就对大学师生的人文影响和熏陶，提增学校的文化氛围。

但是建设王蒙文学馆，不仅要有丰富的馆藏资源，还需要有清晰的建馆思路，要有对王蒙先生的人生及其巨大成就的深入研究和深刻理解。还要有好的设计专家和最合适的场馆。

凡事水到渠成，因缘聚合。就在学校即将迎来九十五周年校庆之际，似乎一切条件都在必然与偶然中成熟了。

二〇一九年六月的一天，于志刚校长带领几位同事，在崂山校区图书馆实地查看和选择建设王蒙文学馆的场所。在大致查看了几处可能使用的场所之后，于校长指示由宣传部牵头，图书馆负责场馆建设，文学与新闻传播学院和王蒙文学研究所负责展览内容的提供。当时明确要求十月中旬开馆。时间相当紧迫。我从这一天开始，全程参与了王蒙文学馆的建设。

整个建设过程中，图书馆王明泉馆长以高度的责任心和紧迫感，自始至终把控着建设进度和质量，进行了整体协调推进。图书馆胡远珍副馆长、贾瑞主任等多位同事积极参与，协调组织场馆建设，筹措图书资源，做了大量烦琐细致的工作。

文学与新闻传播学院，特别是王蒙文学研究所温奉桥所长及其团队，则做了大量耐心细致的展品收集整理、展览内容梳理、文稿起草、展品布展等工作。其间，温奉桥教授一直克服着眼疾病痛，圆满完成了任务。

而校友彭晏的辞约旨丰设计公司在展览招标中胜出，他们带着对母校的感情和对王蒙先生的崇拜之情投入了设计和布展，使王蒙文学馆的设计充满匠心，风格稳健而又富有新意。

文学与新闻传播学院修斌院长、刘建书记、温奉桥所长和我经过反复研究商讨，最终形成了整体设计思路：王蒙文学馆以王蒙先生与青年、与海大的关系为主轴，分“青春万岁”“王蒙在海大”两部分，设计理念凸显王蒙文学成就与教育和大学的融合性、一体性，力求简洁、大方、书卷气和学术性。“青春万岁”突出王蒙作为一代文学大家与青春、青年、奋斗和国运的主题，主要展出王蒙先生人生足迹图片、文学创作以及有关书画作品等。“王蒙在海大”主要通过实物、图片、书籍等，展示王蒙对高等教育、对海大发展的贡献，展示王蒙先生的学术成就和以海大为主导的王蒙研究。

此外，还要暗含两条线索：一是在“青春万岁”板块，利用王蒙先生写下的关于老子、孔子、庄子、李商隐、曹雪芹等的作品，把王蒙放到中国文脉中去展示；二是在“王蒙与海大”板块，用闻一多、梁实秋、沈从文、老舍等文学名家在校工作时间点，串起海大文脉，将王蒙先生放到海大文脉中去展示。

后来，整个设计布展，利用浮雕文字、图片、地线时间节点、图表等多种形式，加上书籍、手稿、名人字画、王蒙先生旧物等的展示，很好地实现了设计思想。著名作家冯骥才先生为王蒙文学馆题写了馆名。

经过四个多月的紧张奋战，王蒙文学馆终于建设完成。它展示了王蒙先生的三百余种不同语种、版本著作，以及几百幅图片和大量珍贵手稿、书信、实物等，全面展示了王蒙先生生平和文学创作历程，列出了创作年表，所有文学获奖情况和重要的文学活动。展示了王蒙先生加盟海大以来，提出并积极推进的驻校作家制度、名家课程体系、“科学·人文·未来”论坛，王蒙先生给海大提出的校训“海纳百川，取则行远”，王蒙先生引荐和带领下来到海大举办演讲和出席学术活动的所有专家学者，以及海大主导的王蒙研究学术成果。这些内容生动、立体地展示了王蒙先生丰富的人生历程、杰出的文学成就和永不停歇的探索精神。

就在布展即将完成之时，王蒙先生荣获“人民艺术家”国家荣誉称号，给整个展览带来了巨大的惊喜和最好的落脚点。

十月十七日，王蒙文学馆揭牌仪式如期举行。中国海洋大学党委书记田辉在致辞中指出：王蒙先生是当代文学的见证者、引领者，近七十年来，先生辛勤耕耘，用深情的笔触，描绘了中国社会的发展进步和文化的繁荣兴盛，向当代文坛奉献出了一大批精品力作，为中国文学事业发展作出了杰出贡献。在新中国成立七十周年之际，获得了“人民艺术家”国家荣誉称号。先生为海大的发展作出了重要的突出的贡献，加盟海大近十八年来，创设“名家课程体系”、建立“驻校作家制度”、开办“科学·人文·未来”论坛、凝练提出“海纳百川、取则行远”的校训，这一系列文化创新举措，开国内高校之先河，为海大重振人文、再创辉煌奠定了坚实基础。田辉说，为全面展示王蒙先生的杰出成就、传播先生的高尚品格，记录先生对海大的贡献，学校在图书馆楼设立王蒙文学馆，希望通过这种形式镌刻下海大文脉的传承与创新，王蒙文学馆将成为海大新的文化坐标。

当天，王蒙先生与众多前来出席“王蒙与中国当代文学”研讨会的嘉宾一起参观了王蒙文学馆。参观结束时，王蒙先生说：“超出了我想象的好！”

至此，海大园又多了一个高水平的文化场馆。未来，将有多少人会在此领略王蒙先生的文学风采，接受他的智慧与精神的浸染，会有多少学术交流会在此充满文化气息的场馆里进行，会有多少学子会在此诗意盎然的修读区回味“青春万岁”！

为这个展馆，温奉桥教授和我准备了一个后记：

王蒙是一部读不完的大书，这儿展示的仅仅是这部大书的几个册页；王蒙是一片浩瀚的海洋，这儿展示的仅仅是海洋里的几朵浪花。

王蒙是一个传奇：他真的做到了“青春万岁”。王蒙是一种象征：他是那只飞越千年的“蝴蝶”。王蒙也是一种力量：他的名字叫“来劲”。王蒙是一颗星：那是只巨大的“夜的眼”。王蒙有一个信念：那是他心底永远的“布礼”。王蒙咏一曲情歌：那是灿烂的“春之声”。王蒙怀一个憧憬：那是无垠的“海的梦”。王蒙是一首诗：一首快乐的“逍遥游”。王蒙是一幅画：“杂色”衬出他的纯净与高洁。王蒙是一部历史：又岂止“半生多事”。王蒙是一部奇书：是一部“大块文章”。王蒙是一支晴雨表：他感知“季节”的变换，知道人间的冷暖。王蒙也有种状态：那是“尴尬风流”。王蒙是一个魔术师：他玩过“活动变人形”。王蒙有着特殊的口味：他喜爱“坚硬的稀粥”。王蒙是一道风景：是“这边风景”。王蒙是个贯通先生：他知道“中国人的思路”。王蒙有一种睿智：叫作“笑而不答”。王蒙也做过大官儿：他知道“中国天机”。

愿我们的展览能让您认识王蒙，走进一个丰富多彩的文学世界！

王蒙文学馆等你来！

（原载《中华读书报》2019年12月4日）

最好的学习

——在海大遇见王蒙老师

朱自强

我是个随遇而安的人，不太愿意改变现状。在东北师范大学毕业留校，一工作就是二十一年，虽然这期间也接到过两次商调函，但一经单位阻拦也就偃旗息鼓了。到了二〇〇三年，因为妻子无法继续忍受长春的酷寒，才下决心离开。先是准备去南方的广州，最终选择了气候温和的青岛，这样，一怕冷一怕热的两个人都能各得其所。

如今，在中国海洋大学工作也二十年了。这二十年间，让我深感幸运的有两件事。

一件事与我主要从事的儿童文学研究有关。儿童文学这个学科在中国大学里，从学科体制到学术认知，大都被严重地边缘化。但是，在海大，儿童文学学科却受到极大重视。学校不仅设立儿童文学研究所（现更名为国际儿童文学研究中心），而且将跨学科的儿童文学团队列入学校重点建设学术团队，持续投入经费支持发展。我本人在儿童文学学科建设上是有所追求的，所以，这是知遇而安的二十年。

另一件事就是遇见王蒙先生。我来海大的前一年，学校就慧眼独具，为振兴海大的人文学科，延聘王蒙先生为中国海洋大学顾问、教授、文学院院长。二〇〇三年十月下旬，我来海大报到，正值王蒙文学创作国际研讨会召开，我也被邀请参加了会议。到会的著名作家、知名学者的阵容之豪华，令人惊叹不已。联系王蒙先生后来策划的“名家课程”等一系列活动，打个不够贴切的比喻，这次大会有点像一场大戏的主要演员与观众见面，接下来，就是幕布不断拉起，各路名角轮番登场展示才华。

二〇〇二年至今，除了疫情影响，王蒙老师每年都会至少来学校两次，每次都会邀请几位或著名作家或知名学者一同来校，举办各类学术活动。二〇〇五年七月至二〇一〇年七月这五年间，我作为文学院的常务副院长、文学与新闻传播学院院长，与王蒙老师以及王蒙老师邀请来的诸多名家有了近距离的接触，得以“亲近而熏炙之也”。

这篇短文的题目“最好的学习”，取自不记得在哪里看到的一句译自英文的名言——“最好的学习方式，就是向最好的人学习。”正是因为遇见王蒙老师，我才有了数不清的“向最好的人学习”的机会。“向最好的人学习”有两种方式，一是读其书，二是受其教。对“最好的人”，能读其书已是幸运，再加上亲聆其教，那真是三生而有幸了。

读大学的一九八〇年，将反右运动中被打成毒草或批判过的作品结集的《重放的鲜花》一书出版。读这本书，感触和记忆最深的是王蒙老师的《组织部新来的年轻人》。这篇小说留给我的，不是对针砭官僚弊病的情节的记忆，而是那个浪漫夜晚的槐花气息。对我而言，那不是一篇小说，而是一首关于青春的“诗”。来海大以后，我有幸多次聆听王蒙老师的讲座，而且还在日常活动中多次陪伴王蒙老师，领略到了王蒙老师的博大精深、理性严谨、睿智幽默，不过有时，在王蒙老师的话语之间，我的眼前还是会浮现出写《组织部新来的年轻人》的那个浪漫的、温情的诗人——年轻时的王蒙先生的面容。

在我接触到的“最好的人”之中，最让我有“学然后而知不足”之感的就是王蒙老师。不论是在讲台下，还是在餐桌上，听王蒙老师就艺术和学术侃侃而谈，我脑海中多次出现“天赋”一词。我猜测，学识渊博如王蒙老师，一定有着超群的记忆力。有一次禁不住当面询问，王蒙老师微微一笑说，两个小时的讲演，面前没有一张纸头，我的记忆力的确不错。

我读大学时，作家萧军曾经到东北师大做过一场报告，当时的兴奋至今记忆犹新。在海大遇见王蒙老师后，这样的兴奋简直是应接不暇。我就说一两件事吧。也是在大学期间，我读到了两本《台湾诗选》，其中就有余光中先生、郑愁予先生的诗作。这些迥异于大陆同时代贺敬之、郭小川等诗人的诗作，给我很大的震撼。那时，我怎么也不会想到，有一天自己能亲耳聆听他们讲诗，朗诵他们自己的诗。与余光中先生在海边漫步时，我曾当面讨教，为什么他认为戴望舒不是一个大诗人。余先生对朱自清散文的独特解读也给我以启发，对我后来参与撰写现代文学史教材的相关部分颇有帮助。

我还想到王蒙老师邀请来的德国汉学家顾彬先生。有一位学界朋友与我谈及顾彬先生关于中国当代文学的言论，说顾彬先生涉嫌炒作，我马上说，那是媒体“惹的祸”，以我多次与顾彬先生相处，以及听顾彬先生讲述名家课程的感受来看，顾彬先生绝对是严肃、严谨、渊博的学者。我还以顾彬先生的大著《二十世纪中国文学史》为例予以详细说明。我写的一篇论述中国现代文学史写作方法的论文，所主张的文学史的书写方法，其参照之一就是顾彬先生的《二十世纪中国文学史》的写作方法。

因为实际接触王蒙老师邀请来的诸位名家，我所获得的类似体验还有很多很多……

近距离接触过那么多名家名人，我大都没有索求签名、申请合影，只是云淡风轻而过。但是，偶尔在电脑里看到与王蒙老师以及一些名家的合影，还是感到眼前出现了生活的夺目光彩。

几年前，我在成都做一场讲座，准备开始时却发现忘了带优盘，无奈下只好即兴讲起，三个小时讲下来很受欢迎，比有 PPT 讲稿效果还要好。此时回想起这件事，实在是因为在发现忘了带 U 盘的那一瞬间，脑海里浮现出的是，面前没有一张纸片，却镇静自若、侃侃而谈的王蒙老师的神态。我肯定无法从王蒙老师那里突然获得超群的记忆力，不过王蒙老师那强大的自信，还有润物于无声处，对我是有所感染的。

2023 年 1 月 16 日

王蒙先生与“老朋友”川西重忠

修　斌

中国海洋大学作家楼前有一座作家名人碑，镌刻在上面众多名字中，有一位日本学者川西重忠，他生前是日本樱美林大学名誉教授、欧亚研究所所长，一位被王蒙先生称为“老朋友”的日本友人。王蒙先生在川西重忠《全球化时代的中日经济文化比较》①的序里写道：“十几年前我与川西先生相识时他是三洋公司驻中国的代表，他的工作地点离我的住家很近，他对中国文化、中国文学有极大热情。走到哪里他都带着一个大提包，他永远是忙碌的，好提问题的，注意学习和吸收各种信息的。他有着一种干劲和钻劲，是别的外国朋友中不多见的。”

川西先生年少时喜读《三国演义》《西游记》，对中国人的印象是这些文学世界中的形象，“我完全被其中个性丰满的英雄豪杰和环环相扣

① 修斌、胡燃译，大众文艺出版社二〇〇五年版。

的传奇故事所吸引。”他在早稻田大学读书时修读过安冈正笃、中山优等大家的汉学课程，“汉文教科书中唐宋名家精练的文章词句和古典诗歌美妙的起承转合也令我赞叹不已。”尤其是跟随满族旗人景嘉学习《易经》对他的人生产生的决定性影响，“由此，我才领悟到为什么中华民族具有五千年来绵延不断的、富有生命力的应对现实的智慧，以及丰富的内心世界。”

川西先生在高校工作前曾长期在企业界工作，一九八八年到一九九二年的四年他曾任北京三洋电机公司日方总经理，期间经著名作曲家谷建芬介绍而认识了王蒙先生，也结识了冰心、吴仪、爱新觉罗溥杰等各界人士。“由于王蒙先生的住所就在我工作的合资企业附近，我也因此有缘经常拜会受教”，川西说。

一九九四年四月樱花时节，川西等日本友好人士和日中关系史学会（后更名为日中关系学会）邀请王蒙先生夫妇访问了日本，两个星期先后去了东京、富士箱根、长野小诸、名古屋、京都、大阪、神户等地。十年后王蒙先生曾回忆川西先生陪同他在日本的旅行，“在他的努力下，在前日本驻华大使中江要介主持的日中关系史研究会的安排下，我与妻子在一九九四年实现了再次访问日本的愿望，那一年我们有一次极为愉快的访日之旅。”期间，王蒙先生对自然美的细腻观察和感受让川西印象深刻。

川西眼中的王蒙是多层次的，也是富有魅力的。二〇〇三年，川西结束在德国莱比锡大学和柏林自由大学的教职回到日本，担任樱美林大学教授。当年九月他在海大举办的“王蒙文学创作国际学术研讨会”上发言说，“我觉得可以从几个方面来看王蒙先生。在性格方面，一是他乐于交友，喜欢研究古典，对什么都充满好奇和新鲜，童心常在，是一个真诚的人；第二，他是富有幽默感的绅士；第三，他又是一位温文尔雅的人。”他认为，“王蒙先生是多才之人。他和德国的大作家歌德很相似，两人都是作家、诗人、政治家、古典文学研究家、教育家。爱好音乐这一点也相同。”

川西常常与王蒙讨论有关中国文化与文学的事情，在王蒙家中聊天时，他多次向王先生请教对中国文学作品的看法，“我曾经问王蒙先生《红楼梦》为什么如此吸引人？他马上举出三点：命运的不可思议、人生的无常和虚无感、人物的丰富多彩。”川西认为，在当今全球化、国际化的时代，“最重要的是人文性、个性以及人与人之间的交流。在王蒙文学中，在他的性格和人生中，我看到了中国明朗的未来，看到了中国知识分子典型的身姿。”

我与川西先生相识是二〇〇三年他来青岛参会期间。翌年四月，他率神户社会人大学一行来青岛访问，在文学院做了《日本的干杯文化》的报告，我担任翻译，还陪同他们去海尔集团参观座谈。后来我们在中国和日本多次见面，我也曾应他邀请访问樱美林大学，并在日中关系学会作过关于鲁迅与尼采的报告。

二〇一七年春节前夕，我和学院蒋秋飚书记、郭香莲主任、温奉桥所长一同去探望王蒙先生，了解到王先生有意再访日本，回青后就与川西先生联系，他十分高兴，并提议由他担任所长的一般财团法人亚欧研究所作为邀请单位。此后我们先后通信几十次电子邮件商量出访事宜。由于他积极斡旋，联合日中关系学会、日中友好协会、日中文化交流协会及创价学会本部共同邀请，当年十一月六日至十日王先生时隔十余年再访日本，王蒙夫人单三娅老师、文化部副调研员张彬同志随同出访，先后去了东京、京都、神户。访日期间，樱美林大学授予王蒙先生“荣誉文学博士”学位，川西先生与佐藤东洋士理事长、三谷高康校长出席学位授予仪式，王先生做了《文学作品中所表现的中国思想与文化》的精彩演讲。短暂的访问期间，王蒙先生还与中日友好团体和友好人士进行交流，增进民间相互理解，并应邀到访中国驻日使馆，丰富了纪念中日邦交正常化四十五周年的文化活动。为配合王先生访日，川西还组织翻译出版了《天下归仁》一书。

川西先生非常敬仰王蒙先生，二十年来两人友情深厚。二〇一九年十二月三日，川西先生因病不幸去世。听闻旅居日本的王海博士传来讣闻，王蒙先生和单老师深感痛惜，通过张秘书表达悼念并向川西夫人表示慰问。我也代表学院和日本研究中心向亚欧研究所河野善四郎常务理事发去唁电。

王蒙先生在川西著作的序中说过，“川西先生的文字有一种客观和善意，有一种实实在在的近距离观察，有他自己的看法。从一个日本企业的从业人员——学者的眼中，观察中国，提供一个对于中国发展与变革的例证，这是很有趣的。这也使作为老朋友的我，感到一种欣慰之情。”日本著名学者竹内实也评价说，“所谓专家也有不同类型。从信息中选择信息的能力是川西先生这样的实务型人才的优势，因为有这样的人才，这种能力才得以保持和发挥。川西先生这样宝贵的人才并不多见。”

川西曾说起王蒙先生二〇〇二年应日中文化交流协会邀请访问日本时被协会负责接待的人问及这次还有没有想会见的其他日本朋友？王蒙

先生回答说想见到三洋电机的川西重忠先生。这令他感动不已“在万里之遥的德国想念起了王蒙先生。”川西先生把中国视为他的“第二故乡”，结束在北京的工作回国后写的文章中，他曾充满深情地说想见到期盼已久老朋友，重温往事，“有道不尽的知心话，饮不完的香茶、老酒。”我想，这“老朋友”中定当有王蒙先生。

我所了解的王蒙先生

薛永武

王蒙先生从事文学创作七十年，荣获国家主席习近平授予的“人民艺术家”国家荣誉称号，谱写了一曲丰厚的文坛常青树之歌。我二〇〇五年调入海大至今十八年，参加了王蒙先生在海大举办的大部分活动，与王蒙先生有了很多的接触交流，也受到王蒙先生很多的启迪。

王蒙先生具有丰富的人生阅历。王蒙在人生的旅途上，曾经是年轻的“少共”，年轻时当过团区委副书记、大企业团委副书记、生产大队队长、师范学校教师、后来又担任北京作协副秘书长、《人民文学》主编、作协书记处书记，作协常务副主席、文化部长等。他的人生经历为他增添了丰富的人生阅历和生活体验，这为他的文学创作打下了坚实的基础。退休后的王蒙先生是退而不休，不仅笔耕不辍，而且在许多大学担任学院院长、名誉院长和顾问等，充分发挥了他学者型的作家的社会作用。

王蒙先生具有开放的国际视野。王蒙先生无论是在思维方式还是人生阅历中，他都非常重视开放的国际视野。他曾经出国考察过很多的国家，深入了解不同国家的民族心理、价值取向、生活方式、文化传统和异域风情等，由此拓宽和培养了海纳百川、有容乃大的国际胸怀，这为他思考问题和写作都拓宽了视域，显示出了开放的国际视野。在学术研究中，他自觉把国际视野与中国传统文化熔为一炉，体现了思考问题的广度和深度的统一。

王蒙先生具有优化的知识结构。王蒙先生在知识的学习方面广采博取，不拘一格。他从小就喜欢读《老子》，小时候就背诵了《论语》《孟子》《大学》《中庸》和唐诗等。他从传统文化中不断获取积极进取的精神力量，又保持着非常理性的科学精神，不拘泥、不沉溺于传统文化，而是以求真务实的探索精神，在传统与现代之间，在儒家文化与道家文化之间，在东方文化和西方文化之间，自觉不自觉地保持着动态的平衡，儒道融合，亦儒亦道，儒道互补，构筑了优化组合的知识结构。即使在互联网时代，王蒙先生也能与时俱进，他用五笔打字法打字的速度超过专业打字员，这为他的写作提供了最现代化的工具。

王蒙先生具有独特的精神个性。无论是从人才开发的角度还是身心健康的角度来看，一个人具有和谐完美的精神个性都是非常重要的。王蒙先生与众不同的很大一点就是具有独特的精神个性。他的独特个性不是特立独行，而是注重丰富、完美与和谐。在与王先生的交往过程中，他经常表现出来的是自信、谦逊、睿智、幽默、风趣、诙谐、爽朗、乐观、旷达、洒脱、雄武、敏锐等性格。有一次我们坐在车上闲谈时，我称赞王先生“著作等身”，他笑笑说：“哈哈，我如果像姚明那么高，就不敢说著作等身了。”二〇一〇年著名作家贾平凹在中国海洋大学曾经为王蒙先生题了一幅字：“贯通先生”。在场的领导和专家都称赞贾先生题的好，但王蒙先生微微一笑说：“其实，通也不通”，在幽默中又吐露出谦虚的风格。王蒙先生在他的《王蒙自传》中充分展现了他性格的独特性和丰富性。

王蒙先生具有朝气蓬勃的青春精神。王蒙先生作为文坛的青春树，这与他具有朝气蓬勃的青春精神是分不开的。他年轻时写的《青春万岁》似乎就已经预设了他的青春精神，而保尔·柯察金直接影响了他的生活道路选择。他说读左翼著作，新名词，新思想，新观念，高屋建瓴，势如破竹，强烈，鲜明，泼辣，讲得深，讲得透，讲得振聋发聩，醍醐灌顶，风雷电闪。他读《毛泽东的青年时代》，深受毛泽东雄心壮志的激励，尤其读了毛泽东的《沁园春·长沙》，“感到的是震动更是共鸣。青春原来可以这样强健、才华原来可以这样纵横，英气原来可以这样蓬勃，胸怀原来可以这样吞吐挥洒……在毛泽东的事迹与诗词的启发引导之下，我开始找到了青春的感觉，秋天的感觉，生命的感觉，而且是类似毛泽东青年时代的感觉。辽阔，自由，鲜明，瑰丽，刚强，丰富，自信，奋斗，无限可能，无限希望，无限的前途……”由此可见，王蒙先生在青少年时代就初步确立了他的青春精神，正是这种青春精神不断激励着王蒙先生的青春精神。

青春精神是一种充满朝气蓬勃的朝阳精神，是永不言老的豪情壮志。王蒙不老，青春永恒，青春万岁！

“墙”后面的王蒙

李 扬

二〇〇二年春天的一个上午，我的一个大学同学打电话来，听语气颇为兴奋：“我见到王蒙啦！在酒店，隔着一张桌子，他在吃早餐！”这位同学大学毕业后一直从政，素来内敛沉稳，这般喜形于色实在少见。“你不记得啦？我的大学毕业论文写的就是王蒙小说啊！”

同学的一个电话，牵出串串回忆。一九七八年至一九八二年，我们在大学读中文系，那时王蒙从新疆返京，压抑多年的创作激情如火山岩浆般喷发，《青春万岁》《夜的眼》《春之声》《布礼》《蝴蝶》《风筝飘带》等，一发表都引发轰动，同学们争相传阅，并成为熄灯后卧床夜谈的热门话题。那时中文系的学生大都是文学青年，充满理想，激扬文字，文学是我们的梦，而王蒙是梦中的一颗亮星。

梦中的星辰再亮也遥不可及。所以，当王蒙在海大逸夫馆从管华诗校长手中接过聘书，在如潮的掌声中成为海大顾问、教授和我们文学院院长的时候，我禁不住揉了揉眼睛，生怕自己还在梦中。

岁月流逝，可王蒙的作品已经在许多人的心灵上刻出抹不去的印痕。在青岛机场，一位航空公司的老总激动地向王蒙描述许多年前，他当兵驻扎在中苏边境的戈壁滩，风雪夜躲在坦克下入迷地听着收音机里播放王蒙小说的情景；我去画廊，装裱王蒙为学院刊物的题词，老板娘一见就惊呼："大作家还写得一手好字！"原来她也读过王蒙的小说。

如今，真真切切地，王蒙来到青岛，来到海大，来到文学院，走近了我们。

我读过许多文章里的王蒙。智慧、感性、理智、冷峻、深奥、平实、激情、练达、天真、自信、入世、超然、执着、洒脱、凝重、幽默、尖锐、内敛、宽容，甚至还有一个见过王蒙的小学生用的词：好玩。这些词汇，其中不少是词义相反的，却都曾用来形容王蒙。有位记者找不到合适的词汇，干脆就用了王蒙小说名作的标题来描述：蝴蝶王蒙。有人说，王蒙本质上其实是一位适合在伊犁河畔行吟的浪漫诗人。但也有人见到严肃的不怒自威的王蒙，就形容他是"一堵墙"。

在这么多词汇的堆砌下，墙后的王蒙让人觉得高深莫测。他自己说："你永远不会像我一样知道王蒙是谁"。

王蒙院长在海大工作期间，我和学院的同事们有幸与他有了更多的接触。渐渐地，一个真实的王蒙从"墙"后凸现出来。

王蒙着实让我们领教了他的幽默。全校学术演讲时，深奥的哲思、抽象的学理被他演绎得天花乱坠、妙趣横生，引得坐在他身边的管华诗校长七情上面，笑出眼泪，挤得水泄不通的大厅里，笑声、掌声不绝于耳。若是和相识的学院同事们一起餐聚，再好的美酒佳肴在王蒙的幽默面前也会索然无味。他忽而胶东方言，忽而英语笑话，忽而河北梆子，忽而手机短信，忽表演，忽模仿，非让你前仰后合笑岔气不可。听别人讲笑话，他也会乐得从椅子上弹起来，朗声大笑——或许这就是作家余华所说的“像王蒙那样大笑”？

在乐观幽默的另一面，他又充满着浓郁的诗人气质。像他的作品一样，王蒙的激情时常会挡不住地流露出来，兴之所至，他抓过麦克风高唱苏联歌曲，充满感情地用维吾尔语朗诵诗歌，他也谈到看李世济的《祭塔》，读《笑傲江湖》，甚至电视上的一段情真意切的广告，都会使他泪盈于睫，这使我不禁想起那个“花甲之年拨心曲，遥想读者泪如雨”的王蒙。每一个接近他人都会不自觉地被他的话语和情思所感染，久久难以忘怀。

关于王蒙的睿智聪慧，以前听到过不少轶闻，现在终于也有机会印证了一次。有一天给学生讲课，谈及算命、占星术的欺骗性，晚上有学生就用电子邮件发给我一个“读心术”的网站，让我解释其中的玄机。网站上的一个电脑程序声称能看穿你的心思：让你先默想一个两位数的数字，再减去其十位数和个位数，从一张表格中找到得数，旁边有一个图形符号，凝视这个符号五秒钟，点击另外一个空白方框，方框中就会显示你刚才凝视的符号。好奇照做，果然屡试不爽。我知道这是骗人的把戏，但苦思冥想一阵也不知其所以然。忽想起王蒙在学术演讲时，提到他在北戴河见到地摊摸彩游戏，识破骗局，引发出 3322 的数学几率问题并联想到人生命数的故事——就赶忙把这个网站地址用电子邮件转发给他。没料到第二天一早王蒙就打来电话，说已经破解其中的奥秘，详见电子邮件。“一个二位数字的结构是：10N+W，他要求的是：

10N+W-（N+W）=9N，就是说，每次不论什么数字，最后得出的只能是9的倍数，每次只可能有九个数，……上述九个数字的符号每次换一个，但每次此九个有用数字的符号是相同的。小小的玩笑而已，一笑。”我恍然大悟之余，心里只有叹服的份了。

在海大，王蒙多次强调自己是一个学生，生命中只有一件事是永远不会停止的，就是学习。他的智慧，除了天分，恐怕和他好学勤学分不开。有一天为他的电脑安装防病毒软件，发现他竟然使用的是难学易忘但打字速度最快的五笔字型输入法，当年我为学习它劳心费神，最后还是啃不下来，知难而退。原因明摆着，就是缺了王蒙的这一股学习的韧劲和毅力。看电视上有关非典的新闻发布会，王蒙会冷不丁地指出英语口译者的用词不当，接着就这个词讨论一番——他的大脑似乎时刻都在高速运转，在捕捉、分析、吸收、应用各种信息。他喜欢学习，在学习中获得乐趣；也善于学习，自己摸索出独特而有效的方法，一步步攻克许多人视为畏途的外语关。我以前知道王蒙精通维吾尔语，接触王蒙后才发现他的英语亦不同凡响，不但书面翻译了不少英文小说，听说方面也相当出色。学贯中西的香港著名教授黄维梁先生跟我谈起王蒙的英语发音，也是赞赏不已。

崔瑞芳老师曾经提到，王蒙非常欣赏铁凝的两篇并不出名的小说，写的都是纯朴的人、善良的心。走近王蒙，我常常从一些细枝末叶的小事里，被王蒙的善良心地、诚恳相待、平易近人所感动，明白了他喜欢这些作品的缘由。记得有一次给王蒙发电子邮件，电邮软件的模板功能自动将“王院长”的抬头改成了“王蒙”，信发出去了我才发现，自责之下赶忙发信道歉。不久收到他的回信：“其实这样最好，我也习惯于与旁人直呼其名，你太东方了！所以从现在我带头直呼姓名。”今年五月底的一天，接到他的电话，说六一儿童节就要到了，他和崔老师给我儿子买了一件礼物，一个滑板车。望着两位慈祥的长者和分量挺重的滑板车，我竟一时语塞。

愈走近王蒙，你就愈会发现：“墙”后面的王蒙，是一位饱经沧桑、历尽坎坷，却仍然有着旷达明朗胸怀的作家、有着本真性情的诗人，是一位智慧充盈、蕴藉万千、灵光四射而又可亲可敬的长者。

王蒙是深的湖。但当你走近，会发现湖水是清澄的、透亮的。

“我是学生”

——王蒙先生印象

温奉桥

奉桥如晤：麻烦你问问李老师，数学符号上右上角加的一撇，如 a′ 或两撇 a″，可以作分与秒解，但也可以作派生、相似 1、2 解，作 1 解时发音类似 pram，英语或拉丁语怎么写？原词意是什么？请帮忙问问李老师或数学老师。谢谢

作 2 或秒解里则都是 second。为什么秒是 2。也请问问

（二〇一八年十一月二十日）

奉桥如晤：请你请教一下数学系的方奇志教授：应该怎样表述无穷大 0N（任何数）的关系？

能不能说 N 比 0 等于、或趋向于、相当于无穷大？

N 比无穷大等于、趋向于、相当于 0？

0的无穷大的积累即无穷大乘上0等于……N？

如果试图以数学，以微积分的语言表达有无相生，天下生于有万物生于无的哲学思想怎样能说得更完善？能不能列一个数学式子？

王蒙谨请教，谢谢

（二〇一九年一月十六日）

奉桥如晤，如方便，我想找些我校师生，海洋考察极地考察海洋航行的有资料看看。能否找到一些？有这方面的书也想接触一下。可以购买也可以借阅

（二〇二二年一月二十七日）

早上好，清代黄景仁诗，鬼馁坟头羡马医，"马医"二字应做何解，麻烦你替我请教一下哪位老师，谢谢

（二〇二二年十二月二十五日）

这是我经常收到的王蒙先生微信中的几则。每次收到这类微信，我都被王蒙先生的这种学习精神，所深深感动，并感到惭愧不已。

单三娅老师在《王蒙之坚持》中，记录了这样一件事：有一位领导同志，到文化部上任后第一次来家探望，进门还没落座，就问王蒙，你这么多年也有许多不顺，怎么都让你变成了有利形势？

这位领导同志的疑问，其实也是许多读者心中的疑问，曾经也有人问过我类似的问题。我觉得王蒙先生之所以能够把"不顺"都变成了"有

利形势”，原因很多，但其中一个非常重要的原因，是王蒙先生的学习。学习，使王蒙先生无论面临什么境遇，都永远光明，永远乐观，永远充满希望，这或许就是他经常说的“学习是我的立于不败之地的保证”的意思吧。

二〇二三年六月十四日，在纪念王蒙先生加盟中国海洋大学二十一周年座谈会上，我有一个简短的发言，我说王蒙先生加盟海大的意义有很多，有的是看得见的，如王蒙先生创设的“驻校作家制度”“名家课程体系”“科学·人文·未来”论坛等，但是，更多是看不见的，如王蒙先生那种永远乐观、永远学习、永远坚持的精神对每一个海大人精神上的影响，这种影响就像阳光、空气，虽然看不见，却是无时无刻不在滋养着我们的心灵，这其实是更值得我们学习的。

我与王蒙先生结识已二十年有余，作为中国海洋大学的顾问、教授和首席驻校作家，除特殊情况，王蒙先生每年都固定到学校来至少两次，所以我们见面的机会也就相对较多。我经常思考的一个问题是，王蒙先生最令人钦敬最值得我们学习的品格是什么呢？我的答案是：一个是学习，一个是坚持。学习王蒙先生，第一位的是要学习王蒙先生的这种永不知疲倦的学习精神。

曾不止一个人称王蒙先生是“通才”，作家贾平凹更是称王蒙为“贯通先生”，李宗陶发表谈王蒙先生的文章，干脆以“通人王蒙”为题，冯骥才曾说王蒙的大脑是一台“超级计算机”。然而，人们容易看到王蒙先生的智慧和博学，却往往忽视了他的坚持和学习的精神。

好多年前，王蒙先生曾给我题过一幅字：“活到老，学到老”。当时，我曾觉得这句话太平常了，甚至不太像一个大作家的题词。然而，直到最近纪念，我才从王蒙先生身上真正理解这句话的含义。

王蒙先生经常说的一句话是：“我是学生”。他不止一次说：“学习对于我是一个绝对的概念”。何为“绝对的概念”？我的理解是学习对于王蒙先生而言，是无条件的，甚至是一种本能。

王蒙先生的学习能力，当然是无与伦比的——我每每惊诧于王蒙先生惊人的记忆力，有一次实在忍不住好奇，就请教王蒙先生一首普通的古诗，大约多长时间能背过，王蒙先生回答说：读一遍大体差不多，两遍基本没问题。——但是，比这种超人学习能力更重要的，是王蒙先生的学习精神。

王蒙先生曾被问到人生最重要的是什么？他回答：一个是生存，一个是学习。也就是说，他把学习看作是与生存同样重要的事情。他在很多场合说过：“学习是我的骨头，学习是我的肉（材料与构成），学习是我的精气神。”

一九六五年春天，组织上安排王蒙先生到新疆伊犁巴彦岱红旗人民公社一个少数民族农村劳动锻炼，住在老乡阿卜都热合满·努尔、赫里其罕·乌斯曼夫妇家里，刚到伊犁农村，王蒙面临的问题很多，最大的问题是语言不通。为了真正做到与当地少数民族同胞同吃、同住、同劳动，王蒙下决心学习维吾尔语。我们知道，维吾尔语属于阿尔泰语系，与汉语的汉藏语系相比，学习难度很大，为了学好维语，王蒙先生把每一位维族同胞都当成自己的老师，七岁的小学生热依曼，更是自告奋勇，担任王蒙的维语老师。有时在路上遇到一个维族小女孩，也要在路边与人家“拉家常”，目的是学习维语。甚至晚上起夜，也用维语来描绘一番，“尿尿”维语怎么说，“提裤子”维语怎么说，“有相当一段时间，我做梦说梦话也是维吾尔语”，用王蒙先生自己的话说，真是达到了“走火入魔”的程度。

几个月后，王蒙不但可以在生产队会议上用维语发言，而且还可以用维语背诵“老三篇”，以至于一位维族老大娘，误以为是收音机的广播。村子里有些维族人，并不知王蒙是作家，只知道他是个好的翻译。王蒙当然有语言天赋，但是，很少有人看到王蒙先生对学习维吾尔语的这种投入和坚持。

由于熟练掌握了维吾尔语，王蒙真正做到了和维族农民交心、通心，后来，王蒙可以任意推开一家维吾尔族老乡的门，就像回到了自己家里一样，王蒙变成了一个真正的“巴彦岱人”。多年后，王蒙深情地说：“说维吾尔语的王蒙才是真正的王蒙”。维吾尔族诗人乌斯满江·达吾提曾满怀深情地说“王蒙是真正写出了维吾尔人心灵世界的唯一的人。读他的作品，就像老朋友面对面地谈心交心，自然、亲切，丝毫没有民族的隔阂。”没有对维吾尔语的学习，怎会有后来的《在伊犁》和曾获茅盾文学奖的《这边风景》?

不止一个人说王蒙先生是“天才”，我觉得与其说是天才，不如说是王蒙先生的这种坚持不懈的学习精神。在学习上，王蒙先生经常说的一句话，是“学习的绝对性”，王蒙先生从不找任何借口，什么年龄大啦，什么没时间啦等等，而是坚持无条件地、随时随地学习。

一九九六年五月，王蒙先生应德国海因里希·伯尔遗产协会、德国外交部和北莱茵基金会邀请，赴德国参加一个为期六周的活动，到达德国的当天晚上，王蒙就报了一个德语补习班，开始学习德语。等到活动结束时，王蒙先生已经能够非常自如地用德语打电话、叫出租，甚至聊天。再如，一九八〇年秋天，四十六岁的王蒙第一次出国，去美国爱荷华大学参加聂华苓和保罗·安格尔夫妇主持的国际写作计划，在旧金山转机时，不懂英语的王蒙不知道在哪个登机口登机，从那以后，王蒙痛下决心学英文。在参加国际写作计划期间，聂华苓专门聘请了希腊裔英文教师尤安娜，给王蒙等补习英语，每天早晨一边沿着爱荷华河跑步，一边坚持背诵三十个英语单词，是出了名的“好学生”。卢·凯塞琳是一位爱荷华的居民，她经常去拜会国际协作中心成员，她说“自己从未见过像王蒙这样具有毅力的人，而且以后恐怕也不会见到。”活动结束，王蒙先生取道香港回内地时，在香港购买了学习英文用的录音机和磁带。由此，开始了他持续几十年对英语的学习。一九九三年八月，王蒙先生应美国哈佛大学燕京学院院长韩南教授的邀请，到那里进行为期三个月的研究工作。十月，他在哈佛大学作了一次英文演讲 ***Is It Subtle Thinking or Studied Posturing？ Some Recent Novels***（《微妙的思考还是故作姿态——谈近年来的小说》），给美国听众留下了深刻印象。二〇〇八年底，中央电视台英文频道为纪念改革开放三十周年，主持人田薇请王蒙先生做了一期英文节目，半个多小时，王蒙先生全程用英文回答，当时直把我看得目瞪口呆。王蒙先生在一封邮件中不无得意地说：“这是我二〇〇八年的最乐，我太高兴了，像小学时候考试得了好分数一样，因为它是一个新的挑战。”

王蒙先生不但把学习看作是人生的“第一智慧”“第一本源”，更把学习看作是一种“快乐”与“享受”。王蒙先生经常说的一句话是“学习的快乐”，他在很多场合都反复强调“学习最快乐，学习最健康”。他是这样说的，也是这样做的。

我还清晰地记得，二〇〇四年四月上旬，王蒙先生邀请袁行霈先生、童庆炳先生到中国海洋大学进行为期一周的讲学。就在讲学的那几天，童庆炳先生每晚六点半给文学院的师生讲《文心雕龙》。一天晚饭时，王蒙先生说，赶快吃饭，吃完去听童老师的《文心雕龙》。晚饭还没上齐，王蒙先生几分钟就草草吃完了，急急忙忙爬到教学楼五楼阶梯大教室，我感觉王蒙先生听课的心情就像小时候我在农村看电影抢占座位时的感觉，生怕去晚了错过了开头。听课时，王蒙先生侧着头，双手抚着下巴，看着黑板，那神情就像一个小学生，相当专注、相当入迷。课后，王蒙先生直呼听得相当“过瘾”。在返回住处的路上，王蒙先生还就《文心雕龙》“原道”中的一句话与童先生展开了热烈的讨论。

“学习者，至高至强至清至明复至艰复至乐也”，这就是王蒙先生！

“我们的王蒙先生”与我们的“海大精神”

徐　妍

基于阅历的丰富性，王蒙先生拥有多重身份，但在中国海洋大学的校园，常常被“海大人”称呼为“我们的王蒙先生”。这样的称谓，内含了“海大人”对王蒙先生的“独家情感”，也传递出“海大人”对王蒙先生的新认知：除了人们熟知的王蒙先生，在海大人眼里，王蒙先生还是一位对大学教育内涵有着独特感悟、对大学教育实践有着深远认知的人。

王蒙先生与海大人的深厚“情缘”迄今已经二十一年了。二十一年前，王蒙先生从时任中国海洋大学校长、管华诗院士手中接过聘书，正式受聘为中国海洋大学教授、顾问、文学院院长（后担任文学与新闻传播学院名誉院长）。受聘后的二十一年里，王蒙先生如果没有特殊情况，通常会在每年五、六月间的蔷薇花开之季与秋冬之间的花叶寂静之时、邀请国内外著名作家、学者入驻海大“作家楼”，建议学校建立驻校作家制度和开设名家课程体系，亲自发起论坛、开设讲座、举行对谈、分享新书、研讨新作、接受师生造访……这样的日子啊，对海大人来说，就是文学的节日，就是金光闪闪的日子！在过去的二十一年里，王蒙先生为中国海洋大学做了许许多多的实事、好事、大事。

仅我记忆中的王蒙先生发起的论坛、讲授的讲座、讲授、主持、出席的学术会议和学术活动，就有：二〇〇四年十月至二〇一九年十月，与管华诗院士共同主持的连续四届的中国海洋大学“科学·人文·未来”论坛（首届论坛未设置主题，第二、三、四届论坛的主题依次为“关注海洋、面向世界”“教育实现梦想”“构建人类命运共同体”）；二〇〇六年五月末，与余光中、白先勇等作讲座、出席诗朗诵活动；九月二十二至二十五日，出席“王蒙文艺思想学术研讨会”；二〇一三年五月九日，与“八零后”作家文珍、甫跃辉对谈（题为“时代变局与八十一代作家的文学选择”）；五月十日，作题为“青春与文学”的专题报告；十二月十三日，与冯士筰院士和方奇志教授以“数学与人文”为题的对谈；二〇一四年十月二十二日，出席王蒙最新“双长篇小说”学术研讨会；二〇一五年五月三十日作题为“永远的文学”的讲座；二〇一八年三月中旬，率队出席“春之声·文学艺术节”的主题讲座活动；二〇一九年十月十七日，出席王蒙文学馆揭牌仪式和“王蒙与中国当代文学”研讨会；二〇二一年五月二十六日至二十七日，出席长篇小说《笑的风》学术研讨会、作题为《文学里的党史与党史中的文学》（《文艺报》二〇二一年六月十八日）的讲座；二〇二二年一月六日，出席长篇小说《猴儿与少年》研讨会；二〇二三年六月十二日“刘慈欣作品学术座谈会”……很少有大学如中国海洋大学这样能够迎接国内外八方来客，很少有大学生能够有机缘与国内外文学界、艺术界、科学界的大家、名家面对面交流。毫不夸张地说，为了海大人心心念念的学校第三次人文振兴，王蒙先生全力以赴、倾情付出，兑现了他在受聘仪式上的承诺：我来海大不是闲逛的，我要为恢复中国海洋大学的人文科学尽微薄之力。

作为一位在海大工作了十八年、见证了学校第三次人文振兴进程的海大中文人，我有时会想：王蒙先生缘何选择中国海洋大学？而且，一经选择，一诺千金二十多年？其个中原因，或许有性情和命运的因素，如：王蒙对大海的喜爱，对父亲王锦第在青岛“桃李满天下”的旧日时光的追怀，与管华诗院士的精神投契，与吴德兴校长、于志刚校长等“海大人”的情谊绵长……但归根结底，还是源于王蒙先生这位文学的“海”之子与一代代中国海洋大学的“海”之子在精神深处的共情。因此，可以说，王蒙对海大人的一诺千金，是对海大人所追寻的“海大精神”的深切期许。

那么，何谓“海大精神”？“海大精神”是中国海洋大学所蕴含的一种独特的精神气质。它涵盖了历史上中国海洋大学前身所具有的民族文化精神与爱国主义精神，内含了二十一世纪中国海洋大学所追寻的科学精神和创新精神、竞争精神和国际合作精神等多个方面的精神。概言之，“海大精神”是由中国现当代社会演进中的“海大科学精神”与“海大人文精神”共同构成的一代代“海大人”的精神内守。

“海大精神”起源于中国海洋大学前身的精神本根——上世纪三十年代初期国立青岛大学校长杨振声所确立的“兼容并包”“科学民主”的办学方针，延展于国立山东大学校长赵太侔所力倡的“广聘名师、教授治校”的办学方略，扩大于上世纪五十年代的山东大学校长华岗所倡导的“文史见长，加强理科，发展生物，开拓海洋”的办学思路，再生于山东海洋学院、青岛海洋大学、中国海洋大学的“海纳百川，取则行远”的校训所寄寓的“海大精神”。

“海纳百川，取则行远”的学校校训是由王蒙先生题写的，在某种程度上，寄予了王蒙先生所期许的“海大精神”。何出此言？我们不妨回望二〇〇三年春天王蒙先生在题写“海纳百川，取则行远”校训时的主题发言：“作为中国海洋大学，我们更应该使用‘海纳百川’这四个字。在此基础上，王蒙先生提出了三个方案，他重点对‘海纳百川，取则行远’这个方案作了分析，对这个方案的用典出处和原义，用在校训中的引申义及逻辑关系、平仄照应等给出了深入而详细的说明。”①以我的理解，王蒙先生无论是对“海纳百川”的选取，还是对“取则行远”的考辨和阐释，都寄予了王蒙先生对“海大精神”的期许：无论中国现当代社会如何变迁，对“海大人”而言，容纳“百川”，乃为“海大”。“百川”之中，讲究“取法”。“行远”之时，首在立身，学习古今；求同存异，行至高远。这意味着王蒙所期许的“海大精神”的重建并不是让“海大人”重新回到中国海洋大学的前身那里去，而是在二十一世纪重新出发，既承继历史传统、又续写时代新章、更创造未来图景。

特别有意味的是，王蒙先生不止是“海大精神”的期许者，还是“海大精神”的践行者。王蒙先生在加盟中国海洋大学时曾说：“我来海大不是当教授，而是来当学生的。”在王蒙先生的所有身份中，他首先是

① 纪玉洪：《中国海洋大学校训始末》，见《中国海洋大学报》2022年1月15日（第2149期）。

个“用功一辈子的好学生”(王蒙语)。可以说，王蒙先生特别令“海大人”感到鼓舞之处在于：王蒙先生不止是题写“海纳百川，取则行远”的人，而且是践行“海纳百川，取则行远”的人。在王蒙的生命、生活中，学习是快乐的事儿。王蒙特别善于运用学习的方式来提升自我：自学了文史、马列、党史、维吾尔语、英语、数学等。通过持之以恒的自学，王蒙先生收获了令人惊奇的自学成果：四十五卷本的《王蒙文集》（人民文学出版社二〇一四年版）里含有王蒙的多篇英语、维吾尔语译著、小说和诗，皆是王蒙自学语言所得；王蒙先生曾在中国电视台国际台做过半小时的对话节目，自学的英语带有地道的美音语调；王蒙先生还在各种官方场合使用他所访问的国家的语言讲话，所使用的语言包括俄语、日语、波斯语、哈萨克语、英语，土耳其语；近年访以色列，在希伯来语作协的见面会上用英语讲话，在美国莱斯大学、哈佛大学、三一学院，都做过英语演讲。王蒙先生对学习的热爱简直超乎常人的想象力：在访德期间，报名参加了晚间的德语学习班；在澳门大学和中国海洋大学，讲起了数学与文学的关系；他还是《红楼梦》的超级拥趸。王蒙先生还一边自学、一边写作了多部研究中华传统文化典籍的著作，除了前文所述的先秦哲学家老子、孔子、庄子、孟子等典籍的学习心得——《老子的帮助》《天下归仁：王蒙说〈论语〉》《庄子的享受》《得民心得天下：王蒙说〈孟子〉》，还有新近出版的《天地人生：中华传统文化十章》……由此可见，王蒙先生不仅主张活到老、学到老、成长到老，而且说到做到、身体力行、知行合一，可谓是“海纳百川，取则行远”的引领者和践行者。

二〇二三年，王蒙先生从事文学创作七十年了。王蒙先生的多重身份和丰硕成就愈加被时间所确证。然而，王蒙先生对教育的独特见解和独特贡献很少被谈起。作为一位“海大人”，有幸近距离地见证了王蒙先生以他独特的教育理念和教育实践为中国海洋大学的文脉重续所做的坚实工作，如实讲来，向我们的王蒙先生致敬。

面向世界的开放视野

——王蒙先生印象

李萌羽

二〇〇三年我和爱人温奉桥到中国海洋大学工作，自此我们和王蒙先生结下了不解之缘。恰逢九月二十四至二十六日由中国海洋大学主办的“王蒙文学创作国际学术研讨会”在青岛举行，来自海内外的一百二十多位学者、作家参加了会议。我甚感荣幸的是作为其中的一员，参加了该会议的英文专题论坛。记忆犹新的是王蒙先生亲临参加每一场的研讨，认真听大家的发言。近年来，他的听力逐渐下降，耄耋之年的他仍然坚持全程参会，体现了对发言者的充分尊重，令人感佩不已。

王蒙先生对中国海洋大学人文学科的发展有一种深切的责任感，他多次邀请国内外知名学者、作家前来海大讲学，我已经记不清聆听了多少位学者、作家的精彩讲座了。印象深刻的是二〇〇六年五月最后一周学校举办的“名家讲座周”，在王蒙先生的力邀下，著名诗人余光中先生和作家白先勇先生莅临我校做讲座。记得在拜访王蒙先生时，他曾不无得意地说，有些学校能单独邀请到余光中，有些学校能单独邀请到白先勇，但同时能把他们两位大家邀请到的只有我们学校。其实我们明白，这完全得力于王蒙先生的影响力和感召力。

二〇〇八年九月份我到美国做访问学者，十二月份的最后一天，早晨查看邮件时，意外而惊喜地发现邮箱里有一份王蒙先生发来的邮件，邮件还是用英文写的，邮件内容如下：

Dear Friends:

I just made an English Dialogue program in CCTV9，please see the following website:I have found the website of Channel9 of CCTV, so you can watch it anytime. You can logon http://www.cctv.com/program/e_dialogue/20081226/103483.shtml an denjoy it by yourself.

Thank you so much.

best wishes to the new year

Yours Wang Meng

以上英文邮件的大意是他最近在 CCTV—9 的“对话”栏目做了一期英文访谈节目，他还提供了登录网址，和我们分享他的节目，并祝我们节日快乐，这是二〇〇九年元旦我所收到的最好的新年礼物。

我饶有兴趣地多次观看了这个节目，感触良多。首先惊讶于王蒙先生高超的英文水平。CCTV—9 的节目对受访者的英文表达水平的要求是很高的，但王蒙先生在用英文对话时却如行云流水一般，表达非常流畅、清晰、到位，这让我感到很吃惊。后来我在给王先生的回信中表达了对他英文水平的钦佩，他却表现得非常谦虚，说“我实际上英语远远不够好，这几十分钟的谈话是十多天硬拼恶补的结果。但这是我二〇〇八年的最乐，我太高兴了，像小学时候考试得了好分数一样，因为它是一个新的挑战。我要说是一次冒险，我弄成了，时年七十三岁，头一回这么干。”而没有一定的英文功底，“硬拼恶补”短时间内很难奏效。

转眼十三年过去了，在写这篇文章的时候，我查看了王蒙先生写的这封英文邮件，仍钦佩他英文表达的凝练和地道，于是给他发了一个微信信息，他回复说“谢谢。离您想的鼓励的，还差很远。”王蒙先生作为人民艺术家，著作等身，成就卓然，在各个方面引领风气之先，却一直以来保持着谦逊、低调的处事待人风范，让人感佩不已。

从一定意义上说，王蒙先生代表了当代中国作家所能达到的广度和深度。他是一位具有开放胸襟、乐于并善于接受新事物的作家。王蒙先生敢于尝试用英文对话这一姿态本身表明了他的一种面向世界的开放胸怀。王蒙先生的英文学习完全是靠自学，他学习英文非常勤奋。我想促使他学习外语的内因固然是兴趣所在，更重要的却是其开放的心态。德国著名汉学家顾彬在讲学时曾谈到在国外定居的一些中国作家，即便有学习语言的便利条件，也只是待在中国人的圈子里，心态比较封闭，生活的圈子也很狭窄，视野也因之受限。从一定意义上说，对语言的主动接受或消极排斥的态度反映了一个人心理的开放度。

王蒙先生的开放视野并不仅仅停留在思想中，更体现在他的行动中。在访谈中他特别提及他做文化部长的那段日子是他感到非常快乐的时光，他不但在国家的文化建设方面做了很多工作，而且架起了一座沟通中国和海外作家、艺术家和学者的桥梁，譬如在访谈中提到他支持开放歌舞厅，以丰富人们的夜生活，还促成了帕瓦罗蒂和多明戈第一次的来华演出等等。正如主持人田薇所指出的，王蒙先生做文化部长的二十世纪八十年代，是各种思想碰撞、交锋、变化中的时代，王蒙先生也认为八十年代现象很重要，是一个新的开端，因为它代表了一个浪漫、梦想、激情的年代。但他同时也强调，现在我们更亟需的是一种脚踏实地的精神和作风，需努力工作，为社会和国家作出贡献。

在收看节目过程中，我还被他的乐观主义精神及对生活的热爱所深深打动。他说他是一个对历史、革命以及未来充满信心的人。尽管一生历经坎坷，但他始终对生活充满信心，这源自他乐观的性格。他喜欢把自己称为“阳光男孩”（bright boy），并且始终以一颗童心尝试生活中一切新鲜的事情。访谈的最后，他谈到了自己的童年，三岁时，他所生活的城市北平被日本人所占领，童年有很多不愉快的记忆，但他日后这样劝勉自己和朋友：“还不是最坏”。（It is always better than the worst）王蒙先生乐观态度基于他对生活和对世界挚爱，他说，“对生活我总是充满好奇，对世界我总是充满爱。”

王蒙先生曾经经历了很多磨难和挫折，但他始终对生活充满热情和信心，这尤其表现在他对新疆的热爱上。他曾经在新疆生活十六年，尽管那是一段艰苦的岁月，他却以开放的胸襟融入当地的生活，和村民一起投身于劳动中，业余时间学习维吾尔语，因之对新疆怀有深沉的情感。二〇二一年七月二日至五日，王蒙研究全国联席会议第一届学术年会在伊犁召开，我有幸参会，聆听了王蒙先生在开幕式中深情回忆他在伊犁生活的讲话，颇为感动。会上组织了到伊犁六星街采风活动，欣赏了女歌唱家 Sanubar 一家表演的歌曲，我被那优美又深沉的旋律所深深打动，听王安老师（王蒙先生前任秘书，现为四川文化艺术学院王蒙文学艺术馆馆长）说，这首歌的名字叫《牡丹汗》，他与王蒙先生说起此事时，王先生却说是《黑黑的眼睛》。王安老师与我分享了他和王蒙先生的微信聊天，“我原以为唱的是《黑黑的眼睛》，经核实是《牡丹汗》，也是伊犁民歌，与黑眼睛很像！”而王蒙先生的回答却很坚决，“no，就是黑眼睛。”后来经王蒙先生的点拨，“咱们听的不是一场啊。牡丹汗我知道的。词不一样啊”，王安老师才恍然大悟，“部长一句话点醒梦中人，明白了！虽然地点相同，演唱者相同，但场次不同，内容变了。”王蒙先生对王安老师说，他们为了他专门加了《黑眼睛》。起初我们对听到的究竟是《牡丹汗》还是《黑眼睛》不得其解，还一度猜测可能是王蒙先生记错了，其实像王先生这样对新疆民歌和维吾尔语熟知的大家怎么会弄错呢，王安老师后来在给我的微信中说，“还是咱们输了，输得服气。”我回复说，“原来是这样呀，看来王先生确实是新疆通。估计他能听懂维吾尔语歌词。这是我们的短板。”后来我读了王蒙先生的一篇文章《新疆的歌》，更理解了他与新疆民歌水乳交融的关系以及《黑黑的眼睛》在他心目中的位置。王蒙先生对《黑黑的眼睛》如此了然于心，怎么会把它和《牡丹汗》弄错呢？实际上是我们对新疆民歌缺乏了解。正如王安老师对王蒙先生所言，“因为您对黑眼睛的描述、感动、生发，它的意义已经拓展出民族团结、文化交流、发掘经典、普及提高等意义。”从伊犁返回后，我反复聆听《黑黑的眼睛》和《牡丹汗》这两首歌，也爱上了新疆民歌。而拜读王蒙先生《新疆的歌》的文字，我仿佛身临其境，为王蒙与新疆民歌及新疆人民深切的情感共鸣所感动。

我比较喜欢听书，有一次在喜马拉雅意外搜到了《王蒙讲孔孟老庄》，每一讲十几分钟，我听得入了迷。王蒙先生在发刊词“多几个世界，多几分兴趣”中倡导大家和古代“杰出人士做朋友”，认为传统文化是我们的“遗传基因”，只有了解了传统文化，我们才能真正了解世界，我们当下的社会文化以及我们自己。我也特别喜欢王蒙先生的《老子的帮助》《庄子的快活》《天地人生》等系列著作，他用妙趣横生，富有思辨化的语言，诠释中国传统文化的精妙哲思、丰富内涵以及对当下文化建设、个人修身的启迪，读来受益良多。

王蒙先生对世界和生活所持的开放的视野令人景仰，他用文学作品与历史、现实及未来对话，用英文和世界对话，用《黑黑的眼睛》及《这边风景》等作品与新疆对话，用《王蒙讲说论语》《王蒙讲说道德经》《王蒙讲说庄子》《王蒙评点红楼梦》《天地人生》等系列著作与中国传统文化对话，其丰沛的创作力源于他的睿智勤奋，更源于他对这个世界永远敞开的胸襟。

2022 年 12 月 23 日

王蒙先生与中国海洋大学校训

纪玉洪

“学校为训育之便利，选若干德育条目制成匾额，悬见于校中公见之地”，这是《中华百科辞典》对校训的注解。走进中国海洋大学鱼山校区一校门或崂山校区南门，抬头便见各有一块醒目的“校训石”立于“公见之地”，上书八个苍劲的大字：海纳百川取则行远。题写这八个大字的正是中国海洋大学校训的提出者王蒙先生。

中国海洋大学这个校训确立的时间是二〇〇三年，之前的校训是：团结勤奋求实创新。一九九六年入选首批“211 工程”建设高校后，海洋大学驶入又一个快速发展期，各项工作呈现出一派蒸蒸日上的气象，国内外交流亦日益繁盛。在此背景下，不少校友、客座教授和海大教师、干部，在不同场合都提到应该重新审视校训，以便使其更加凸显海大的办学传统与特色，更加富有时代精神和人文内涵。

二〇〇〇年，海洋大学以“得分最高，建设最好”的优异成绩通过山东省高校校园文明建设检查评估。检查评估中，评估专家组组长、山东工程学院原院长许万敬和山东省委高校工委副书记、省教育厅副厅长田建国把海大校园文明建设高度概括为“海大现象”和“海大精神”。随后，海大展开了一场关于“海大精神”的大讨论。到二〇〇一年三月时，结合省委高校工委部署的“二十一世纪大学精神”讨论，海大党委宣传部部长魏世江在吸纳各方意见后，把“海大精神”凝练为四句话，即：兼容并包、海纳百川的学术理念和博大胸襟；崇德守朴、求真务实的人文追求和科学态度；上下齐心、锲而不舍的团队精神和坚韧毅力；心系国运、探索不已的优良传统和进取精神。

正是在关于“海大精神”讨论的过程中，海大领导层和有关部门同时也在考虑重拟校训一事。经过一段时间的酝酿，二〇〇一年五月拟订“海纳百川至人至德”为新校训研讨方案。该方案提出者魏世江部长在关于“二十一世纪大学精神”和“海大精神”讨论情况专题会上对其作了诠释。其后一段时间里，“海纳百川至人至德”在教师、干部和学生中认可度不断提高。但是，大家对“海纳百川”高度认同的同时，对“至人至德”产生较大分歧。由于一直没有更好的方案提出，新校训迟迟无法确定下来。

二〇〇三年春，已受聘中国海洋大学顾问、教授、文学院院长的王蒙先生在管华诗校长邀请下来到青岛，住进浮山校区“作家楼”。出于对王蒙先生这位中国当代文坛大师级人物崇高人格和深厚学识的景仰，海大领导决定请王蒙先生拟写新校训。五月的一天，魏世江部长受管华诗校长委托，前往王蒙先生寓所。向王蒙先生说明来意后，详细介绍了海大校训的历史演变情况，同他共同探讨了拟写新校训的原则性意见。

王蒙先生欣然接受了“任务”，并答应请在校讲课的客座教授严家炎先生也拟写新校训。其后一个多月，由于“非典”的缘故，王蒙先生一直住在青岛，在潜心进行文学创作的同时，花了很大的精力来思考、拟写海大新校训。

二〇〇三年六月六日，管华诗校长在海大逸夫馆主持召开专题座谈会，研讨新校训事宜。王蒙先生作主题发言，他在简单评论了清华大学“自强不息厚德载物”、四川大学“海纳百川有容乃大”、厦门大学“海纳百川止于至善”的校训后说：作为中国海洋大学，我们更应该使用“海纳百川”这四个字。在此基础上，王蒙先生提出三个方案，他重点对“海纳百川取则行远”这个方案作分析，对方案的用典出处和原义，用在校训中的引申义及逻辑关系、平仄照应等给出深入而详细的说明。严家炎先生随后发言，对王蒙先生的方案表示赞同，同时认为先前的“海纳百川至人至德”的方案也比较好，并提出自己的方案“海纳百川至刚至柔”。与会者在听取了两位先生发言后，对几个方案进行讨论，认为王蒙先生的“海纳百川取则行远”方案和“海大精神”一脉相承，体现出海大人的胸襟和魄力，体现了学校志存高远、勇攀高峰的精神和追求，同意以此作为新的校训方案。应管华诗校长的邀请，王蒙先生当场挥毫泼墨题写了“海纳百川取则行远”的条幅。

会后，根据管华诗校长的布置，魏世江部长把新校训方案“海纳百川，取则行远”加上注释后下发给全校各单位进行讨论。

“海纳百川”出处有三：一，《庄子・秋水篇》：“天下之水莫大于海，万川纳之。”二，东汉许慎《说文解字》：“海，天池也，此纳百川者。”三，林则徐堂联：“海纳百川有容乃大　壁立千仞无欲则刚”。

“海纳百川”意指：海之大，能容纳一切河流之水。形容气度、胸怀之宽广。喻指海大培育之人应虚怀若谷，有大海般的胸襟；海大是百花齐放、百家争鸣之园，能容纳各种学术思想；海大能容纳包括大师级人物在内的各路英才，能采纳来自社会各界有益之言行、有益之成果。

“取则”出自陆机《文赋·序》：“至于操斧伐柯，虽取则不远”。意思是说，比照着斧子砍伐木材制作斧柄，斧柄样子（标准）就呈现在眼前。朱熹《中庸章句集注》注：“柯，斧柄。则，法也……言人执柯伐木为柯者，彼柯长短之法，在此柯耳。”取，这里用其选择、探求之意；则，这里指法则、规则、规律。取则，是指干事情、做学问要有所分析、综合，探求科学规律，既要遵循法则、规则，又不能因循守旧，拘泥于条规之中。

“行远”典出《中庸》：“君子之道，譬如行远，必自迩；譬如登高，必自卑。”说的是君子求学之道：欲达远大目标，必定从近处出发；要想攀登高峰，就得从低处起步。

“取则行远”意指：海大人既能够遵循科学精神，又能够眼界高远、目标远大，且脚踏实地、身体力行地朝着既定的目标奋进，体现了海大人志存高远、探索不已、勇攀高峰的精神和追求。“取则行远”作为校训后半句，与前半句“海纳百川”有着一种逻辑上的递进关系。八个字平仄照应也较好。

在讨论中，这个新校训方案很快取得广泛赞同。经海大教代会代表团团长会议讨论通过后，二〇〇三年九月八日，海大下文，正式公布“海纳百川取则行远”为中国海洋大学新校训。二〇〇四年八月，为迎接八十周年华诞，由海大在鱼山校区风致园设置了一块“校训石”。二〇〇八年三月，伴随着崂山校区行远楼的启用，海大又在楼前广场立上了一块“校训石”。两块“校训石”用的均为王蒙先生的题字。

中国海洋大学确定的这个校训，受到校内外人士的广泛喜爱和推崇。海大老领导文圣常院士在世时特别喜欢这个校训，年逾九旬时以这八个字为头汇成颇具哲理的八个词“海大有容、纳贤礼士、百舸扬帆、川流不息、取经求法、则明理析、行云流水、远无不及”。中共中央政治局原常委、国务院原副总理李岚清把他喜欢的校训以篆刻的艺术形式出版了一本书，其中就有海大校训。全国人大原副委员长韩启德到海大考察工作时，特意用规整的毛笔书写了这个校训。

二〇一九年，在海大师生喜迎建校九十五周年之际，第七期《海大文化小客厅》推出《海大校训故事》专题，邀请王蒙先生、于志刚校长畅谈校训构思过程，阐释校训内涵。王蒙先生说：用“海纳百川”这个词作校训没有疑义，因为咱们是“海大”，这个词很正面很积极，又代表改革开放、兼收并蓄、善于学习。但是不能光容纳了、学习了、汲取了就算完了，还要在“百川”之中有衡量、有鉴别、有消化、有综合，实际就是寻找一个规律、寻找一个真理，这很容易想起一个词就是“取法”，而“行远”出自《中庸》，就是说走很远的路也要从脚底下开始迈步。“取法行远”四个字中三个是仄声，念着不舒服，“取则”和“取法”的意思很接近，可以互相替代。总体上看，“海纳百川，取则行远”对学校来说是挺好的一个话。“百川”包括着咱们的传统文化，包括着世界上先进的科学、文化，也包括着人的各种灵感、不同人的见解；“取则”就是能够找到它的规则、找到它的规律、找到它的真理；“行远”就是一步一步走下去，所以就选择了这个。他最后说：“这个校训能被大家所接受我也很高兴。”

在交谈中，王蒙先生提到二〇〇三年管校长专门召开座谈会一事时，本期“小客厅”主持人、海大党委宣传部部长陈鷟说：我当年作为校办文字秘书在现场做记录，特别期待一个好校训诞生，严家炎先生提出的“海纳百川至刚至柔”也不错，很好地体现中国文化，您提出了三个方案，最后提出的是“海纳百川取则行远”，我当时一听，感觉特别好，管校长当时很兴奋，这我印象特别深。陈鷟部长还评析道：“取则行远”分开了有根基，组合在一起是创新，而且简单明了，利于传播。

“王蒙先生拟写的这个校训棒极了！”交谈中，于志刚校长赞道。他说：“海纳百川”呈现的是一种“不拒涓流、虚怀若谷”的姿态和胸怀；“取则行远”是一个“探索规律、追求真理”的过程，且里面既含有目标的高远，又有行动，跟“海大精神”很契合，我特别喜欢这四个字，这是点睛之笔，太精辟了。于志刚校长还高度评价了这个校训对学校文化建设和事业发展的贡献。他说：这个校训得到了师生员工和校友非常高的认同，大家觉得它不是简单的几个词的提出，而是很好地刻画了学校已有的精神。一九二四年私立青岛大学创校宗旨“教授高深学术，养成硕学宏才，应国家需要”和这个“海纳百川取则行远”的校训已经成为海大文化中最核心的部分，是统领其他的。从这个校训确定以来，回头看学校的事业发展是有脉络的，有精、气、神的，说明校训精神已经融入了我们中国海大人的血脉。

同这个校训一样，王蒙先生这个名字，也已经融入了中国海大人的血脉里了。

时隔十八年再次相见

刘世文

2022 年 1 月 5 日，我接到校长办公室的电话："刘老师，王蒙先生想去看看你"。我当时倍感突然：愣了一下，王蒙先生想来看看我？王蒙先生是我敬仰的中国当代著名作家，原文化部部长，人民艺术家王蒙先生，要见一见我这一位普通教师，何也?!

我马上说："王蒙先生住在哪里？应该我去看他。"约好了时间，我立即驱车前往。

一见面，我局促的心情立刻放松下来，完全被王蒙先生的热情、慈祥的眼光所感染！我们时隔十八年后再次相见，彼此激动得双手紧握，互致问候，没想到，王蒙先生仍然精神矍铄，虽然年届九旬，风采依旧不减当年。望着眼前的王蒙先生，十八年前那一幕幕事情又骤然浮现在我眼前。

一、开创中国海洋大学文学教育先河

记得二〇〇二年的春天，是青岛最美的季节，到处樱花绽放，五彩流溢。就在此时，当代著名作家，原文化部部长，人民艺术家王蒙先生来到青岛。四月一日下午三时，王蒙先生愉快地接过了中国工程院院士、中国海洋大学校长管华诗颁发的担任学校教授，顾问，文学院院长的聘书。这是继山东大学搬迁济南六十四年后，中国海洋大学第一次成为文理兼修的综合性大学。同时也接过了海洋大学前身——青岛大学第一任文学院院长闻一多先生的办学精神——立说新颖而翔实，考索赅博而渊深。于是，再创新辉煌的使命感，在他睿智的心头油然而生。

王蒙先生是个非常务实的人，一到海大便连轴转了起来，举办学术报告，搞调查研究，与学校领导共商学校大文科发展规划，和文学院教师交流教学、科研思路，同大学生座谈弘扬人文精神的重要性。

王蒙先生在国内外文学界的影响早已为广大学子所识，由于他加盟海洋大学，筑巢引凤的效应立即显现：先后有童庆炳（北京师范大学著名文学理论家）、柳鸣九（中国社会科学院荣誉学部委员，法国文学专家、翻译家）、何西来（著名文艺理论家、文学批评家）应王蒙先生之邀，应聘为海大名誉教授。而今，由王蒙先生挂帅的名家讲座，形成传统；精品课程，形成体系；驻校作家形成制度。中国海洋大学已成为海内外名家大师展示风采的舞台，海大学子不出校门，便可与国内外名师、大家对话，交流世界文学前沿的发展。所有这一切，都让学校人文学科地位和校园文化品味在潜移默化中得到提升。

我当时是文学院办公室主任，其中一项工作，就是做好接待和后勤服务。通过王蒙先生的言谈举止潜移默化地影响着我，使我受益匪浅。王蒙先生平易近人、谦虚谨慎的品德，受到文学院广大师生的赞佩。

二、悲天悯人、慈悲为怀、大智大勇的长者

两年后我调到经济学院工作，从此我再也没有见到王蒙先生，一晃十八年过去了。在过去的岁月中，我经历了丧子之痛，又遇到家庭崩溃。我处于人生十字路口，心情极度忧郁。后面路要怎样走？这是王蒙先生关心和要召见我的真实原因。他不是一个电话让我聆听教诲，而是“要来看我”，那种谦逊为怀，令我感动万分，于是立刻就有了见他的激动。在他仔细听完我这几年的跌宕起伏人生经历之后，他用智慧的语言暗示以下哲理——如果你没有能力改变命运，那就想办法改变自己。

他说：“挫折是他一生重要的经历，也是他一生重要财富”。他戏说他的一生就像侯宝林相声里说的那块布头：“不怕洗、不怕拽，不怕淋、不怕晒，又抗蹬来又抗踹”。

他还讲了一个故事：一位哲学家在古罗马废墟里发现了一尊双面神像。由于从来没见过这样的神像，哲学家便好奇地问他：“你是什么神啊？为什么有两张面孔？”神像回答：“我的名字叫双面神，我可以一面回视过去，吸取教训，一面展望未来，充满希望”。哲学家又问：“那么现在呢？最有意义的现在，你注意了吗？”“现在！”神像一愣，我只顾看过去和将来，哪还有时间管现在？”

哲学家说：“过去的已经逝去，将来的还没有来到，我们唯一能把握的就是现在：如果无视现在，那么即便你对过去未来都了如指掌，那

有什么意义呢?”

神相听后，恍然大悟，失声痛哭起来:“你说的没错，就是因为我抓不住现在，所以古罗马才成为历史，我自己也被人丢在了废墟里。”

他讲故事的用意我明白，我们不必沉沦于过去，也不必担心不可知的未来，一定要把握好真实的现在。人生有被爱的甜蜜，也有遭遇背叛的痛苦；有成长的喜悦，也有迟到的领悟；有难言的委屈，也有意外的感动。所以对于昨天我们没有过分依恋的必要。把握好现在，才会对过去结束的一切画上圆满的句号。

——让别人快乐是慈悲，让自己快乐是智慧。

他说:“我们哭的太多了，我们有笑的必要和笑的权利”。王蒙先生还跟我说:“他现在还在坚持写作，每年写一部书”。他就是一匹群首的老马，这个年龄了还在文学创作上激情狂奔。

他有清晰的理性思维，理性思维不注重事物本身，注重的是其中道理。他的华彩文章，深邃哲理，是一个民族的精神与灵魂。

他还暗示我:天地万物，皆容于一心。你要以宽广的胸怀，去包容世界，也要以良好的心态，去发现世界之美好，如此，才能让自己的世界变得美好。等你到了一定年龄，就会懂得，世界是自己的，与其他人无关。

王蒙先生不单单是一位著名的小说家，睿智的学者，而且他还是一个名副其实的哲人。从最初认识他那一天开始他就影响着我，甚至是真正启迪了我人生的那个人。

我们即将挥手告别之际，我也给王蒙先生讲了一个故事:

在雍正皇帝编著的《悦心集》里，有一则《尧舜至今尚在》的短文，里面有这样一段对话，很有意思：“昔有一名僧，被召见驾，叩首呼万岁。上曰：‘人生百年且不可得，何云万岁？’僧曰：“尧舜至今尚在。”上曰：“然”。

对自己，我也突然想起普希金的诗：

假如生活欺骗了你，
不要悲伤，不要心急！
忧郁的日子里须要镇静：
相信吧，快乐的日子将会来临。
心儿永远向往着未来；
现在却常是忧郁。
一切都是瞬息，一切都将会过去；
而那过去了的，就会成为亲切的怀恋。

2022 年 12 月 16 日

老院长谆谆教诲记心间

——我印象中的王蒙先生

冯文波

历史总是充满了机缘巧合。二〇〇三年我考入中国海洋大学，就读于文学与新闻传播学院，王蒙先生是我们的院长。这一年，恰是先生从事文学创作五十周年。白驹过隙，二十年一晃而过，二〇二三年迎来了先生从事文学创作七十周年。我的老师、王蒙文学研究所所长温奉桥教授希望我写一写自己接触认识的王蒙先生，我欣然应允，借此机会写一写心目中的“老院长”以及多年来对我的影响与教诲。

我第一次见到王蒙先生是在二〇〇三年九月举行的“王蒙文学创作国际学术研讨会”上。作为一名初入大学的学生，见到自己的院长而且是一位著名作家，自然是既亲切，又激动。那也是我人生第一次见到那么多的作家和文化学者，冯其庸、严家炎、铁凝、王安忆、张贤亮，还有德国汉学家顾彬等，每一位都是一座文学的高峰，令人仰望。我那时，青春年少，读书不多，对众学者的发言印象不是太深刻。犹记得，有学者不能亲临现场，就托人宣读自己的文章或贺信。张贤亮说：王蒙文学创作国际学术研讨会，要全身心投入，我不仅心来了，人也来了。引来一片笑声，研讨会的气氛格外轻松。

从我在海大读书后来又毕业留校工作，二十年间，见王蒙先生的机会比较多。有时，因工作需要还会对他进行采访，面对面聆听他的教诲。先生给予我的影响有很多，其中三点令我受益无穷。

拓展宽阔的人文视野。我出生在农村，一路经过层层考试得以进入大学。读大学以前，除了应考之需，对经典文学作品的阅读乏善可陈，也从未接触过作家。王蒙先生受聘海大以后，每年都会邀约多位知名作家或人文学者到校作讲座或报告。先生还与我们的老校长管华诗院士携手打造了“科学·人文·未来”论坛，让科学家与文学家同台对话，交流思想，探讨社会未来。还有他一手创建的“名家课程体系”，使许多知名学者登上海大讲台，为学子答疑解惑。犹记得，在中国海洋大学建校八十周年时，举办的第一届“科学·人文·未来”论坛，可谓大师云集、群星璀璨。在王蒙先生和管华诗校长的邀约之下，有十一位科学家和十七位文学家莅临海大园，作家队伍中韩少功、方方、毕淑敏、张炜、熊召政、唐浩明等，每一位都是文学界响当当的人物，以前只读过他们的作品，却未见其人，这次见着了，分外高兴。他们的精彩演讲、热烈对话，让海大师生沉浸在喜悦、亢奋与激动之中。我不仅有幸聆听了整个论坛，还以学生记者的身份采访了方方等多位作家，更近距离倾听作家的心声、感受文学的魅力。

截至目前，“科学·人文·未来”论坛已举办四届，众多的作家和人文学者汇聚海大，为这所校园重振人文辉煌增添了源源不竭的动力。袁行霈、叶嘉莹、余光中、白先勇、冯骥才、贾平凹、莫言、郑愁予、谢冕、王海……二十年里，我在海大园足不出户，便聆听了许多人文大家的演讲，与他们对话，接受着文学的震撼、文学的洗礼和文学的滋养。这一切要感谢王蒙先生，正是得益于他在文学界德高望重、一呼百应的影响力、号召力和凝聚力，为我和众海大学子开拓了宽阔的人文视野，积淀了扎实的人文情怀。

养成良好的阅读与写作习惯。进入大学，老师们一再强调，新闻学专业的学生更要多读书，打下扎实的文学功底，不断锻炼提升写作能力。这一点，身为院长的王蒙先生，用他的亲身经历教育引导我们。“语言的功能与陷阱”“我的读书生活”“名家对谈：中国传统诗词的感悟”“青年与文学”“文学与我们的精神生活”“永远的文学”……先生结合自己读书写作的收获与感悟，为我们讲解该读什么样的书，如何读书，如何提升文学素养。二〇〇五年，在聆听了先生所作的“我的读书生活”的讲座后，我还专门写了一篇感悟文章“‘王蒙谈读书’随想”发表在《中国海洋大学报》副刊上，这是我在大学期间发表的第一篇随笔文章。他提到的“读书须趁早”“要学会爱书、释书、疑书”“读书要注意融会贯通”“经验主义读书法”“读书的魅力在于发现”“读不懂就审美化”等等，启迪着我在大学时代直至现在热爱阅读，认真阅读。如先生所言，读书就是一种生活。

我闲暇时喜欢写点小文章，受王蒙先生以及他邀请的诸位作家的影响，我把这一爱好坚持了下来，在大学期间发表了近三十篇随笔、散文和诗歌。工作以后，我也从未放下这一爱好，偶尔会在《青岛文学》《山东青年》《中国海洋报》《中国自然资源报》等报刊发表一些散文、诗歌，算是对忙碌生活的一种调剂。

树立乐观豁达的生活心态。王蒙先生是有大智慧、大境界、大胸怀的人，他对待生活的态度同样值得我们去学习。二十年来，聆听先生的演讲，总能被他幽默的语言所感染，甚至开怀大笑，这里面自有他见多识广，阅历的丰富，对语言的轻松驾驭，更有他积极乐观的心境。一九六三年，二十九岁的他被下放到新疆，依然保持这种快乐的生活态度，与当地人民打成一片，结下了深厚的友谊，并创作了《这边风景》这样一部伟大的作品，先生这种化逆境为风景的能力令人敬佩，值得我学习。先生的勤奋同样令人感动，虽至耄耋之年，他依然保持旺盛的创作力，近年来，每年都有一两部作品问世。听闻，至今先生每天仍保持走一万步以上的运动量，写作更是笔耕不辍。作为学生，我更应该以老院长为榜样，永怀一颗赤子之心，用脸上的美好笑容面对人生中的点点滴滴、沟沟坎坎、是是非非。

一九五三年，王蒙先生写就了《青春万岁》这部永葆青春的作品，七十年间，他一直激情澎湃、热血激昂地为祖国和人民写作，是扎根中国大地的一棵文坛常青树，是深受人民喜爱的“人民艺术家”。

一次，在与于志刚校长交流时，他说，写一本《中国海大来了个年轻人》，就写王蒙先生在海大的故事。遗憾的是，我才疏学浅，难以担负起这一重任，未能把校长的建议变成现实。在先生从事文学创作七十周年之际，写就这样一篇随笔，以为念。二〇二三年恰逢先生受聘海大二十一年，二十一年正青春，二十一年正芳华，先生是海大的“年轻人”，他为这所学校带来无限的生机与活力。海大有先生，是学校之幸，师生之福，祝愿先生青春不老，身体安康，创作更多脍炙人口的名篇佳作。

（作者系中国海洋大学新闻中心工作人员）

疾与病的共鸣

——病中读王蒙

段晓琳

二〇二〇年年末，我因急性过敏合并金葡菌感染住进了青岛大学附属医院皮肤科，病势凶急，匆匆住院时身边的背包里只带了一本王蒙新出版的小说《笑的风》，这本小说陪我度过了二〇二〇至二〇二一年的跨年夜，陪我度过了加床病房中的十六天。许是生病住院的缘故，我在阅读《笑的风》时，首先注意到的便是小说中的疾患与病症。男主人公傅大成的数次眩晕、急性胆囊炎与怪叫病构成了其人生中的几个重要转折点，混杂着青春、爱情与文学想象的“笑的风”带来以“晕眩”为主要表征的时代病。当王蒙在宏阔的中国近现代史视域中来讲述傅大成的婚姻与爱情故事时，他选择让傅大成的身体以疾病的方式来言说个体被时代所裹挟、被历史所冲击的人生处境。疾病是身体的语言，疾病是通过身体说出的话，面对时代与生活的剧变，身体总是先于理性思考作出最直接的回应与表达。从这个角度来看，王蒙二〇二〇年的《笑的风》正是对茅盾三十年代的《子夜》所做出的隔时空呼应，王蒙与茅盾以相似的“晕眩病”表征出了大历史变迁中个体的身体与精神应激状态。相似地，《笑的风》中白甜美的失语症与类帕金森式手颤病以及杜小鹃的强迫症等，同样是一种身体语言，她们的生理性病症往往是女性精神创伤与内心隐痛的直接表达。这些疾病书写以一种“有意味的形式”共同构成了《笑的风》中的疾病隐喻。

事实上，王蒙正是一位擅长赋予疾病以隐喻的作家，近年来，王蒙的小说创作呈现出井喷态势，以每年一到两部小说的速度与密度挥洒着耄耋之年的创作激情。而就近几年的王蒙小说创作来看，“疾病”已经越来越凸显为王蒙小说中至为重要的一个关键词，在《奇葩奇葩处处哀》《仉仉》《生死恋》《笑的风》《猴儿与少年》以及今年最新发表的小说《霞满天》中，“疾病”都是引人注目的存在。王蒙近期小说中“疾病”的强烈在场感也促使我以“疾病的隐喻”视角去重读王蒙的经典小说《活动变人形》《青春万岁》《组织部来了个年轻人》《青狐》以及“季节系列”等。也正是在皮肤科的住院经验让我重新发现了倪吾诚的牛皮癣。《活动变人形》是我阅读遍数最多，同时也是我最喜欢的一部王蒙小说，但在我住院之前，我从没有想过要从牛皮癣的角度来理解倪吾诚这个人物。《活动变人形》中，倪吾诚正式出场之前，王蒙从姜静宜视角讲述了与倪吾诚相关的第一个重要情节——“图章事件”，在此事件中，当姜家母女三人意识到被倪吾诚欺骗以后，姜母拿出了成龙配套的恶毒诅咒来咒骂倪吾诚，其中皮肤是姜母着重咒骂的地方，她诅咒倪吾诚长疥、长疔、长牛皮癣，一层层疙瘩一层层烂、一层层的血水、一层层地脱皮，她的“骂誓”不无根据，因为倪吾诚的脖子后面的确长有牛皮癣。此时，小说中的倪吾诚尚未正式出场，但倪吾诚身体上的第一个病症却已经令我印象深刻，他是一个患有牛皮癣的“病人”。在我住院时，与我同住加床病房的病友中，有好几位都是严重的牛皮癣患者，通过与患者和医生的沟通，我了解到这种被俗称为“不死的癌症”的严重皮肤病，是一种与遗传、自身免疫和精神创伤密切相关的非传染性疾病，它病因不明、极易复发，只能被临床治愈却无法被根治，人一旦患病，便极有可能会伴随终生。这种遗传性的、无法治愈的、暗含着精神创伤的顽固性疾病，在倪吾诚身上显然是一个具有丰厚意义的隐喻。“羊屉屉蛋，上脚搓”式不可挣脱的、与生俱来的、先验的盐碱地农民血统，邪祟癫狂、天生异端、病态入骨的家族性遗传，根深蒂固、伴随终身、无法治愈的个体精神创伤与民族性格缺陷都凝聚在倪吾诚后脖颈上的这块牛皮癣里，它以疾病的隐喻，如此沉痛地彰显着倪吾诚性格的复杂性与人生的悲剧性。

晕眩与皮肤病都是王蒙小说中的高频疾病，除此之外，以腹外科手术为主要治疗手段的急腹症类疾病也是王蒙小说中的高发疾病。在《活动变人形》《坚硬的稀粥》《青狐》《奇葩奇葩处处哀》《笑的风》以及“季节系列”等小说中，突然发作的肠胃肝胆疾病，如急性胆囊炎、中毒性肠胃炎、十二指肠穿孔、肠套叠等急腹症，往往因为病情的急重而成为小说人物人生中的重要转折点。我是在二〇二二年九月亲身经历了外科手术之后，才真正理解为什么在王蒙的小说中，一场急腹症引发的外科手术会引起手术主体人生态度的大幅度转变。急腹症与外科手术的突出特点，便是剧烈的疼痛，这种持续的、急剧的、无法忍受的、危及生命的剧烈疼痛，强烈地向患病主体彰显着“身体”的在场，它提醒着我们，每个人都要靠健康的身体存在于世界之中，身体是一切生存的前提与基础，我们依赖于身体来感知世界，更依赖于身体来与世界建立联系，脆弱的身体不仅需要营养，也需要爱，需要温暖的可容纳肉身的家庭与人伦关系。

在中国当代作家中，王蒙无疑是极其重要也极其特殊的一位。王蒙的创作贯穿于共和国文学的各个阶段，王蒙是共和国文学的亲历者、参与者与见证者，王蒙是真正的共和国文学之子。就王蒙的全部文学创作来看，王蒙是一位思想性极强的作家，但同时，王蒙又是一位敏感多思的感悟型作家，他本质上是个诗人，有着强烈的抒情欲与丰富细腻的个体生命经验。生老病死，老与病都是对死亡的必要演练，老与病都是人生中的重要一环。晚年王蒙总是孜孜不倦地言说着衰老与疾病，但同时又在时间的长河里不断地重新发现身体与青春。王蒙曾在《猴儿与少年》中无比动情地阐述“鲐背”的含义，人活到了九十岁这个年纪叫作“鲐背”，背上长出了类似鲐鱼的纹络，王蒙深情地称这种变化为返璞归真、认祖归宗。我永远会为这样的解释而感动。二〇二二年一月，王蒙来中国海洋大学参加《猴儿与少年》学术研讨会时，已近鲐背之年的王蒙与十八九岁的大学生们一起朗诵写于五十年代的《青春万岁》序诗，“所有的日子，所有的日子都来吧，/让我编织你们，用青春的金线，/和幸福的璎珞，编织你们……”我永远为这样的场景而感动，为之泪水盈眶。万岁青春歌未老，百年鲐背忆开怀，真挚而赤诚的王蒙永远青春年轻。

王蒙先生与石老人

霰忠欣

当王蒙先生微笑示意，让我坐到他旁边位置时，我的博士论文正停留于他的掌心。这是二〇二三年六月十一日中国海洋大学图书馆第一会议室，也是我第十一次参与筹备的学术会议现场，那一刻，我的导师温奉桥先生正与王蒙先生在一起就我的博士论文进行交谈。我想，这应该是我在生命的最后时刻，依然希望闪回的画面。

三年前，当我忐忑地说出选题方向时，温师当即表示认可。在既往王蒙小说研究中，这显然是条贫乏的道路，温师认为选题具有重要意义，同时提供了空间研究的多元思路。一年前，当我进入最后的博士论文写作，走向那座布满记忆与幻想的楼阁，在楼阁间穿梭，则需要备好显微镜与望远镜。

如果时间退回至二〇一六年，我不会想到，那位初见时稍显蹒跚的老者，会陪我走向“石老人”，而在这场跋涉中，永恒才是它的道路。

研究生阶段的学习中，《畅游》将我从“组织部”引向“石老人”

之旅的起点，我看到许多散佚的灵感，在历史断裂处跳跃。

在陆地与大洋分界处

我们不期而遇

我不理解诗人为何要执着地区分陆地与海洋，仿佛那里隔绝的是苏格拉底的肉体与灵魂，为此，我特意去往石老人，站在大海与城市的边缘，我突然感到孤独，并没有看到“我们”。

同年，十月底，王蒙先生如往常一样，回到中国海洋大学开展学术活动，那是我第一次看到这位从共和国历史中缓缓走来的老者，令人动容的是，他面带微笑，眉弓处眉峰上扬，依旧青春。

二〇二〇年十月九日，王蒙先生身着灰色中式盘扣衫，作题为“永远的文学”的学术演讲，那一天，会议室内的台阶上也坐满了学生，会场不时掌声雷动，我有幸获得提问机会。

对您来说，海意味着什么？

彼时，我正在梳理王蒙先生笔下那些走向大海的故事，我想到那位盲老人的呐喊，“我不要海岸，我不要陆地”，从邵容朴到缪可言到海边枯瘦的盲老人，我试图在他的答复中找到某些较为折中的句子，这样的呐喊，似与面前沉着的面孔并不相符。

我获得某些在偶然间具有必然性的回答，海不仅具有包容、守护的意义，同时是充满希望的。仿佛在尘封的战场获得迟来的利刃，但我并未察觉到那些“无言”，我仍不知他究竟要去往何处，只有《笑的风》迎面而来。

十月十一日，在与单老师前去海边拍照的石子路上，单老师喃喃说，这片海域就很美，其实不一定每次都要去石老人。后来，我才知道，自作家楼迁至浮山校区，王蒙先生仍旧会去更远的石老人。

拍照结束后，在浮山校区作家楼一楼用餐时，我的思绪并未从海边回归。直到王蒙先生夹起一块带着白芝麻的糖醋小排，连声说着不错，在比平时更高一点的声音中，我意识到，我们正在同一张餐桌。

因为厨房与餐厅仅一门之隔，在厨房门缝里，我看到年轻厨师明显舒展愉悦的面容，在此之前，这位新来不久的厨师在提前备菜的过程中，曾向我反复提及出菜顺序以平复他的紧张情绪。

在那间小小的客厅，我的面前出现过无数个王蒙先生，时远时近，时而沉默，时而生动。它可以随意置换为不同的地点，朝阳门内北小街四十六号，巴彦岱的土屋小院，策勒尼安海的白色珊瑚海滩，或是意文版《活动变人形》（康薇玛译）首发的都灵书市，这些地点仿佛在告知我们世界依旧生动，而持续赋予的希望则解放了时空。

我不再纠结“分界处”，关联的是往昔还是未来，肉体亦是灵魂，或者它曾以彼此割裂的形式存在，但在品尝一块糖醋小排，去往石老人漫步时，即便是可预见的死亡，也不能剥夺生活的权利。

时间回到当下，在王蒙先生从事文学创作七十周年系列学术活动中，我很幸运在现场听到王蒙先生朗诵那首他视作瑰宝的诗，并用维吾尔语表达他内心的情感。

我们是世界的期待和果实，
我们是智慧之眼的黑眸子，
若把偌大的宇宙视为指环，
我们定是镶在上面的宝石。

在长达两个小时的演讲中，王蒙先生全程脱稿，从东方的儒道文化到伊斯兰教，从汉藏语系到阿尔泰语系到印欧语系，从意大利传教士利玛窦到徽班进京，这是他的重温，也是他的日常，却将我的思绪带至不同的地方，而追随他的脚步，文化意义的寻觅从历史蔓延至文明。

王蒙先生离开青岛时，我收到一些美丽的祝福。

> 谢谢忠欣同学小友。谢谢你辛辛苦苦读了那么多拙作。我感谢你能从极宽阔的角度评论把握文学作品。希望在于随着人生体验的丰厚能够发现真切的生活内涵和秘密。欢迎随时来信交流
>
> 我在高铁上。祝福你。

我钟爱结尾处这句颇富诗意的告别，“我在高铁上”。那一刻，时间正缓缓越过北方的金色麦田，我回忆起王蒙先生每次来到海大，来到我们同学身边时的场景，他的目中闪烁着微光，那双并不大的眼睛，总会令人察觉到某些富有生命力量的东西，也许是期待，也许是往昔，也许是他永远高呼的“青春万岁”。

位于青岛的石老人是一片十分开阔的海域，有着细软而绵延的沙滩，海岸的边缘，是关于守望的故事。过去，遗憾与壮丽并存，如今，残损与永恒并存。

这里并没有所谓的起点或终点，事实上，我也并未真正目睹王蒙先生走过石老人，我只看到背影，那个背影义无反顾走向大海。他有节奏地摆动小臂，不需要任何人陪同，在空荡的清晨，人潮汹涌的黄昏处，或是深邃的夜晚，他的每一步都铿锵，如同享受文字所带来的悲喜，行走，于他而言，亦是生命情谊深厚的馈赠。

2023 年 7 月 30 日于青岛

我所见到的王蒙先生

常鹏飞

王蒙先生每年都会来两次海大，出席重要活动，参加学术研讨，举办个人讲座。他对海大总是心存别样的情感，海大对他永远抱有新的期待。这是责任，也是他与自己的某种约定，仿佛如此，一年才得以有始有终圆满完整。在海大，王蒙是所有人的王蒙先生。在海大，王蒙是我所见到的王蒙先生。

我跟王蒙先生的第一次“见面”，是在线上进行的，因为要与温奉桥老师一起参与编辑“发现与灵感：与经典互动”丛书，加了王蒙先生的微信。原本我还思虑于如何与这位爷爷辈儿的大作家“搭话”，可不承想，他接连发来几张自己的生活照片，其中一张还身着泳裤，举起双臂，秀出颇具形状的肌肉，着实让疏于锻炼的年轻人吃了一惊，王蒙先生让我也发去照片，于是我只得带着心里的忐忑，把自己的照片发了过去。直到他说，我们这就算见面了。对这种特别的“见面”方式，我方才了然。他好像知道你觉得他很远，他想让你发现其实很近。王蒙先生还说，除了每日的散步和游泳，他也正在写作一部中篇小说，现在想来，大概就是后来那篇《夏天的奇遇》了。这也让习惯于以年龄作度量标准的我，在“高龄少年”的面前反倒多少显得“少年老成”了。是啊，少年的归少年，老年的归老年，可他竟让你发觉两者也有共存共进的可能。之后，在微信运动的每日排名中，都能看到他万步左右的成绩，他不是早已超额完成“争取至少为祖国健康工作五十年”的目标了吗，可他依然健康着、工作着，以及健康地工作着。

真正见到王蒙先生，就是随温老师去他在海大浮山校区作家楼的住处拜访了。那次，王蒙先生一个人在家，门打开的那一刻，我看到的是一位精神饱满、双眼明亮的老者，他亲切地招呼我们坐下，和我们沟通编辑丛书的想法，讲解自己谈论孔孟老庄等传统经典的心得体会。他直言自己的长处不在考证注疏，而在以亲身的人生经验与政治经验去发挥经典，让我们也不必受经典解读模式的牵制，大胆依凭自己的兴趣生发新的编辑思路。谈话间，王蒙先生特地为我们拿来他从北京带来的新书，一一签字留念，还让我有什么问题可以随时与他交流。他说，他喜欢与年轻人互动。是的，无论何时，他也好像都正当年轻，年轻到永远青春万岁，年轻到一派乐观光明。他又是那么念旧，那么重视生活的经验。临别时，王蒙先生专门向温老师询问，学校里的某个超市还有吗，旁边的那个理发馆是否还在，他不愿意将自己与生活隔开，以摆出超越世俗状，他是真真切切地生活在日常之中的。

王蒙先生每次来海大，都能让人见到他新的一面。他有时带来新作，有时讲解新的话题，有时分享新的思考，有时则索性直接抛出新的通告，譬如某某计划正在酝酿，某某小说行将出版。面对他的勤于思变，你很难轻松地为他贴上什么固定的标签，首先在他自己，就拒绝任何恒定的人生形态。他一向不喜欢画疆墨守、老调重弹，所以他自比“蝴蝶”，飘飘洒洒、自在轻灵。于他而言，大概也只有“变”方能成为“不变”。现在，他终于成为了一匹“老马”，一匹“杂色”却不曾“变色”的“老马”，但他并不甘于老骥伏枥，毕竟他还身受着许许多多的期望，抱持着明明白白的未来，仍然可以在每一个“新的春天”飞奔，纵使“明年我将衰老”，明年之后也依旧会有新的明年。他的生命行旅永远是进行时态，此刻，他是王蒙，此刻，他永远是王蒙。他也有自己的人生色调，与其说是某一确切的颜色，不如说是一种色度，人生百色，赤橙黄绿青蓝紫，他统统将之渲染为亮色，映照出一片豁达之心。亮色之下是他的机智与幽默，他说，这是“泪尽则喜”，是“却道天凉好个秋”，当然，也是他的王氏“人生哲学”。

今年以来，新冠疫情形势数次发生变化，王蒙先生的海大之约终于难以成行，但他仍应邀录制了主题视频，回忆自己的青年时代，那个“时间开始了”的时代，“放声歌唱”的时代，“青春万岁”的时代。他全程站立，看起来依旧硬朗，尽管也听说他身体抱恙，可他总是更愿意让人看到他的乐天知命，更想为他人奉上美好与清明。特别记得在讲到自己以腰鼓队员的身份参加开国大典的场景时，他不禁模拟着鼓点，声音铿锵，做起手势，在紧促有力的腰鼓节奏中，我真切地看到了那个青年王蒙，他从每一个昨天向每一个明天走去，“身上分明发着光”。

（作者系中国海洋大学文学与新闻传播学院博士研究生）

王蒙先生：距离我最近的作家

徐君岭

第一次见到王蒙先生，是在七年前的一场座谈会上，当时刚刚步入大学中文系学习的我总是迫不及待地想从各处汲取文学营养。

来海大之前就听闻王蒙先生是海大的客座教授，每年都会到海大开讲座，所以一直憧憬能近距离听上先生的一场讲座。王蒙先生儒雅的风度至今令我印象深刻，他着一件干净笔挺的深色中山装，在走入会场的时候点头微笑回应听众热烈的掌声与期待。

王蒙先生当年已有八十高龄，但他慷慨激昂的演讲，睿智敏捷的思考力让我这个正值青春的青年都自愧弗如。先生在演讲中道出了自己对中华文化的热爱，特别是对唐宋诗词的热爱，那句“就算只是为了唐诗宋词，下辈子我还要做中国人”的豪言壮语响彻整个会场。

王蒙先生可以说是距离我最近的作家，不仅因为他与海大的密切联系，也是因为我导师的缘故。我研究生时代的导师温奉桥老师是王蒙研究所所长，温老师的办公室里基本全是“王蒙先生相关”：与王蒙先生郊游的合照、学生为王蒙先生做的剪纸刻章、王蒙研究杂志、与王蒙先生相关的著作书籍。跟随导师学习做研究的日子其实也就是在一步步走近王蒙。

王蒙文学馆开馆之前，温老师时常带我们一起整理王蒙文学馆的书籍，我也借此慢慢了解了王蒙先生的故事以及他的创作历程。我感叹于先生的富足——他拥有的和带给我们的财富无从计数。

王蒙文学馆开馆后我常常在里面待到闭馆，研读王蒙先生的小说、散文、评论，透过王蒙先生的作品了解他的人，他对人生和艺术的感悟和思考。王蒙文学馆让我得以随时和遥远的另一个知名作家进行对谈。同时，我也发现了王蒙先生也跟我一样是一个音乐爱好者、发烧友。于是，我开始戴上耳机听王蒙先生推荐的乐曲、歌曲，同时从他的作品中找寻它们的影子。

读的作品越多你越会发现王蒙先生与音乐之间的联系：《组织部来了个年轻人》里林震和赵慧文一起听《意大利随想曲》；《歌神》里艾克兰穆唱的维吾尔歌曲；《夜的眼》录音机里的韦哈尔《舞会圆舞曲》；《如歌的行板》《春之声》不仅将乐曲名作为小说题目，连小说的主题和结构也受到了乐曲的启发。不仅如此，王蒙还将自己的小说与音乐作比对：“《海的梦》？也许我希望它是一支电子琴的曲子吧？《蝴蝶》大概是协奏曲，钢琴的？提琴的？琵琶的？《布礼》呢？像不像钢琴独奏？”

王蒙先生喜欢苏联音乐，他听时代的歌。《我们祖国多么辽阔广大》《莫斯科郊外的晚上》《喀秋莎》《莫斯科你好》点燃了王蒙先生的青春。苏联歌曲丰富的内容、浓郁的情感以及对理想的歌颂赋予当时正值青年的王蒙以坚定的信念。

对王蒙先生的小说创作尤其是其小说艺术性和小说结构层面影响最大的还当属古典音乐。

王蒙先生从青年时代就开始接触古典音乐，他有不少文章写到自己的古典音乐情怀，他最初为古典乐所吸引，然后又主动接受了古典音乐的熏陶。在《艺术生活》《在声音的世界里》中，王蒙先生提到了他所喜爱的数十首古典乐曲：鲍罗金的管弦乐《中亚细亚的草原》、里姆斯基·格萨科夫的《谢赫拉萨达》组曲（《一千零一夜》）、小约翰·施特劳斯的《蓝色多瑙河》、德沃夏克《母亲教我的歌》……深入灵魂的旋律打动着王蒙先生，让他的心绪随之起伏跌宕。

王蒙先生曾言，他最倾心的两位古典音乐大师是贝多芬和柴可夫斯基。贝多芬的《田园交响曲》、《命运交响曲》、d小调第九交响乐丰富并震撼了他的灵魂。柴可夫斯基的第六交响曲《悲怆》、D大调小提琴协奏曲、《意大利随想曲》、《如歌的行板》则让他感受到音乐的沉郁之美。

王蒙先生的文学世界里蕴藏着丰富的音乐宝藏，有时候读他的作品你不禁会怀疑他是否是一个深藏不露的音乐家呢？这不仅在于他对音乐的独到见解，更在于他将文学技巧与音乐技巧相互融通的能力以及他探索文学内容与形式创新的决心。

王蒙文学馆的灯想必还亮着吧，它已经照亮多少学子的内心，又将继续照亮他们前行的路。

责任编辑：陈佳冉
封面设计：木　辛

图书在版编目（CIP）数据

我们眼中的王蒙 / 温奉桥 编 . — 北京：人民出版社，2023.10
ISBN 978 – 7 – 01 – 025942 – 0

I. ①我… II. ①温… III. ①王蒙 – 作家评论 – 文集 IV. ① I206.7-53

中国国家版本馆 CIP 数据核字（2023）第 174692 号

我们眼中的王蒙
WOMEN YANZHONG DE WANGMENG

温奉桥　编

人民出版社 出版发行
（100706　北京市东城区隆福寺街 99 号）

北京盛通印刷股份有限公司印刷　新华书店经销

2023 年 10 月第 1 版　2023 年 10 月北京第 1 次印刷
开本：880 毫米 × 1230 毫米 1/32　印张：8.5
字数：191 千字

ISBN 978 – 7 – 01 – 025942 – 0　定价：68.00 元

邮购地址 100706　北京市东城区隆福寺街 99 号
人民东方图书销售中心　电话（010）65250042　65289539